ELOGIOS PARA

"Entretenida, con buen ritmo y altamente visual."

"Su potencial cinematográfico se nota claramente. La narrativa de alto concepto es entretenida, con buen ritmo y altamente visual. Es una historia encantadora, divertida y esperanzadora. Una historia de amor peculiar y conmovedora que ofrece perspectivas sobre el autismo, la religión y la tragedia personal."

– *Kirkus Reviews*

"Una historia de amor maravillosamente bien escrita, divertida y romántica."

"Única e inspiradora. *El Sonido de Violeta* no es tu romance promedio. Rara vez me encuentro tan cautivado por un libro que no puedo dejarlo por casi dos horas. Toma este libro y piérdete en la belleza de su relación. Mi única queja sería que la historia tuvo un final, como todas las historias, y tanto quería seguir leyendo. Muy recomendado. *El Sonido de Violeta* es simplemente extraordinario."

– *Readers' Favorite*

"Una comedia romántica dulce y entretenida."

"Al subvertir las convenciones del romance contemporáneo y cambiar a la típica protagonista femenina descarada y obsesionada con la moda por un hombre autista que lee chistes de tarjetas, Wolf le da un giro fresco al género. Una comedia romántica dulce y entretenida, *El Sonido de Violeta* toca el autismo y el poder de la fe. Atraerá a cualquier lector que disfrute de una mezcla de personajes peculiares, humor y drama."

– *Blue Ink Review*

"Un romance sincero y fuera de lo común."

"Un veinteañero romántico no logra darse cuenta de que su nueva novia es una prostituta porque es autista. La situación tiene amplio potencial cómico, pero no se usa solo para hacer reír. Esta historia cálida e ingeniosa no evita temas serios como la explotación, la redención y el amor verdadero. *El Sonido de Violeta* explora temas pesados con un toque ligero. Es fácil ver que esto se adapte en una película entretenida."

– *Foreword Reviews*

"*El Sonido de Violeta* es simplemente extraordinario."

"La novela del Sr. Wolf está bellamente escrita. Rara vez me encuentro tan cautivado por un libro que no puedo dejarlo por casi dos horas. Leí este libro de principio a fin de una sentada. Shawn era tan dulce, y el Sr. Wolf realmente se esforzó por escribirlo de la manera más creíble posible. Mi corazón se conmovió con su naturaleza gentil y su simple deseo de ser amado. Después de todo, ¿no es eso lo que todos queremos en la vida? Violeta era un personaje muy simpático y me encontré esperando más que nada un final feliz para la pareja. Toma este libro y piérdete en la belleza de su relación. *El Sonido de Violeta* es simplemente extraordinario y fue un completo placer reseñar."

– *Eclectic Ramblings*

"Divertido e ingenioso."

"El amor es una de las fuerzas más poderosas y misteriosas del mundo. En *El Sonido de Violeta*, Allen Wolf explora la profundidad de esta fuerza unificadora de maneras divertidas e ingeniosas y nos hace pensar sobre qué es lo que une a dos personas tan diferentes."

– *Tom Zoellner, Ganador del Premio del Círculo Nacional de Críticos de Libros*

"Wolf crea una lectura cautivante y conmovedora a partir de la relación más sorprendente."

"*El Sonido de Violeta*fue una novela que realmente quería saborear y apreciar. No me decepcionó, de hecho, superó mis expectativas. Fue una historia realmente conmovedora y manejó bien el choque de los dos mundos de Shawn y Violeta. Los personajes en esta novela están bien desarrollados, especialmente con sus trasfondos detallados que los hacen sentir como personas reales. Casi no quería que la historia llegara a su fin, pero sabía que tenía que hacerlo."

– Reedsy Discovery Reviews

"Una historia de amor moderna que mantendrá a los lectores pegados a las páginas."

"*El Sonido de Violeta* fue una novela que realmente quería saborear y apreciar. No me decepcionó, de hecho, superó mis expectativas. Fue una historia realmente conmovedora y manejó bien el choque de los dos mundos de Shawn y Violeta. Los personajes en esta novela están bien desarrollados, especialmente con sus trasfondos detallados que los hacen sentir como personas reales. Casi no quería que la historia llegara a su fin, pero sabía que tenía que hacerlo."

– El Directorio de Reseñas de Libros

"Un enfoque refrescante de una historia de amor."

"Bien estructurada y fácil de seguir. *El Sonido de Violeta* es un enfoque refrescante de una historia de amor que es dulce y esperanzadora, mientras también mantiene un nivel de profundidad y realidad."

– BookLife

PREMIOS PARA

Premio Libro del Año, *Foreword Reviews Premio*

Libro del Año, *The Independent Author Network*

Ganador Medalla de Oro, *Literary Classic Awards*

Ganador Medalla de Oro, *Reader's Favorite Awards*

Ganador Medalla de Plata, *Benjamin Franklin Awards*

Medalla de Bronce, *IP Awards*

Finalista, USA News Book Awards

EL SONIDO DE VIOLETA

Edición del 10º Aniversario

ALLEN WOLF

El Sonido de Violeta
Edición del 10° Aniversario

scrito por Allen Wolf

Favor dirigir consultas sobre la novela a
info@morningstarpictures.com

AllenWolf.com
MorningStar-Publishing.com
TheSoundOfViolet.com

ISBN 978-1-952844-19-5

Para Ramesh, mi historia de amor de la vida real

CONTENIDO

NOTA DEL AUTOR

Hace diez años, *El Sonido de Violeta* comenzó como una historia cercana a mi corazón—una que exploró el poder transformador del amor incondicional y el valor que se necesita para ver más allá de las apariencias superficiales. Ahora, para esta Edición del 10° Aniversario, he revisado completamente la novela para profundizar en los personajes, realzar la autenticidad emocional y crear una experiencia de lectura más inmersiva que honra el crecimiento que tanto la historia como yo hemos experimentado durante la última década.

Mientras trabajaba en esta edición revisada, me inspiré en el increíble camino que ha recorrido esta historia, incluyendo su adaptación cinematográfica. Pueden notar que el arte de la portada refleja la ambientación de Seattle de la película, una ciudad hermosa que sirvió bien al filme. Sin embargo, he elegido mantener la novela arraigada en la Ciudad de Nueva York, donde se desarrolló por primera vez. Esto permite a los lectores experimentar dos versiones distintas pero complementarias de la historia de Shawn y Violeta, con cada medio ofreciendo su propio paisaje emocional único.

El Sonido de Violeta continúa siendo una historia sobre la creencia de que cada persona necesita ser vista y valorada. Se trata del valor para mirar más allá de las suposiciones, la fortaleza encontrada en la vulnerabilidad y el poder extraordinario del amor para transformar vidas.

Gracias por acompañar a Shawn y Violeta en este viaje. Espero que su historia los conmueva tanto como me ha conmovido a mí.

Con gratitud,

Allen

Allen Wolf

AllenWolf.com • TheSoundOfViolet.com

CAPÍTULO 1

ESTÁ TORMENTOSO

Las piernas de Shawn se enredaron cuando un destello de rojo captó su visión periférica: la chaqueta de un turista ondeando en el viento. Tropezó y se aferró a la barandilla del High Line.

—¿Estás bien? —preguntó Emily, acercándose.

Él no podía mirarla directamente, al menos no por mucho tiempo. El contacto visual se sentía como mirar fijamente al sol. Pero se obligó a intentarlo. Un segundo, tal vez dos, antes de que la conexión se volviera demasiado eléctrica, como meter el dedo en un tomacorriente.

—Estoy bien. Los colores aquí pueden ser... intensos.

Los ojos de Emily se detuvieron en su rostro antes de apartar la mirada.

—Tienes los ojos muy azules —dijo, y luego pareció avergonzarse inmediatamente por la observación.

Él se pasó una mano por el cabello oscuro, un hábito nervioso que lo dejó aún más despeinado. Al menos ella seguía hablándole, a diferencia de sus dos citas anteriores de ese mes. Emily parecía diferente, y no solo porque fuera inusualmente alta. De hecho, había respondido a sus mensajes con oraciones completas.

Continuaron caminando por este parque elevado bordeado de flores y fuentes que serpenteaba sobre la Calle 11 siguiendo las antiguas vías del ferrocarril. El sol tímido finalmente se asomó entre las nubes grises y acarició los rascacielos de Manhattan. Este habría sido un clima perfecto para una cita si Shawn pudiera sobrevivir sin que ocurriera algún desastre.

Emily inclinó la cabeza.

—¿Siquiera me estás escuchando?

Los árboles circundantes se mecían en el viento, sus ramas frondosas chocando y resonando como campanillas. Shawn se concentró en los tonos melódicos hasta que todo lo demás se desvaneció: los turistas posando para fotos, los locales caminando enérgicamente con sus perros, incluso la voz de su cita. El mundo de Shawn se había reducido a sombras cambiantes y luz esmeralda, la presencia de Emily desvaneciéndose como una radio perdiendo señal.

Ella golpeó la pared invisible entre ellos.

—¿Hola?

Shawn volvió en sí.

—Perdón. A veces me distraigo. —Su mirada saltó hacia su rostro—. Es raro que una mujer me sobrepase en altura. Debes ser buena para el básquetbol.

Su sonrisa se desvaneció.

—Sí, excepto que soy tan alta que tengo que agacharme para meter la pelota en la canasta.

—No pareces *tan* alta.

—Tú debes ser genial en el golf miniatura.

Shawn arrastró el zapato por el suelo.

—En realidad no.

—¿Vas a preguntarme cómo está el clima aquí arriba? Te ahorraré la molestia. —Destapó su botella de agua y le arrojó agua en la cara—. ¡Está tormentoso!

Shawn se quedó inmóvil, con agua goteándole de las mejillas. Su pecho se contrajo mientras Emily se alejaba pisando fuerte, desapareciendo entre la multitud de turistas. *¿Qué hice? Tal vez* *no le gusta el básquetbol.*

Se sentó en una banca de madera, sus tablones aún tibios por el sol de la tarde, y abrió su perfil de citas. Era hora de arreglar la próxima cita.

Al final de la semana, Shawn exploró el High Line con Anna. Había ensayado temas de conversación durante el viaje en metro: gatos, el clima, tal vez algo sobre la historia del parque si las cosas iban bien.

Los dedos delgados de Anna jugueteaban nerviosos con los pines de gatos en sus tirantes arcoíris mientras echaba un vistazo alrededor del parque, revisando su teléfono cada pocos segundos. Su perfil destacaba su amor por todo lo felino. Shawn esperaba que hubiera más aspectos en su personalidad, pero se estaba volviendo menos exigente.

—Realmente amas a los gatos —dijo Shawn mientras la guiaba por el sendero.

—Estoy obsesionada con esas bolitas de amor peludas. —Anna se relajó ligeramente—. Hago trabajo voluntario en un refugio los fines de semana. ¿Eres muy fanático de los gatos?

—En realidad no. Me hacen estornudar. También duermen el setenta por ciento de sus vidas. Como los leones. Tienen la inteligencia de un niño de dos años. —Shawn tenía más datos sobre gatos preparados, pero estos no funcionaron como esperaba. Confiaba en que encontrara el resto fascinante, para que su preparación no fuera en vano.

Anna se encogió de hombros.

—Los gatos son más inteligentes que la mayoría de las personas con las que salgo.

—Entonces estás saliendo con las personas equivocadas. —Estudió su rostro—. Te ves diferente.

—Entonces, eh... —Jugueteó con sus pines de gatos—. Probablemente debería decirte. ¿Esa foto en mi perfil? En realidad es de mi hermana. —Las mejillas de Anna se sonrojaron—. Sé que es raro, pero consigo más matches con su foto. Nos parecemos, ¿verdad?

—En realidad no.

Anna retrocedió.

—¿Hablas en serio?

—Muy en serio —dijo Shawn—. Ella se llevó toda la belleza de tu familia.

Cuando los pensamientos de Shawn se derramaban sin filtro, sabía que la gente tenía que adaptarse o no se quedaban. Los párpados de Anna parpadearon como si no supiera qué decir. Resopló, sacudió la cabeza y se apresuró hacia una de las escaleras metálicas que bajaban a la calle.

Shawn luchó contra el impulso de perseguirla. Eso nunca funcionaba en citas anteriores. En su lugar, contempló los dragones rojos que rodeaban el tronco de un árbol cercano. Los pétalos temblaron y zumbaron como acordes sostenidos de violín. *La próxima funcionará.*

El sábado por la tarde, se encontró con Lindsay en el High Line. Estaba en sus veinte y tenía facciones delicadas. Lo más importante: se veía exactamente como en su foto, lo que tranquilizó a Shawn.

Su conversación comenzó con cómo iba su día (bien), progresó al estado del mundo (preocupante), y luego pasó al costo de vida de Nueva York (alto, aunque técnicamente, Shawn no pagaba renta). Entonces la conversación se desvió hacia cómo las personas perciben los colores.

Este era el momento de Shawn para brillar. Luchó por mantener sus pensamientos enfocados mientras caminaban junto a pastos silvestres que se mecían al lado de las antiguas vías del ferrocarril.

—Los receptores de luz en nuestros ojos transmiten mensajes a nuestro cerebro sobre lo que estamos viendo —dijo Shawn—. Newton fue el primero en darse cuenta de que las superficies de los objetos reflejan algunos colores y absorben el resto. Entonces, nuestros ojos solo perciben los colores reflejados. —Se obligó a detenerse, una habilidad que usualmente animaba a la gente a hablar con él por más tiempo.

Lindsay se acercó más.

—Eres como una Wikipedia andante.

Shawn sonrió radiante, luego notó la luz del sol centelleando en el arroyo a su lado mientras burbujeaba a lo largo del sendero. Se perdió en el flujo relajante del agua hasta que Lindsay lo empujó suavemente.

—¿Sigues ahí? —preguntó.

—Perdón por eso. —Buscó un nuevo tema—. Leí un artículo sobre cómo este parque seguiría siendo vías abandonadas de ferrocarril si alguien no hubiera usado su imaginación para volverlo hermoso.

Lindsay se echó el cabello largo hacia atrás.

—Muy cierto.

—Cuando abrió por primera vez, la gente lo llamaba un jardín secreto y mágico en el cielo.

Shawn caminó con entusiasmo. Lindsay se acercó y tomó su mano. Sobresaltado, se la sacudió. Ella retrocedió, con los ojos muy abiertos de sorpresa. Shawn miró hacia abajo, con los brazos colgando a los lados.

—Lo siento —dijo después de una pausa—. A veces el contacto puede ser demasiado intenso para mí.

Lindsay presionó la lengua contra su mejilla.

—Oh.

—¿Dije...? —Shawn se movió incómodo—. ¿Algo incorrecto?

—Tu perfil no mencionaba lo de no tocar.

—Lo intenté una vez. —Shawn sonrió a medias—. Cero matches.

Lindsay se mordió el labio, estudiándolo.

—¿Estás... en el espectro?

Él asintió y bajó los ojos. Shawn nunca podía saber qué estaba pensando la gente después de revelar eso sobre sí mismo. Sus rostros se volvían acertijos indescifrable. A veces las citas terminaban rápidamente, aunque él no podía identificar por qué. Su hermano Colin pensaba que debería esperar más tiempo para mencionarlo, tal vez hasta la segunda cita. Pero cuando Shawn trataba de ocultar su autismo, las citas parecían aún más confundidas por sus reacciones al mundo.

Shawn miró más allá de ella hacia una mujer esbelta con cabello negro rizado, vestida con un vestido de novia vaporoso, sosteniendo rosas púrpuras y rosadas. La novia entrelazó sus manos con las de su novio sonriente, quien besó la coronilla de su cabeza mientras un fotógrafo los capturaba contra el telón de fondo del río Hudson. Shawn absorbió el momento. *Esto es especial.*

Lindsay revisó su reloj.

—Entonces...

—¿Te gustaría tomar un café? —preguntó Shawn.

Ella negó con la cabeza.

—No tomo café, me temo.

Shawn tragó saliva.

—No vi eso en tu perfil.

—¿Sabes qué? Debería irme. Necesito encontrarme con alguien. No estoy segura de cómo se me olvidó eso. Perdón por cortar esto.

Shawn señaló a la novia y el novio.

—No podrían estar más felices.

Lindsay se puso los lentes de sol.

—Seguro se ve así. Fue un placer conocerte.

—¿Deberíamos salir de nuevo? Me encanta cómo hueles. Como detergente para ropa. —Se preguntó si debería haber mencionado su aroma. Colin siempre le decía que se guardara las observaciones olfativas para sí mismo.

—Te llamo, ¿está bien? —Retrocedió mientras mantenía su sonrisa.

—Esperaré tu llamada —dijo Shawn, confiado en que ese día estaba a la vuelta de la esquina.

Mientras Lindsay desapareció entre la multitud, el mundo regresó de golpe: las ramas de los árboles resonando su canción metálica, el agua tintineando su melodía, los pétalos de las flores cantando sus notas. Sin su cita en la cual concentrarse, todo se volvió demasiado brillante, demasiado ruidoso, demasiado. Shawn se cubrió los ojos y se apresuró hacia la parada del autobús.

El viaje en autobús a casa pasó en una borrosidad de colores apagados y ruido del motor, dándole tiempo para repasar cada momento, buscando pistas sobre qué había salido mal. *Te llamo*, había dicho Lindsay, pero nunca lo hacían. Sacó su teléfono, abrió su perfil de citas, y revisó las posibilidades. Definitivamente esto era un juego de números.

Pronto estaría de vuelta en el mundo cuidadosamente ordenado de su abuela en el Upper West Side, con su iluminación suave, arte monocromático, y el suave gorjeo de sus pájaros. Ella querría escuchar sobre su cita. Siempre lo hacía.

Veinte minutos después, giró su llave en la cerradura familiar, agradecido de escapar del caos sensorial abrumador de la ciudad. Entró al espacioso apartamento que compartía con su abuela, donde la cocina, el comedor y la sala ofrecían vistas inspiradoras de Central Park. Pinturas al óleo en blanco y negro adornaban las paredes gris plata: leones marinos tomando sol en el Zoológico de Central Park, el icónico Edificio Flatiron reinando sobre su esquina, una pareja en conversación íntima afuera de una floristería de SoHo. Estas eran las orgullosas creaciones de Ruth, y su hogar inmaculado fácilmente podría confundirse con un museo si los muebles desaparecieran.

Una jaula dorada colgaba cerca de la ventana de la sala donde los tortolitos amarillos y verdes, Sunny y Cloudy, se acurrucaban juntos. Shawn dejó caer una cucharada generosa de lentejas cocidas en su comedero. A su abuela le gustaba meter la mano y acariciar sus plumas, pero Shawn solo se atrevía a alimentarlos.

Shawn apoyó los pies en la mesa de café de nogal y trató de hundirse en el sofá de terciopelo rojo, aunque nunca se lo permitía completamente. Era demasiado como su abuela: rígido y apropiado. Encendió el televisor y revisó las opciones hasta que encontró una película en blanco y negro que mostraba a una mujer apretando los dientes mientras una costurera luchaba por cerrar el cierre de su vestido de novia. Al voltearse hacia un espejo, el rostro de la novia se iluminó mientras la costurera se secaba una lágrima.

La voz de Ruth resonó desde su habitación.

—Shawn, puedo escuchar tus pies en mis muebles.

Shawn quitó las piernas de la mesa.

—No puedes escuchar pies.

—Puedo escuchar todo en este apartamento. Viene con la edad y demasiado tiempo libre. —Ruth se deslizó hacia la habitación usando un cárdigan lavanda sobre su blusa y pantalones negros. Su mano rozó la pared mientras caminaba. A finales de los setenta, tenía cabello castaño rojizo rizado y una figura esbelta, un regalo de años de natación. Su porte majestuoso ocultaba su lado artístico. Nunca salía de casa sin "ponerse la cara", pero hoy su lápiz labial estaba corrido en una esquina.

—Quiero todos los detalles —dijo, su voz cargada de fatiga.

Shawn apartó la mirada de sus ojos curiosos para contemplar las nubes que se oscurecían afuera.

Ruth golpeó con el pie.

—Estoy esperando.

—Lo mismo de siempre...

Ruth frunció el ceño.

—No la miraste a los ojos, ¿verdad?

Shawn miró al suelo.

—Nadie se va a casar conmigo.

—¿Casar? Necesitamos conseguirte una segunda cita. —Enderezó una pintura.

—Si no me caso, no tendré a nadie después de que te mueras.

—Todavía estoy funcionando. Y cuando no esté, tendrás a tu hermano, por lo que eso valga.

—A veces, para seguir adelante, me imagino acostada en un ataúd.

Ruth jadeó.

—¿Cómo te atreves a decir eso? Sabes que quiero ser cremada. Para que nadie pueda arruinar mi maquillaje.

—Tal vez debería empezar a imaginarte como una urna.

Ruth se encogió de hombros.

—Lo que funcione. —Se aferró al respaldo de una silla, estabilizándose.

Shawn miró por la ventana. Una brisa susurró entre los

árboles del parque mientras una llovizna caía como cortinas.

—Extraño al abuelo.

—Eso nos hace dos. —Ruth lentamente llenó una tetera de plata y la puso en la estufa—. Le encantaba preguntarme sobre mi día, luego apagar su audífono. —Ruth negó con la cabeza y se rió en voz baja—. Una vez, me dijo que la mejor parte de envejecer era recibir menos presión social ya que todos sus compañeros se estaban muriendo.

Shawn suspiró.

—No quiero que te mueras como él lo hizo. —Su voz se quebró.

Ruth se aferró a una silla cercana.

—Oh, Shawn...

—¿Quién compraría mi cereal? ¿O me ayudaría a pagar las cuentas? ¿O...?

—Me alegra que me vayan a extrañar —dijo con una sonrisa irónica—. Solo prométeme que mantendrás mi urna brillante.

—Por supuesto.

Shawn se volteó hacia el televisor, donde la novia se deslizaba por elegantes escaleras, envuelta en satén y encaje. Su novio esperaba abajo en un esmoquin blanco, sonriendo de oreja a oreja.

—Cuéntame sobre tu día de boda otra vez, abuela.

La expresión de Ruth se suavizó, como siempre lo hacía cuando hablaba del abuelo.

—¿Qué parte? ¿La parte donde tropecé caminando por el pasillo, o la parte donde él susurró, "valió la pena la espera" cuando finalmente llegué al altar?

—La parte del altar.

—Estaba tan nervioso, sus manos temblaban cuando trató de ponerme el anillo. Tuve que sostenerlas. —Ruth sonrió, perdida en el recuerdo—. Después de cincuenta y tres años, todavía se ponía nervioso conmigo a veces.

Shawn se imaginó en un esmoquin, esperando al amor de su vida, alguien que también podría sostener sus manos temblorosas.

—¿Qué cambiarías si pudieras hacerlo todo de nuevo?

Ruth no respondió.

Shawn miró y la vio desplomada en su mecedora, su cuerpo flácido como una marioneta sin hilos.

—¿Abuela? —Se acercó corriendo y la sacudió. Ella se desplomó en sus manos, su piel enfriándose bajo su toque.

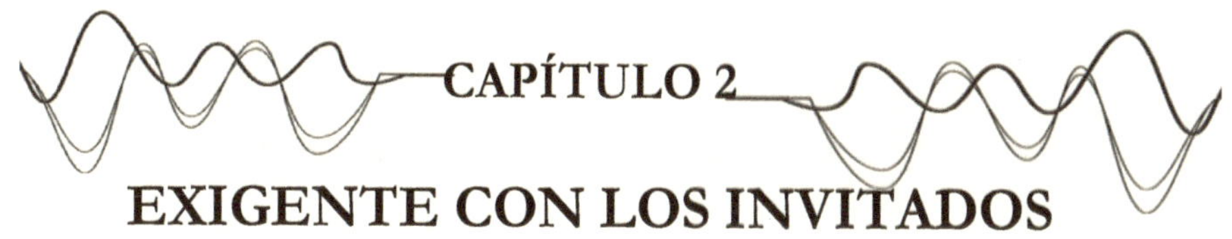

CAPÍTULO 2
EXIGENTE CON LOS INVITADOS

Shawn se aferró a la barra de metal fría dentro de la ambulancia mientras se abría paso entre el tráfico hacia el Hospital Mt. Sinai. Sus entrañas se retorcían con cada giro brusco. Un paramédico corpulento insertó una vía intravenosa en el brazo de su abuela mientras yacía inmóvil en la camilla. El lamento rítmico de la sirena golpeaba contra sus tímpanos hasta que se presionó las manos sobre los oídos.

Horas después, Shawn se retorció las manos mientras se sentaba en una silla junto a su abuela dormida y rezaba en silencio mientras las máquinas pitaban a su alrededor. Una cortina pálida la separaba de una mujer frágil en un respirador artificial. Ruth se veía igual de frágil en su bata de hospital color verde mar bajo las luces fluorescentes.

Un doctor robusto entró, sosteniendo una carpeta con sujetapapeles. A finales de los cuarenta, con ojos hundidos y cabello canoso, tenía un rostro amable enmarcado por gafas redondas. Las botas le añadían un poco de altura mientras se acercaba a Shawn y miró a Ruth con preocupación. —Cuando llegas a su edad, las cosas pueden empezar a fallar rápido —dijo con un suspiro.

Shawn lo calló. —Rezando.

El doctor revisó su reloj. Después de un momento, Shawn levantó la cabeza e hizo un gesto para que continuara. Antes de que pudiera, la puerta blanca de la habitación se abrió de par en par, y su hermano Colin se apresuró a entrar. Donde Shawn había heredado el cabello oscuro y la altura de su padre, Colin había obtenido la coloración clara y las facciones angulares de su madre. A pesar de ser cinco años mayor y casi igual de alto, su rostro juvenil y cabello rubio perpetuamente despeinado lo hacían parecer el hermano menor de Shawn. Colin comenzó a abrazar a Shawn pero se detuvo. —¿Fue un ataque de pánico?

Shawn negó con la cabeza. —Su azúcar en la sangre bajó demasiado, y se desmayó.

—Necesita mantenerse al día monitoreándose, especialmente a su edad —dijo el doctor.

—Eso es lo que le dijeron al abuelo —dijo Shawn—. Pensé que estaba haciendo un buen trabajo cuidándose hasta que tomó una siesta y no despertó.

—¿Él también tenía diabetes? —preguntó el doctor.

Shawn y Colin asintieron.

—El abuelo siempre nos decía: cuando la vida te da limones, los diabéticos no deberían hacer limonada —dijo Colin—. También le gustaba decir que se casó con la abuela porque era su tipo. Diabetes tipo uno.

El doctor no sonrió. —Bueno, ella tendrá que manejarlo día a día. Asegúrense de que tome suficientes líquidos y se monitoree. La daré de alta mañana.

Colin señaló a la paciente detrás de la cortina. —Escuché que esa mujer se tragó un billete de cien dólares. —El doctor miró a la paciente, luego a Colin, confundido. Acercándose, Colin bajó la voz—. ¿Ha habido algún cambio?

El doctor negó con la cabeza y se fue.

Shawn se volteó hacia Colin. —¿Eso fue un chiste?

—Si tienes que preguntar, no lo estoy haciendo bien.

—No creo que este sea el momento para bromear.

Colin arrugó la nariz. —Este es exactamente el momento para bromear. Sabes que el abuelo estaría haciendo chistes.

Shawn subió las cobijas hasta el cuello de Ruth. —Si perdemos a la abuela...

—Como dijo el doctor: día a día, Shawn —dijo Colin, revisando su teléfono.

—Siempre pensé que ella me vería casarme antes de morir.

—Mejor apúrate entonces —dijo Colin con un brillo en los ojos.

Shawn lo fulminó con la mirada.

—Estoy bromeando. Bromeando. Pero también medio en serio. —Colin regresó a su teléfono.

Shawn se desplomó bajo el peso del día presionando sobre él. —La abuela dice que el amor me encontrará cuando menos lo espere. Pero es difícil dejar de esperarlo.

Colin leyó sus mensajes. —Necesitas algunos consejos.

—Necesito más que eso.

—¿No te ayuda tu trabajo en la aplicación de citas en ese departamento?

—No tanto como pensé. —Shawn suspiró—. Pero no debería estar pensando en eso. No con la abuela...

—Ella estará bien, y yo me haré cargo de lo que sea que ella haga por ti hasta que regrese a casa.

Pero a la mañana siguiente, Colin ni siquiera pudo hacer bien el desayuno. Trajo cereal azucarado en lugar de los Cheerios preferidos de Shawn.

—Te pedí una cosa, Colin. Una cosa simple.

Colin se sirvió un tazón de las bolitas coloridas cubiertas de azúcar. —Estaba en oferta. Además, vive un poco.

—Esto no se trata de vivir un poco. Se trata de... —Shawn se interrumpió, frotándose las sienes—. No importa. Me haré cargo de la abuela yo mismo.

Colin se encogió de hombros y se dirigió hacia la puerta. —Como quieras, hermano. De todas formas tengo que ir a trabajar. —La puerta se cerró de golpe detrás de él, dejando a Shawn solo con su frustración.

Treinta minutos después, el aire fresco mordía las mejillas de Shawn mientras se subía al asiento trasero de un taxi afuera de su edificio. Durante el viaje a Mt. Sinai, ensayó todo lo que el doctor le había dicho sobre el cuidado de Ruth: horarios de monitoreo, señales de advertencia, restricciones dietéticas.

En el hospital, las luces fluorescentes brillaban menos severamente durante el día. Ruth estaba sentada en una silla de ruedas junto a la ventana, ya vestida con el cabello peinado, mirando hacia los jardines.

—Ahí está mi caballero de armadura brillante —dijo, volteándose para saludarlo con una sonrisa cálida que arrugó las comisuras de sus ojos.

Shawn se arrodilló junto a su silla de ruedas. —¿Lista para ir a casa?

—Más que lista. Creo que rellenan sus camas con pelotas de golf.

La enfermera le explicó a Shawn los papeles de alta. Firmó su nombre en múltiples formularios, poniendo iniciales aquí y allá. La enfermera revisó el horario de medicamentos de Ruth una última vez, y Shawn tomó notas en su teléfono.

—Eres peor que tu abuelo —dijo Ruth mientras esperaban sus recetas—. Él también era muy preocupón.

—Quiero hacer todo bien —dijo Shawn, apretando las manos.

El viaje en taxi a casa fue silencioso. Mientras la ciudad pasaba por la ventana, Ruth señaló cambios en las vitrinas o comentó sobre el clima. Shawn siguió mirándola, verificando señales de fatiga o malestar.

Llegaron a casa para encontrar a un extraño en la estación del portero, su uniforme ligeramente demasiado grande para su estructura delgada.

—¿El portero regular no está aquí hoy? —preguntó Ruth.

El hombre negó con la cabeza. —Se tomó el día libre.

Ruth asintió, y su sonrisa se desvaneció.

Shawn la ayudó a subir a su apartamento. Se preocupó por las almohadas en su cama, arreglándolas y reacomodándolas hasta que Ruth pudiera sentarse cómodamente. Ajustó el ángulo, las esponjó, luego ajustó de nuevo hasta que Ruth lo apartó.

—Suficiente, querido. Están perfectas.

El aroma familiar de su crema de manos de lavanda llenó el aire mientras se la aplicaba a su piel seca, haciendo que el olor estéril del hospital fuera un recuerdo distante.

—¿Te puedo traer un té? —preguntó Shawn, revoloteando en la entrada.

—Estoy bien. No sé de qué se trata todo este alboroto. —Ruth se reclinó contra las almohadas y tomó un libro de su mesa de noche: una copia muy usada de *El Progreso del Peregrino* que había estado leyendo durante años.

—Quiero que vivas el mayor tiempo posible —dijo Shawn, su voz temblando.

Ruth levantó la vista de su libro, sus ojos suaves pero determinados. —Ese es el departamento de Dios.

Él asintió, sabiendo que no había discusión cuando ella invocaba lo divino. Con un suspiro, revisó su reloj.

—Tengo que ir a trabajar. He dejado tu medicamento en el mostrador de la cocina con las instrucciones. Tu monitor está al lado de la cama, y he puesto alarmas en tu teléfono para recordarte cuándo revisar. Hay...

—Shawn —lo interrumpió—. Ve. He estado manejando esta condición desde antes de que nacieras.

Él dudó, luego asintió. —Llámame si necesitas algo. Lo que sea.

—Ve —repitió con una sonrisa.

Él negó con la cabeza y se dirigió hacia la puerta, cerrándola detrás de él.

En el viaje en autobús al trabajo, algo urgente presionaba contra su pecho. Su abuela no estaría para siempre para cuidarlo, para ayudarlo a navegar el mundo, para creer en su futuro cuando él no podía creer en sí mismo.

Sacó su teléfono y abrió su perfil de citas. Redactó un nuevo mensaje introductorio, más honesto que cualquiera que hubiera escrito antes: *Buscando a alguien que entienda que el amor no es perfecto, pero vale la pena luchar por él. Alguien que no se rinda conmigo cuando no siempre pueda darles lo que esperan. Soy autista, lucho con las señales sociales, y podría lastimar sus sentimientos accidentalmente. Pero los amaré con todo lo que tengo.*

Miró lo que escribió por un largo momento. Su dedo se quedó sobre el botón de enviar. *Esto es quien soy. ¿No debería alguien saber eso desde el principio?* Pero recordó el rostro de Lindsay cuando mencionó estar en el espectro, la forma en que su sonrisa había cambiado de genuina a cortés. Recordó a Emily arrojándole agua y a Anna alejándose a mitad de conversación.

Borró las palabras. Demasiada verdad para un primer mensaje. Tal vez demasiada verdad, punto.

En su lugar, simplemente escribió: “Hola.”

Y comenzó a buscar de nuevo.

El autobús se sacudió a través del tráfico matutino, y Shawn observó las aceras rebosantes de gente apresurándose al trabajo. Los pasajeros emergían de las entradas del metro como arroyos convergiendo en ríos. Los trabajadores de oficina agarraban tazas de café y revisaban teléfonos. Los estudiantes caminaban con mochilas hacia la escuela. Los paseadores de perros navegaban la multitud apresurada.

Miles de rostros fluyeron pasando su ventana, cada persona viviendo su propia historia, cargando sus propias esperanzas y decepciones. En algún lugar de esa multitud interminable estaba alguien que podría entender, alguien que podría quedarse con él, alguien que podría amarlo exactamente como era. Solo tenía que encontrarla antes de que fuera demasiado tarde.

Esta comprensión hizo que su pecho se llenara de posibilidad hasta que el autobús se estremeció hasta detenerse en su esquina usual. Bajó a la acera llena de gente, uniéndose al río de personas mientras se dirigía al trabajo.

Shawn siempre llegaba primero a Exclusiv. Le gustaba llegar a la oficina antes que todos los demás para poder organizar su escritorio, ponerse sus tapones para los oídos, y comenzar a escribir código para su aplicación de citas, sin distracciones. Solía saludar a las fotos de parejas fotogénicas que llenaban las paredes de la oficina, hasta la mañana cuando un compañero de trabajo le respondió. Eso le valió suficientes bromas en el almuerzo para romper el hábito.

Su espacio de trabajo presentaba fotos cuidadosamente arregladas de escenas de bodas: un novio cargando a su novia a través de un umbral, una pareja besándose en un muelle, recién casados saludando desde un taxi.

A veces Shawn cerraba los ojos y pretendía ser el hombre en esas fotos. Entonces perdía la noción del tiempo. Una tarde, incluso se quedó dormido. Ahora solo se imaginaba en esas escenas cuando se sentía especialmente solo.

Entre dos de las fotos, arrugada por el manejo, había una tarjeta azul con un versículo bíblico: "Esperé pacientemente al Señor; Él se volvió hacia mí y escuchó mi clamor." Amanda le había dado esa nota en la universidad: su única relación que había durado mucho más allá de una segunda cita. Algunas mañanas, sostenía la tarjeta cerca y juraba que aún podía captar trazos de su perfume.

Los empleados circundantes eran atractivos, la mayoría en sus veinte. Frecuentemente se reunían para tragos después del trabajo pero no invitaban a Shawn. A menudo se pegaban a sus teléfonos, y Shawn sospechaba que estaban enmascarando socialización y juegos como trabajo. La aplicación de citas de alguna manera seguía funcionando a pesar de que él era el único haciendo verdadera programación, así que debían estar contribuyendo algo.

Cuando Shawn comenzó en Exclusiv, trató de entablar conversaciones con sus compañeros. Se obligaba a mirarlos a los ojos mientras inventaba datos interesantes sobre aplicaciones de citas o el amor en general. Antes de mucho tiempo, sus compañeros no tenían tiempo para hablar con él, y se volvió demasiado trabajo para él conectar con ellos. Recurrió a un rápido "hola" en el elevador, y parecían estar bien con eso.

Shawn alisó una arruga en la camisa del lunes, su polo azul pálido. Cada día tenía su color asignado: verde oscuro para martes, naranja claro para miércoles, y así durante toda la semana. Los tonos apagados lo mantenían enfocado, a diferencia de los colores intensos que podían abrumarlo con sus sonidos si miraba demasiado tiempo.

Desde su escritorio en la esquina, notó que Flynn llegaba, deslizándose en su silla a unos metros de distancia con gracia sin esfuerzo, audífonos vintage coronando su cabello artísticamente despeinado. El estilo curado de Flynn presentaba camisas de mezclilla con mangas enrolladas revelando antebrazos tatuados, y jeans selectivamente desgastados que de alguna manera se veían tanto casuales como deliberados.

Durante el día, mujeres de contabilidad, recursos humanos, e incluso la alta gerencia ideaban razones para pasar por el escritorio de Flynn, demorándose con risas que parecían flotar sobre el zumbido de la oficina. Su feed de Instagram se leía como un diario visual de momentos envidiables: brazos fuertes rodeando modelos esbeltas en fiestas exclusivas en azoteas, tomas espontáneas con amigos igualmente fotogénicos en restaurantes de moda, relajándose en la cubierta pulida del yate de alguien con el océano brillando detrás de él.

Shawn lo estudió desde detrás de su monitor. Trató de descifrar el campo magnético que parecía atraer gente a la órbita de Flynn mientras Shawn permanecía como un satélite distante, observando para siempre pero nunca parte de ese círculo interior brillante.

Su jefe, Jake, emergió de su oficina encerrada en vidrio por el pasillo. Su camisa de vestir se tensaba sobre su pecho que nunca había conocido una pesa que no le gustara, mientras su piel tenía el bronce antinatural de monedas viejas. Su sonrisa prometía problemas mientras se acercaba a Flynn, quien revisaba fotos de mujeres de su aplicación de citas.

Shawn se quitó los tapones para escuchar mientras Jake señalaba los perfiles femeninos parpadeando en la pantalla de Flynn. —Flynn, hermano. ¿Cómo está la mercancía?

El rostro de Flynn se arrugó con decepción. —Un poco podrida.

Jake miró la pantalla y hizo una mueca mientras varias mujeres pasaban volando. —Tal vez deberíamos ser un vale todo y dejar que la gente fea se una como todos los demás. También son personas. ¿No es así?

Flynn se encogió de hombros, y Shawn hizo una mueca. No le gustaba escuchar a su jefe hablar de esa manera.

Lo que hacía a Exclusiv tan exclusivo era cómo monitoreaban las ofertas y echaban a cualquiera que no encajara con los ideales de la aplicación. O, más precisamente, los ideales de Jake. Si la aplicación te aceptaba, publicabas sobre ello, pero no lo mencionabas si no lo hacía.

Jake señaló una foto de una chica tipo ex-porrista enérgica. —¿Quién es esta belleza? —preguntó, haciendo clic en su perfil. Debajo de su foto había un número rojo seis dentro de un círculo azul. Se volteó hacia Shawn—. ¿Por qué está calificada con un seis?

Shawn se acercó más a la computadora de Flynn y miró la pantalla. —Porque mintió en su perfil.

Jake miró la computadora y luego a Shawn. —¿Tu sistema es un detector de mentiras?

—Ella afirma que se especializó en cosmetología. En Harvard. No es posible. Mi algoritmo verificó...

Jake lo interrumpió. —¿Y te preguntas por qué no hemos lanzado tu sistema de calificación todavía? Alguien que se ve así debería tener un impulso en su puntuación.

Shawn levantó una ceja. —La puntuación es objetiva. Se basa en su historial de...

—A nadie le importan los historiales si perdemos a todos los jóvenes y atractivos con tarjetas de crédito válidas. —Jake puso sus manos en las caderas—. Encontremos una manera de recompensar a esta belleza.

Shawn se frotó la nuca. —Podrías tener razón.

—Por supuesto que la tengo. —Jake soltó un bufido y se dirigió de vuelta a su oficina. Flynn alcanzó sus audífonos y desapareció de vuelta en su mundo.

Shawn tosió suavemente hasta que Flynn levantó la vista y se quitó los audífonos. —Mi cuenta fue borrada otra vez —dijo Shawn.

—Oh, sí. Nueva regla. Los empleados ya no pueden usar nuestra aplicación —dijo Flynn, jugueteando con su brazalete de cuero.

—Pero tú sí estás.

Flynn sonrió. —Para control de calidad.

—¿Y Adele?

—Control de calidad.

—¿Y Cyrus?

Flynn frunció el ceño y negó con la cabeza. —Shawn, lo siento. Hemos tenido algunas quejas de las chicas que has conocido. En realidad, casi todas las chicas que has conocido. —La expresión de Shawn se llenó de preocupación. Flynn bajó la voz—. No es gran cosa. Pero tal vez puedas probar algunas otras aplicaciones.

—Sé que mis posibilidades de encontrar a alguien subirán si yo...

—Lo siento, hermano. —Flynn se volteó hacia su computadora y se puso los audífonos de vuelta.

Shawn regresó a su escritorio, y un vacío se extendió bajo sus costillas. *Por qué no puedo ser más como Flynn. Todo le sale fácil.*

Tammy apareció, serpenteando entre las estaciones de trabajo y dejando sobres. Estaba a mediados de los veinte, bonita pero rebelde, con cabello rubio con mechas más oscuras, usando una de sus camisetas declarativas. La de hoy proclamaba: "LA PIEL es Muerte." Le entregó un sobre a Flynn. —Pases para el baile de los misóginos. Este sábado.

Flynn sonrió burlonamente. —¿Te refieres a nuestra fiesta promocional?

Tammy negó con la cabeza. —Abre los ojos. ¿Qué estamos realmente promocionando?

Sus compañeros esperaban estas verificaciones de realidad de Tammy. Mientras ellos se quejaban de los costos de membresías de gimnasio, ella se quejaba de la falta de agua limpia en naciones en desarrollo.

Cuando Tammy comenzó en Exclusiv, sus compañeros la invitaban a tragos, pero ella a menudo declinaba. Cuando la gente le preguntaba cómo había conocido a Jake y dónde había trabajado anteriormente, ella cambiaba la conversación a lo que podían hacer para mejorar el mundo. Pronto, comenzaron a circular rumores sobre quién era Tammy y por qué Jake la había contratado.

Shawn miró hacia Tammy, esperanzado por una invitación. Ella siguió caminando. —Lo siento, Shawn. Jake es exigente con los invitados.

—¿Y si no como o bebo nada? —preguntó Shawn con una sonrisa triste.

Tammy lo miró de arriba a abajo, y la lástima la venció. Le pasó un sobre a Shawn sigilosamente mientras hacía un espectáculo para sus compañeros. —No puedo hacerlo, Shawn. Sabes que cuando Jake dice "no," significa "no." —Miró dagas a los otros—. ¡Como las víctimas de agresión sexual. No significa no, gente!

Algunos compañeros gimieron; esta no era su primera mini-conferencia.

Shawn miró entre el sobre y Tammy con expresión en blanco. —Si no puedo ir, ¿para quién es esto?

Tammy se acercó para que los otros no pudieran escuchar. Su perfume almizclado llenó el espacio, pero él se guardó esa observación. —Odio el tema y me opongo por principio, pero tengo que estar ahí, y eres un buen tipo. Espero que puedas venir. Puedes traer un invitado pero evita a Jake y asegúrate de estar disfrazado.

Shawn sacó la invitación del sobre y examinó la fuente estilo años setenta que anunciaba: "¡Fiesta de Proxenetas y Prostitutas!" El tema le revolvió el estómago, pero tal vez esta podría ser su oportunidad de conocer a alguien que pudiera entenderlo. Tendría que tener cuidado de no mencionar el tema a su abuela. Su presión arterial no necesitaba otra razón para subir. Le diría que era una fiesta de trabajo, lo cual era cierto. Estaría feliz de que tuviera otra oportunidad de conocer a alguien especial.

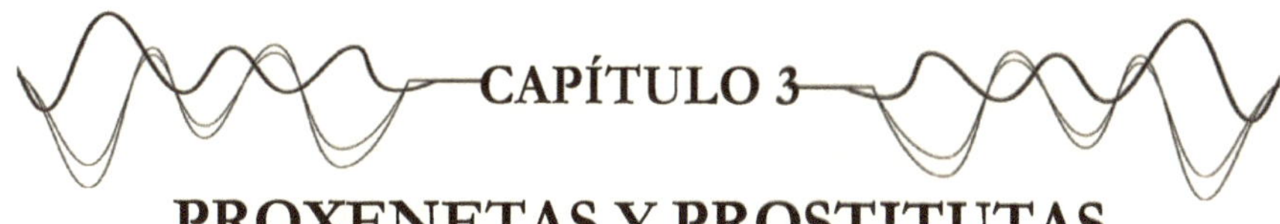

CAPÍTULO 3

PROXENETAS Y PROSTITUTAS

El sábado por la noche llegó rápido. Shawn se abotonó su chaqueta de fumar rubí y se apresuró hacia la puerta principal, esperando que el disfraz no lo delatara.

—¿Ya te vas? —La voz de Ruth lo detuvo. Estaba sentada en su silla en la sala, los dedos acariciando su collar, la misma cruz dorada que había usado todos los días desde que murió el abuelo—. Prométeme que tendrás cuidado. No me gusta sentirme ansiosa cuando no estás.

—Por supuesto que tendré cuidado.

Ruth se levantó y abrió la mesa lateral junto a la puerta principal, sacando la gruesa Biblia familiar. La cubierta azul y dorada brillaba bajo la luz de la lámpara, su broche metálico manteniendo cerradas las páginas con bordes dorados. Años de devocionales matutinos habían desgastado parches suaves en el cuero. Le hizo señas a Shawn para que pusiera su mano encima, un ritual que realizaba cada vez que quería asegurarse de que tomara buenas decisiones.

—Prométemelo otra vez.

—Estás siendo ridícula —dijo Shawn, pero puso su mano en la Biblia, sabiendo que esta era la única manera de escapar—. Prometo que tendré cuidado.

—Me siento mucho mejor ahora. —Se retiró para darle espacio.

Shawn recordó encontrar al abuelo encorvado sobre las páginas gastadas de esa Biblia, murmurando sobre "buscar vacíos legales" cuando Ruth estaba al alcance del oído. Pero Shawn sabía que estaba bromeando. Había visto cómo los dedos de su abuelo trazaban los versículos, cómo sus labios se movían silenciosamente a través de pasajes familiares, cómo nunca se perdía un servicio dominical. El espacio vacío al lado de Ruth en la iglesia ahora todavía se sentía demasiado grande, incluso con Shawn llenándolo.

—Recuerda, mucho contacto visual —dijo Ruth, su voz cargada con la misma preocupación que había tenido cuando primero trató de enseñarle eso cuando era niño.

Shawn dudó en la puerta, su mano en la perilla. El terciopelo de su chaqueta captó la luz mientras se volteó una última vez para darle una sonrisa tranquilizadora. Ruth ya había regresado a su silla, tomando sus agujas de tejer. El suave clic del metal contra metal lo siguió mientras se deslizó hacia el pasillo.

El Puente de Manhattan se extendía arriba, sus luces centelleando contra el telón de fondo enjoyado de la ciudad. Shawn se paró en la acera frente al almacén donde la música techno retumbaba a través de las paredes. Hombres y mujeres en disfraces de proxenetas y prostitutas de los años setenta pasaban corriendo junto a él hacia la entrada, donde un hombre delgado en cuero negro de pies a cabeza revisaba pases y desenganchaba la cuerda de terciopelo para dar la bienvenida a la gente adentro.

Shawn cambió su peso de una pierna a la otra, tratando y fallando en verse cómodo.

—¿Qué tal, hermano? —Una voz familiar lo hizo voltear hacia Colin, quien llevaba un traje dorado brillante, zapatos de plataforma blancos, gafas gigantes, y un sombrero emplumado.

Shawn lo miró de arriba a abajo.

—Esta es una fiesta de proxenetas y prostitutas. ¿Por qué estás vestido como Elton John?

Colin miró su atuendo.

—¿En serio? Ugh. Eso es mi culpa por tratar de reutilizar el traje de graduación del abuelo. —Se encogió de hombros y señaló el conjunto de Shawn—. Y tú eres...

—Hugh Hefner. Él era el proxeneta definitivo. —Shawn sonrió radiante—. Leí eso en línea.

—Me sorprende que la abuela te dejara salir viéndote así.

—Me hizo jurar sobre la Biblia que tomaría buenas decisiones.

—No me sorprende, pero apuesto a que te sales con la tuya mucho más de lo que yo hacía cuando vivía ahí.

Caminaron hacia la entrada del almacén.

—Realmente no lo hago —dijo Shawn mientras se ponía tapones para los oídos—. Porque nunca intento nada.

Adentro, el almacén pulsaba con música y cuerpos. El bajo vibró a través de las suelas de los zapatos de Shawn mientras se acomodaba los tapones. Mujeres, vestidas en todo desde minifaldas ajustadas hasta casi nada, navegaban la multitud en stilettos o botas hasta el muslo. Los hombres se pavoneaban en trajes coloridos con pantalones acampanados, algunos luciendo pelucas disco rizadas enormes. Un tipo llevaba a sus "prostitutas" con una correa tachonada, lo cual hizo florecer una sensación enferma en el estómago de Shawn.

Colin señaló al otro lado del cuarto.

—Necesito ir al baño. Te veo aquí de vuelta.

Shawn asintió rápidamente mientras Colin se metió entre la multitud. Una mujer en una minifalda de lunares y peluca con cuentas sorbía su bebida cerca. La mezcla de su perfume floral y el olor acre del sudor de la pista de baile hizo que la nariz de Shawn se contrajera. El bajo golpeaba más fuerte aquí, vibrando a través de su pecho. *Aquí está mi oportunidad.*Se acercó a ella mientras ideaba formas de mantenerse en el tema de los años setenta.

—Espero que no tengamos que racionar gasolina.

—¿Perdón? —Ella lo miró entrecerrada, confundida. Su aroma se intensificó mientras se acercó más para escucharlo sobre la música.

—Eso es lo que Estados Unidos tuvo que hacer cuando la OPEP embargó petróleo en 1973. Luego tuvimos que hacerlo otra vez después de la Revolución Iraní. —Shawn se secó la frente, dando un paso atrás de su fragancia abrumadora. De repente, la habitación se volvió abrasadora; sus entrañas se retorcían como tratando de reacomodarse.

El rostro de la mujer se tensó.

—Necesito un refill. —Se alejó con su vaso lleno mientras Shawn se preguntaba si debería haber hablado de disco en su lugar.

Una rubia alta que parecía una muñeca Barbie de la vida real texteaba en su teléfono cerca, encorvada sobre la pantalla. Las luces estroboscópicas rebotaban en su top de lentejuelas, bailando destellos a través de la visión de Shawn. Parpadeó fuerte, tratando de enfocarse mientras los flashes hacían que la habitación se tambalera. El calor estaba subiendo, haciendo que su disfraz se pegara a su piel. Shawn se acercó hasta que ella lo miró.

—Sostén tu teléfono directamente frente a tu cara cuando textees —dijo, entrecerrado contra las luces pulsantes.

—¿Me estás hablando a mí? —preguntó Barbie. Otro flash estroboscópico volvió su cabello rubio momentáneamente azul.

—Para evitar el cuello de texto. Es algo que pasa cuando la gente se inclina para usar sus teléfonos. Causa mucha tensión.

Ella levantó las cejas.

—Nunca he escuchado del cuello de texto.

—Es una cosa real.

—¿Eres doctor?

—No, pero he ido a muchos de ellos.

Barbie hizo un gesto hacia un grupo de gente cerca.

—Tengo que ir a hablar con alguien.

Shawn casi preguntó si se estaba encontrando con Ken pero se detuvo.

—Puedo ir contigo.

—Necesitamos hablar en privado. Sobre una cosa. Perdón.

Shawn retrocedió.

—Por supuesto. Ve adelante. No es gran cosa.

Ella se deslizó a través de la multitud y se detuvo en una de las barras para mirar su teléfono, pero nadie se le unió.

La multitud se espesó y los cuerpos presionaron desde todos lados mientras Shawn se acercó a una mujer con rizos rojos largos acurrucada con otras dos mujeres. Con cada paso que daba hacia adelante, el sudor de su cuerpo hacía que su chaqueta de terciopelo se pegara a su piel.

—¿Te puedo interesar en algo de conver? —le preguntó a la mujer, su cuello sintiéndose más apretado mientras el calor se intensificaba.

Ella lo miró con ojos cuestionadores.

—¿Conver?

—Es corto para conversación. —Shawn trató de crear espacio entre él y una pareja bailando que había retrocedido hacia su burbuja personal. Su piel se erizó con la conciencia de cuánta gente lo rodeaba—. Puedo explorar una variedad de temas.

—No hablo español. —Se volteó hacia sus amigas y continuó en español fluido, desconcertando a Shawn mientras se retiraba de la presión sofocante de cuerpos, tirando de su chaqueta cada vez más húmeda.

Colin regresó, sonriendo.

—Esta fiesta me recuerda a un sueño que tuve la otra noche. Excepto que al final, los invitados me persiguieron hasta que me caí en un hoyo. Luego estaba cayendo y cayendo hasta que desperté.

—Ese es un sueño extraño.

—Evitemos cualquier hoyo. —Colin le hizo señas a Shawn para que lo siguiera.

—Miren quién apareció. —Tammy se acercó a ellos en un vestido negro delgado con un diseño gráfico brillante de un semáforo.

Shawn señaló su vestido.

—Te ves como un semáforo.

Tammy sonrió.

—Exacto. Alto al tráfico humano.

Shawn la estudió, confundido.

—¿Qué tiene que ver eso con la fiesta?

Las manos de Tammy encontraron sus caderas.

—¿Crees que las "prostitutas" son "prostitutas" por elección?

—Algunas de ellas. Sí —dijo Colin.

Tammy se volteó hacia él.

—No te hagas ilusiones. Nadie elige esa vida si tienen algo más que puedan hacer. No deberíamos estar celebrando que las mujeres sean traficadas por proxenetas.

Colin cruzó los brazos.

—Eres algo intensa.

—La esclavitud moderna es intensa. —Tammy señaló a la multitud—. Pero esta gente solo se preocupa por estar borracha, sexy, y divertirse.

Colin inspeccionó el cuarto.

—Tengo mucho en común con ellos.

Tammy negó con la cabeza.

—Todo lo que veo es sudoroso, inseguro, y desesperado. Muchos momentos Me Too pasando aquí. —Se volteó hacia Shawn—. Pero sé que al menos uno de ustedes es diferente. Disfruten la fiesta. —Desapareció entre la multitud.

Shawn se despidió con la mano.

—Le gusta hacer preguntas pero no se queda para las respuestas.

Se empujaron hacia la barra central, donde bartenders

vestidos de negro luchaban por escuchar órdenes de bebidas sobre la música. Las paredes del almacén parecían pulsar hacia adentro con cada golpe, mientras las luces coloridas del techo se volvían más intensas hasta que voces y música se fusionaron en una pared ensordecedora de sonido. Las manos de Shawn se entrelazaron mientras su mirada perdió el enfoque, un sabor agrio subiendo en su boca.

—¿Estás bien, hermano? —preguntó Colin.

Shawn negó con la cabeza.

—Respira profundo. Concéntrate en una cosa a la vez. Comida gratis, bebidas gratis, mucho dulce para los ojos. Se siente como Navidad para mí. —Tres mujeres en atuendos reveladores se pavonearon pasando—. Prostituta, prostituta, y prostituta.

Líneas de preocupación arrugaron la frente de Shawn.

—La forma en que estas mujeres están vestidas aumentará la posibilidad de embarazos no deseados.

Colin se rió como siempre hacía cuando Shawn señalaba lo que otros notaban pero no decían.

Jake se acercó a la barra, su traje de satén rojo captando las luces estroboscópicas, cadenas doradas brillando alrededor de su cuello. Miró y hizo una doble toma.

—¿Shawn?

El pecho de Shawn se apretó en un puño de pánico mientras se volteó y trató de disolverse en la multitud, empujando pasando gente balanceándose para escapar. Pero Jake navegó a través del mar de bailarines y bloqueó su camino. Colin se quedó atrás, cabeza inclinada, como si estuviera viendo un juego desarrollarse.

Shawn levantó las manos.

—No estoy comiendo o bebiendo.

—Está bien. Relájate. Nunca pensé que querrías venir a nuestras fiestas. Te enojas cuando respiramos muy fuerte.

—No puedo encontrar a mi alma gemela si me quedo en casa.

—En realidad, sí puedes. Ese es el punto de nuestra

aplicación. —Jake escaneó el cuarto—. Bueno, ahora estás aquí y rodeado de ostras. Ve a encontrar tu perla.

—¿Mi perla?

Jake gimió y sacó su cartera, agitando un billete de cien dólares.

—Hagamos esto interesante. Esto es tuyo si consigues una cita con cualquiera de estas prostitutas.

Una sonrisa lenta se extendió por el rostro de Colin mientras se les unió.

—Dinero fácil.

Shawn señaló a Colin.

—Este es mi hermano.

Jake sonrió.

—¿Oh sí? ¿Quieren hacer una apuesta?

Shawn negó con la cabeza, pero Colin asintió como si tuviera un plan.

—Absolutamente.

—Mejor pónganse en movimiento entonces. O me van a hacer cien dólares más rico. —Jake se alejó con la certeza arrogante de alguien ya contando sus ganancias.

Shawn arrastró los pies.

—Eso es mucho dinero.

—Estás listo para el desafío.

Ese momento trajo recuerdos de Atlantic City cuando Colin había arrastrado a Shawn a los casinos en el cumpleaños veintiuno de Shawn, esperando que pudiera contar cartas como el personaje savant autista en Rain Man. Shawn no poseyó esas habilidades, sin embargo, y Colin pasó el fin de semana buscando espacios silenciosos donde su hermano pudiera escapar de la sobrecarga sensorial. Eso terminó sus viajes al casino.

Colin buscó en la multitud candidatos potenciales.

—¿Qué tal ella? —Señaló hacia una mujer curvilínea con cabello castaño recargándose en la pared, quien miró hacia ellos—. Es algo coqueta. Enciende tu encanto.

Shawn se quedó congelado.

Colin lo empujó.

—Sonríele de vuelta.

El rostro de Shawn se dividió en una sonrisa enorme.

—No. Para. Llama su atención; no hagas que piense que te estás postulando para un cargo. Prueba algo más sutil. Como esto. —Colin le mostró una sonrisa tenue.

Shawn reflejó la expresión pero la mantuvo, viéndose como si estuviera tramando algo siniestro.

Colin lo apartó con la mano.

—Espeluznante. Espeluznante. No sonrías sin parar. Solo lo suficiente para hacerla mostrar interés, no llamar a la policía.

—¿Cuánto tiempo se supone que sea eso?

—Prueba tres segundos máximo. Voltea tu cabeza, sonríe por tres segundos, luego voltéate de vuelta.

Shawn puso su reloj. Voltear, sonreír, iniciar cronómetro. Uno, dos, tres. Voltear de vuelta, quitar sonrisa.

Colin se iluminó.

—Eso fue increíble.

Miraron. La expresión de la mujer se congeló en desconcierto hasta que se volteó y se mezcló en la multitud.

Colin se desinfló.

—Bueno, ¿qué son cien dólares?

Shawn se retorció las manos.

—Es mucho dinero.

—Pagaré la mitad.

—Pero fue tu idea.

—Está bien, pero estoy encontrándonos otra fiesta. Esta está muerta.

Colin revisó su teléfono mientras Shawn escaneó la multitud, no listo para rendirse. Probó la sonrisa de tres segundos en algunas mujeres sin éxito.

Entonces vio a una mujer que captó su atención inmediatamente, algo sobre su cabello rubio sucio captando la luz, o tal vez fueron sus ojos de jade que parecían mirar directamente a través de la multitud. Era joven, tal vez veintiuno, con una cara angular que era llamativa incluso bajo maquillaje pesado. Su top de terciopelo blanco y botas hasta el muslo la hacían destacar, pero había algo más, una dureza alrededor de sus ojos que no coincidía del todo con la dulzura en su sonrisa.

Shawn saludó e hizo su sonrisa de tres segundos. Ella se pausó, hizo contacto visual con él, luego caminó hacia él.

—¡Funcionó! —le susurró emocionado a Colin, quien la vio acercándose.

—Bien hecho. —Colin le dio a Shawn un empujón suave hacia adelante antes de alejarse.

La mujer lo alcanzó, masticando su chicle, y le dio un gesto y un guiño mientras Colin observaba desde la distancia. La garganta de Shawn se secó. Sus manos se humedecieron con sudor nervioso, y se las secó contra su chaqueta de terciopelo. A pesar de la confianza proyectada, su corazón realizó una danza errática. Tragó fuerte, obligándose a mantener contacto visual.

—H-hola —logró decir, señalando su top de tubo blanco—. Blanco es el color de todas las longitudes de onda de luz visible. La gente piensa que negro es todos los colores, pero negro es la ausencia de color.

Ella inclinó la cabeza, curiosa, luego sopló una burbuja verde hasta que explotó. Limpiando el chicle de vuelta en su boca, lo miró de arriba a abajo.

—Soy Violeta.

Shawn se enderezó.

—Un color en el extremo superior del espectro visible. Soy Shawn. ¿Te gustaría ir a una cita conmigo?

Violeta se rió.

—¿Siempre eres tan rápido? —Se peinó los dedos a través de su cabello—. Podemos ir a algún lugar ahora mismo. —Explotó otra burbuja.

—No puedo ahora mismo.

—Podemos hacer después, pero te va a costar. —Le guiñó—. Estás en una fiesta de proxenetas y prostitutas. Hablando con una "prostituta" real.

Él negó con la cabeza, confundido.

—No soy bueno fingiendo.

Violeta se acarició el cuello.

—Y yo soy buena en todo mientras me paguen por hora.

—Solía recibir pago por hora. Ahora tengo salario.

—Trescientos la hora. Pero prometo que lo valgo. —Burbuja verde, explosión.

Los ojos de Shawn se ampliaron con curiosidad.

—¿Qué haces para ganar tanto?

—Como dije. Todo. —Se lamió el labio superior, y Shawn se preguntó si tenía sed.

Revisó mentalmente su calendario.

—¿Estás libre el sábado por la noche?

Ella se acercó más, aliento mentolado lavándolo mientras trazó el borde de su top de tubo.

—Esa es mi noche más popular. ¿A qué hora quieres empezar?

—No sé. ¿Las siete?

—¿Por cuánto tiempo?

Nadie había hecho preguntas tan específicas sobre una cita. Esperaba no decir nada para arruinar esto.

—¿Hasta las diez?

Violeta lo miró, pestañeando.

—No soy barata.

—No pensé que lo fueras —dijo Shawn, desconcertado por su suposición.

—Entonces, eres un gran gastador.

Shawn cruzó los brazos.

—En realidad no. Si duráramos tanto tiempo, sería un nuevo récord para mí.

—Para mí no. Mándame tu dirección por texto. —Sacó una tarjeta blanca de su bolso con el nombre "Violeta" y un número de teléfono.

Shawn la tomó, pecho hinchándose.

—Espero con ansias salir.

Ella suspiró.

—Ir a algún lugar es extra.

—Oh. Entonces podemos quedarnos. Mi abuela nos puede hacer algo. —Shawn apreció su conciencia del presupuesto.

Violeta inclinó la cabeza.

—¿Tu abuela va a ser parte de esto?

Shawn juntó las manos.

—Estará tan emocionada. Espero que esté bien.

—Ya veremos. —Otro guiño, otra lamida de labio—. Traeré postre —dijo, mirando sobre su cuerpo.

El rostro de Shawn se iluminó.

—Me gusta el chocolate. Pero oscuro. No puedo tener chocolate con leche.

Violeta dejó de masticar, cara en blanco, como si no estuviera acostumbrada a este tipo de reacción.

—Esperándolo con ansias —dijo, luego se derritió en la multitud. Shawn la vio irse mientras la música rugía de vuelta en su mente, las luces centelleando como soles miniatura por toda la habitación.

Colin se acercó, complacido.

—Oye, hermano. Ganamos cien dólares.

Los ojos de Shawn centellearon; no le importaba el dinero. Tenía algo mucho mejor: una cita.

CAPÍTULO 4

LA EXPERIENCIA DE NOVIA

Ruth se ató el delantal sobre su camisón y añadió comino al chili. Había pasado la tarde planeando cada detalle. Esta era su oportunidad de ayudar a Shawn a conquistar a una cita.

—Platos. Tenedores, cuchillos, cucharas, servilletas —murmuró, dando vueltas por la cocina—. ¿Qué más?

Shawn arrugó la nariz. —¿Estás segura de que el chili es el camino a seguir, abuela?

—Es abundante. Saludable. Fácil de comer. —Revolvió la olla, perdida en el recuerdo—. Es lo que tu abuelo y yo comimos en nuestra primera cita. Estábamos atrapados en SoHo durante una ventisca, así que nos metimos al Landmark Coffee Shop para descongelarnos. Tu abuelo tomó un bocado del chili, sacó una hoja de albahaca, y me dijo que esperaba que llegáramos a la tercera albahaca.

Shawn se encogió de hombros. —No sé qué significa eso.

Ruth se rió. —Uno de sus chistes. Recuerda, a las mujeres les gusta cuando las miras a los ojos.

Shawn apartó la mirada. —Haré mi mejor esfuerzo.

Ruth le entregó vasos para beber, y él los colocó cuidadosamente en la mesa. Un golpe en la puerta hizo que sus ojos se abrieran enormes, sus manos revoloteando a sus lados. —Ella está... aquí.

—Por supuesto que está.

—A veces no aparecen. No dan una razón.

—Estarás bien —dijo Ruth, su voz cálida y firme.

Shawn miró hacia abajo a su camisa polo verde. —Debería haber usado la azul real. Esa es para ocasiones especiales.

—Te ves muy guapo. —Ruth levantó la barbilla y se dirigió hacia la puerta, dándole a Shawn un pulgar arriba antes de abrirla.

Violeta estaba del otro lado, usando una camiseta sin mangas, una falda púrpura ajustada, medias de red, y tacones imposibles. Su bolsa Louis Vuitton pirata colgaba de un brazo, un abrigo largo del otro. Le dio a Ruth una sonrisa vacía y se mordió el labio inferior. —Tú debes ser la abuela. Pensé que estaba bromeando.

Shawn se acercó hacia la puerta. —Es difícil para mí bromear. Me alegra que vinieras.

Los ojos de Ruth se entreceraron en el atuendo de Violeta. —Las mujeres ciertamente se visten atrevidas estos días.

—Hago mi mejor esfuerzo. —Violeta caminó hacia la sala y extendió su abrigo sobre el respaldo del sofá—. Nunca he hecho algo como esto antes.

Ruth cerró la puerta. —¿Algo como qué?

Violeta se frotó las manos. —Tengo reglas. No tocar hasta que yo diga que está bien. Si no quiero hacer algo, no lo haré. Y nada de fotos.

Ruth le guiñó. —La timidez es una cualidad muy atractiva. La mayoría de las mujeres hoy en día no tienen límites. Ya me caes bien. —Se volteó hacia Shawn—. Todo está listo. Sabes qué hacer. Estaré en mi habitación. Ustedes dos diviértanse.

Violeta se retorció uno de sus anillos. —Oh, lo haremos.

—Te veo pronto. —Ruth besó la mejilla de Shawn y se retiró a su cuarto.

Shawn guió a Violeta hacia el comedor mientras ella mapeaba el espacio con vistazos rápidos.

—Olvidaste el postre —dijo Shawn, desconcertado.

Violeta se señaló a sí misma. —Está aquí mismo.

Shawn miró a Violeta pero no vio nada que se pareciera a postre. Encogiéndose de hombros, la llevó a la mesa.

Una sonrisa cautelosa cruzó el rostro de Violeta mientras contemplaba la escena: velas parpadeando, tazones humeantes, servilletas cuidadosamente dobladas. —¿Cena? Hablabas en serio.

Shawn arrastró los pies. —La gente me dice que puedo ser demasiado serio.

Violeta se agarró del respaldo de la silla. —Oh, ¿quieres la experiencia de novia?

Shawn la miró, luego apartó la vista. —Mientras lleve a algo más.

Violeta se echó el cabello hacia atrás. —Oh, lo hará. Podemos actuar lo que quieras.

Shawn retiró una silla. —¿Tienes hambre?

Su voz bajó a un ronroneo sensual. —Tengo mucha hambre. —Tomó un muffin, sosteniéndolo en su palma—. Ooooh, muffins. —Lamió la parte superior seductoramente y le guiñó.

—Guiñas mucho —dijo Shawn.

Ella giró el muffin en su mano, estudiando cómo el azúcar reflejaba la luz. —Mmmmm. Manzana —dijo, captando el aroma tenue de canela. Su compostura se desmoronó mientras lo devoró en tres mordidas desesperadas, esparciendo migajas por su camiseta sin mangas. Se las sacudió, luego trató de leer la situación.

—La manzana es la fruta oficial del Estado de Nueva York. Las manzanas secas eran básicas para los primeros colonos.

Violeta estudió el rostro serio de Shawn. Esto no seguía ningún guión que conociera. —Te gusta hablar. Lo que te haga feliz.

Se dirigió por el pasillo mientras Shawn se veía desconcertado.

—Te avisaré cuando esté lista —dijo Violeta mientras entró a su habitación. Sus ojos se posaron en las figuras bobblehead de novia y novio sobre su escritorio. Tenían caras planas con marcos de plástico para insertar fotos. El novio tenía la foto de Shawn, pero la cara de la novia permanecía en blanco, esperando.

Libros de programación de computadoras llenaban la pared sobre la cama individual. Juegos de mesa y libros, incluyendo uno titulado "¡Me Estás Tomando el Pelo!", estaban en pilas ordenadas junto a su escritorio.

Violeta se retorció cuando vio una foto de Ruth con su brazo alrededor de Shawn, preguntándose qué le deparaba la noche. Tomó una granja de hormigas de su escritorio y estudió los túneles tallados a través de la arena. —¿Te gustan las hormigas?

—Son muy productivas —gritó Shawn desde la sala—. Las hormigas pueden cargar cincuenta veces su peso.

Ella retiró sus sábanas de Star Wars, luego roció perfume en el aire. Quitarse la camiseta reveló el tatuaje de serpiente serpenteando por su espalda. —Deberíamos sacar la parte de negocios del camino primero.

Se volteó para regresar el perfume a su bolsa mientras Shawn entró caminando. —¿La parte de negocios?

Su mandíbula se desplomó al ver su espalda desnuda. Apartó los ojos y tropezó con el escritorio. El bobblehead del novio se tambaleó en su repisa. Lo atrapó a media caída y lo usó para cubrirse los ojos. —Lo siento mucho. No sabía que te estabas cambiando.

La forma en que sostenía el bobblehead hacía que pareciera que estaba hablando. Una sonrisa divertida se extendió por el rostro de Violeta mientras Shawn trataba de escapar. Golpeó el marco de la puerta, dejó caer el bobblehead en el suelo, y huyó. Ella se puso la camiseta de vuelta, dándose cuenta de que, por una vez, se estaba moviendo demasiado rápido.

Shawn se salpicó agua en la cara en el fregadero de la cocina, cerró los ojos fuerte, y respiró profundo antes de secarse.

Violeta regresó a la sala, observándolo a través de sus

pestañas. —Eres nuevo en esto. Lo entiendo. No es gran cosa. —Se recargó contra el sofá—. Me contrataste por tres horas, semental. Podemos tomarlo con calma. Pero antes de comenzar, necesito novecientos.

Shawn se volteó hacia ella con asombro. —¿Novecientos?

Ella lo miró y vio hacia la puerta principal. —¿Eres policía?

Shawn se enderezó. —Soy programador de computadoras. Para una aplicación de citas. Convierto formulaciones originales en programas ejecutables, resuelvo problemas usando algoritmos, verifico requisitos de algoritmos, incluyendo corrección y consumo de recursos, e implemento los algoritmos.

—Me encantaría escuchar más sobre eso después —dijo Violeta, dedos tamborileando contra su pierna.

Shawn miró al suelo. —Tendría que mostrarte.

—Tú eres quien me contrató. Puedes mostrarme lo que quieras. —Violeta caminó de un lado a otro, ojos fijos en él. Cuando los clientes se quedaban así, cosas malas podían pasar. Tenía que hacer que su cliente pagara, o ella sería quien pagaría después.

Shawn se movió a la mesa y sirvió chili en dos tazones. —No entiendo. ¿Por qué te contrataría?

Violeta se rascó la cabeza. —Entonces, pensaste que esta era una cita real.

Shawn sonrió. —Por supuesto que es una cita. ¿Qué más sería? —Espolvoró queso sobre el chili.

Ella estudió la mesa puesta. La configuración era casi dulce. Como una cita real, se dio cuenta con una sacudida. Algo delicado e incierto se agitó en ella mientras encontró su mirada. —¿Qué crees que soy?

Shawn cambió su peso mientras la miraba. —Eres una mujer bonita.

Violeta estudió sus ojos, conmovida por algo ahí, pero él no sostuvo su mirada por mucho tiempo. Había estado aquí antes: clientes que pretendían no saber qué estaba pasando, ya sea para evitar pagar o por culpa. Pero este tipo era diferente. Su confusión parecía genuina.

Shawn mordió un muffin. —Puedo decir que realmente te gustan los muffins. El muffin de manzana también es el muffin oficial del Estado de Nueva York.

La realidad regresó de golpe. Violeta sacó su teléfono y escribió.

Shawn se balanceó en sus pies, observando. —¿No me crees?

—No es eso. Necesito avisarle a mi chico qué está pasando.

—¿Tu chico?

Ella terminó de textear y escuchó gorjeos de la jaula cubierta en la esquina. —Tienes mascotas.

—Sunny y Cloudy.

—¿Perdón?

—Dos tortolitos.

Violeta se movió hacia la jaula. —¿Tortolitos reales?

Shawn asintió. —Descubrimos que Cloudy era el macho cuando vomitó. Los machos alimentan a la hembra anidando con su vómito.

Ella hizo una mueca. —Incluso los pájaros no saben cómo tratar a sus mujeres.

—No, a ella le gusta.

—Créeme. No le gusta. —Su teléfono vibró. Leyó la pantalla—. Tengo que irme.

El rostro de Shawn se sonrojó. —¿Qué hay de nuestra cita?

Algo sobre este hombre despistado despertó una ternura desconocida en ella. La mayoría de los clientes eran agresivos o avergonzados con los ojos fijos en el suelo. Se inclinó sobre la mesa, se metió una cucharada de chili, y se lamió los labios. —Mmmmm. Delicioso. Gracias por esta cita maravillosa. —Su expresión cambió mientras probaba algo picante—. ¿Eso tenía cebollas?

Él asintió, y ella gimió. Sacando una botella pequeña de enjuague bucal de su bolsa, desenroscó la tapa, echó la cabeza hacia atrás, y tomó un trago rápido mientras caminaba al fregadero. El aroma fuerte de menta llenó la cocina pequeña mientras se enjuagó vigorosamente, sus ojos entrecerrados en concentración.

Escupió en el fregadero, se limpió la boca con el dorso de la mano, y recuperó su abrigo del sofá. La tela crujió mientras se lo puso con el movimiento fluido de alguien ya mentalmente en otro lugar.

Shawn se retorció las manos, caminando de un lado a otro. —Pensé que esto duraría mucho más tiempo.

—Eso es lo que todos dicen. Perdón. Necesito encontrarme con alguien.

—Podría ir contigo —dijo Shawn, su voz temblando.

Sus cejas se levantaron. —¿Ir conmigo?

Él le dio una mirada dolida. —Es demasiado temprano para que termine nuestra cita. ¿Verdad?

Mientras se abotonaba el abrigo, Violeta se dio cuenta de que Shawn era como un cachorro ansioso al que necesitaba despistar. Sus hombros se desplomaron mientras se volteó hacia él. —Escucha, Shawn. —Su tono se volvió silencioso—. Deberías ir a una cita con alguien más. Con cualquier otra persona.

Él miró hacia abajo. —¿Dije algo para lastimarte? A veces hago eso y no me doy cuenta.

—¿Qué? No, no. No es nada contra ti, pero...

—No puedes salir con un tipo como yo. No es la primera vez que escucho eso. —Se hundió en la silla.

La expresión de Violeta se suavizó mientras lo observaba sentado ahí, derrotado. Cada instinto gritaba no dejar que un cliente la siguiera. Era la primera regla para mantenerse segura. Pero Shawn no era realmente un cliente, ¿verdad? Contra todas las reglas que había aprendido, se encontró revisando la ubicación de su teléfono y diciendo: —Esto no está muy lejos de aquí.

El rostro de Shawn se iluminó. Violeta esperaba no estar cometiendo un gran error.

CAPÍTULO 5

AUDICIONES

Shawn cerró con llave la puerta del apartamento de Ruth, sus hombros encorvados hacia adelante, manos inquietas con sus llaves, la misma energía nerviosa que Violeta había visto en clientes primerizos, pero sin las sombras que usualmente oscurecían sus expresiones. Caminó al elevador y presionó el botón con una ligereza que hizo que el estómago de Violeta se retorciera. Sus ojos se encontraron con los de ella por un latido antes de bailar hacia otro lado, una sonrisa tirando de las comisuras de su boca.

El elevador llegó con un timbre suave. Adentro, una banca de caoba brillaba entre paneles espejados y vides talladas. Los dedos de Violeta trazaron la madera suave, mundos aparte de los elevadores marcados por grafiti donde la supervivencia significaba mantener los ojos en la puerta y la mano en la bolsa. Incluso el aire aquí sabía caro.

El lobby se extendía ante ellos con sus candelabros de cristal esparciendo luz por el suelo de mármol en patrones cambiantes. La placa de latón del portero leía "Douglas," desgastada y suave en los bordes como una moneda vieja. Su rostro tenía la pátina distinguida de décadas saludando a los ricos: rizos sal y pimienta mantenidos cortos con precisión militar, patas de gallo grabadas profundamente por años de sonrisas practicadas, su mandíbula aún cuadrada a pesar del suavizado de la edad.

Douglas levantó un paquete pequeño envuelto en papel café. —Para su abuela.

—Lo recogeré después —dijo Shawn, inquieto de pie a pie.

Los ojos de Douglas saltaron entre ellos. —¿Ella sabe que van saliendo?

—Por supuesto. —Shawn se iluminó—. Estoy en una cita.

Douglas sostuvo la puerta abierta, su mirada demorándose en Violeta un momento demasiado largo, esa misma sonrisa nunca flaqueando.

El aire nocturno cargaba el aroma húmedo de Central Park y el aliento de diésel de la ciudad. Incluso las estrellas parecían curadas aquí, centelleando a través del resplandor ámbar mientras corredores y paseadores de perros se movían indiferentemente por la acera.

Shawn respiró profundamente. —¿Con quién te vas a encontrar?

Violeta se enfocó en la acera adelante. —Alguien del trabajo.

—¿Qué haces?

—Soy... una actriz —dijo, y por una vez la mentira se sintió incómodamente cerca de la verdad. Cada noche era una actuación, cada cliente una audiencia de uno.

Shawn se animó. —¿Te habría visto en algo?

—No. Muchas... audiciones. —La palabra se extendió entre ellos como una cuerda floja, y de repente quería que este momento terminara antes de que la ilusión se hiciera pedazos.

—¿Entonces, esta es una audición? ¿Pasan de noche?

Su pecho se contrajo. —Pasan cuando sea. Pero mayormente de noche, sí.

Su rostro se arrugó en pensamiento mientras trataba de

armarlo. La brecha entre su entendimiento y la realidad se abría como un abismo que esperaba que él no cruzara en su breve tiempo juntos.

La casa de piedra arenisca familiar se alzaba adelante mientras cruzaron la Calle 86, y el pavor se hundió en sus huesos. —Bueno, tengo tu número. —Se inclinó para abrazarlo, pero él se echó para atrás.

—Perdón. Abrazos. No... —Su pie trazó una grieta en la acera—. Es demasiado.

—Oh. Cierto. Nos vemos entonces. —Subió los escalones y presionó el intercomunicador, sintiendo el peso de su mirada.

Una voz ronca crepitó. —¿Sí?

—Soy yo —dijo Violeta, su tono de visitar-a-un-amigo tan hueco como la bocina metálica. Miró hacia atrás al saludo ansioso de Shawn.

La puerta sonó. La empujó para abrirla pero se demoró, mirando hacia atrás a su rostro gentil. Él destacaba como un azulejo entre palomas. Por un momento, se dejó imaginar quedándose con él en lugar de subir estas escaleras al tipo de Wall Street esperando arriba.

Su último cliente del distrito financiero había aflojado su corbata de diseñador mientras le decía: "Eres como un alquiler de alta gama. Todo el lujo, nada del compromiso." Se rió de su propio chiste, sin notar cómo ella se había quedado inmóvil a su lado.

Violeta tragó fuerte y caminó hacia las sombras del edificio. Sus dedos encontraron la forma familiar de sus pastillas, óvalos blancos que prometían distancia, un amortiguador entre su mente y lo que su cuerpo resistiría. Quedaban cuatro. Tal vez suficientes para pasar la noche.

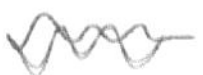

Shawn se acomodó en un sofá mullido del lobby, contentamiento irradiando de él como calor, felizmente inconsciente de lo que estaba pasando pisos arriba. La cita se había extendido tanto que podía contar como su segunda ya que ella se había ido y regresado. No podía creer que una actriz real quisiera pasar tiempo con él entre audiciones. Esto significaba que finalmente había roto la barrera.

Archivó esta noche como progreso, un paso adelante en su catálogo de éxitos sociales. Por una vez, una cita no había terminado en confusión o rechazo, y eso solo se sentía como ganar.

Jarrones azules llenaban las paredes, cada uno sosteniendo una rosa roja solitaria. Máquinas de escribir vintage colgaban de alambre de cobre, sus teclas para siempre pausadas a media pulsación. Los colores comenzaron su sinfonía familiar mientras tomaba cada detalle. La silla de terciopelo naranja quemado zumbaba profundo como un chelo, la escultura de oso de bronce susurraba como hojas de otoño, y la lámpara amarillo limón cantaba como la nota clara de una trompeta.

El elevador sonó, y Violeta salió, hombros suavizándose con alivio. Tan pronto como este cliente comenzó a llorar y hablar sobre cómo él no era el tipo de hombre para seguir haciendo esto, supo que terminaría rápido. Sus pasos se aligeraron al ver a Shawn todavía ahí. Parte de ella no pensó que él esperaría. Cuando él la notó, su rostro se iluminó.

—¿Cómo te fue?

El efecto de la pastilla comenzó a desvanecerse, y el recuerdo de manos rudas y palabras desesperadas comenzó a filtrarse de vuelta a través de la niebla que se adelgazaba.

—No creo que pudiera decir que estaba actuando. ¿Estás bien?

—Solo escuchando. A los colores.

Ella le dio una mirada desconcertada. Él apartó la vista, manos juntándose.

—Algunos de los sentidos en mi cerebro están mezclados —dijo Shawn—. Los colores me hacen sonidos. Siempre ha sido así. Se llama sinestesia.

Ella se acercó más, intrigada. —¿Cómo suena eso? —

preguntó, señalando una rosa roja.

Shawn la miró fijamente, enfocándose en el color. —¡Clang!

Ella arrugó la nariz. —No es lo que pensé.

Un silbido familiar de tres notas cortó el aire. Se volteó para encontrar a Anton observando desde cerca de la entrada, su chándal rojo destacando contra la pared de mármol blanco y negro. Su pulso se disparó, luego se aceleró, el sistema de alerta de su cuerpo gritando peligro.

—Regreso enseguida —le susurró a Shawn.

Anton se movió por el espacio como si fuera suyo, cada paso medido. Tenía la caja torácica de barril de un linebacker porque había sido uno en la preparatoria.

—¿Noche productiva, cariño? —preguntó, chasqueando los labios.

—Ha estado bien.

—No me respondiste el mensaje.

Su garganta se contrajo, pecho apretado con la mezcla familiar de miedo y resignación. Sabía que no debía.

—Voy para allá ahora.

La mirada de Anton se deslizó hacia Shawn, evaluándolo y descartándolo en el mismo momento.

—¿Quién es el tipo?

—Alguien siendo amable conmigo. —Se acercó más, manteniendo su atención en ella. Había visto lo que pasaba cuando algo amenazaba su inversión. Su piel se erizó donde sus ojos la tocaron.

Sus dedos encontraron su hombro, apretando lo justo para recordarle el costo de la desobediencia.

—Ese es mi trabajo. —Plantó un beso en su mejilla, marcando su territorio. Ella mantuvo su rostro en blanco, negándole la satisfacción de su miedo, aunque su estómago se revolviera.

Ella logró asentir. —Cierto.

Anton salió a la noche como un rey inspeccionando su dominio. Una mujer se acurrucaba frente a la entrada del hotel, su rostro marchito a una colección de líneas y ángulos, vendiendo libros usados de una caja de cartón. Él dejó caer un billete de cincuenta en su taza con generosidad teatral.

—Dios te bendiga —dijo la mujer.

—Haz tus propias bendiciones —respondió, su voz cargando la misma calidez falsa que usaba con Violeta.

Su chándal rojo desapareció por la calle, llevándose parte de la amenaza de la noche con él. Violeta presionó sus palmas planas contra sus muslos hasta que el temblor se detuvo antes de regresar con Shawn.

—¿Quién era ese? —preguntó él.

Ella se rascó pelusa invisible en su camiseta sin mangas, evitando sus ojos.

—Mi... representante. —Forzando una sonrisa débil, sus dedos encontraron sus pastillas otra vez. Quedaban dos, la última barrera entre ella y la realidad. Su mirada la siguió mientras se metió una en la boca—. Quita el estrés.

—Deberías probar té de manzanilla. También alivia los cólicos.

Ella se rió, el sonido agudo por la sorpresa. —Okaaay.

Shawn se enderezó. —Es la glicina y el hipurato.

—Lo... tendré en mente. —La pantalla de su teléfono se iluminó como una bengala de advertencia—. Tengo una audición más.

—Genial —dijo Shawn, animándose.

Salieron juntos, pisando el aire fresco de la noche. Los ojos de Violeta saltaron de sombra en sombra, buscando el chándal carmesí de Anton en cada entrada oscurecida mientras se dirigían por la calle. Si él los veía juntos otra vez, la noche terminaría de formas que no quería imaginar. En su bolsillo, la última pastilla presionó contra su palma, prometiendo un escape fugaz de cualquier horror que esperara en la oscuridad adelante.

CAPÍTULO 6

LUGAR EXTRAÑO PARA ENCONTRARSE

Violeta y Shawn se dirigieron por la Sexta Avenida y cruzaron la Calle 57, a través de la multitud derramándose de las puertas doradas del Carnegie Hall. Shawn navegó entre los asistentes a la sinfonía en sus vestidos y corbatas de moño, sintiéndose fuera de lugar en su camisa polo.

Los tacones altos de Violeta chasquearon contra el pavimento mientras doblaron por Broadway y serpentearon alrededor de Columbus Circle. Vapor se alzó de las tapas de alcantarillas en cintas retorcidas, y el aire delgado cargaba un frío. Esquivaron taxis tocando bocinas de impaciencia y corrieron bajo árboles brillando naranja en la luz artificial, sus ramas proyectando sombras arácnidas a través del pavimento.

Se detuvieron en la entrada a Central Park, bajo un monumento imponente que Shawn había pasado incontables veces pero nunca realmente notado. Ahora, con Violeta a su lado, notó cómo las figuras brillaban bajo las luces de la calle: una mujer en túnicas doradas fluyentes parada triunfalmente en un carruaje detrás de tres criaturas mitad caballo, mitad caballito de mar en la cima. Probablemente dedicado a alguna batalla histórica, aunque no podía recordar cuál. Las letras talladas en la piedra se difuminaron en la luz tenue, pero hizo una nota mental para investigarlo después.

Shawn miró alrededor. —Lugar extraño para encontrarse. —La actuación no era tan glamorosa como había imaginado, todas estas audiciones nocturnas en lugares extraños. Él nunca podría manejar este tipo de vida.

Violeta se frotó las manos. —Tengo que hacer lo que me dicen. —Se paró detrás de Shawn mientras un oficial de policía corpulento se arrastró pasando junto a ellos hasta que desapareció doblando la esquina—. No soy muy fanática de los policías.

—¿Por qué no?

Una risa dentada se atoró en su garganta. —He tenido algunas malas... —Se pausó, sus ojos distantes, la oración sin terminar colgando entre ellos—. Experiencias.

—Perdón por eso.

Ella señaló al globo de acero que se alzaba en Columbus Circle. —¿Puedes esperarme allá?

—Claro. Espero que te vaya bien.

—Gracias. Debería ser rápido.

Shawn cruzó la calle hacia el globo metálico brillante que se alzaba centinela sobre la entrada del metro. La red intrincada de anillos de acero de la escultura formaba latitudes y longitudes, con continentes de acero pulido suspendidos dentro del marco esférico.

De niño, solía retar a Colin a encontrar países en esa esfera, y usualmente ganaba. Había memorizado cada curva de Sudamérica y la forma distintiva de bota de Italia en esas placas de acero. Ahora se sentó en el escalón de mármol debajo de ella y observó mientras un hombre bajo y nervioso en un traje plateado se acercó a Violeta. Debe ser el director o productor. Los gestos nerviosos del hombre le recordaron a una araña probando su telaraña. Violeta habló con él por unos momentos antes de que el hombre tomara su brazo y la llevara por uno de los senderos oscurecidos.

Shawn revisó su reloj. Usualmente ya estaba en la cama. A su alrededor, el tráfico circulaba, gente se derramaba dentro y fuera del metro, parejas paseaban de vuelta de espectáculos, y cinéfilos se apresuraban para alcanzar proyecciones tardías.

Una bolsa plástica blanca rodó pasando sus pies antes de que el viento la barriera a través de la calle.

De repente, Violeta salió disparada de la entrada del parque y se serpenteó entre los carros mientras se lanzó a través de la calle. Shawn se paró, alarmado por su expresión.

Ella agarró su brazo, jalándolo. —Hay algunas cosas que no haré por un papel.

Él se soltó de su agarre mientras corrieron por las escaleras del metro. —Sé a dónde podemos ir.

El tren 1 los llevó hasta la Calle 14. Sin sus tapones para los oídos, la cacofonía del túnel lo abrumó. Se presionó las manos contra las orejas mientras se apresuraron por los pasajes subterráneos.

—A mí tampoco me gusta el ruido —dijo Violeta.

Emergieron a la Octava Avenida, donde Shawn los llevó al Think Coffee. Adentro, lámparas de frasco Ball proyectaron luz cálida sobre el techo de hojalata prensada, y una vitrina larga de vidrio exhibía pasteles.

Clientes se encorvaban sobre laptops o revisaban teléfonos. Shawn amaba este lugar: su amplitud, los rincones silenciosos donde podía esconderse con sus tapones y bloquear el mundo, los pisos de madera gastada que crujían bajo sus pies. Apreciaba su pasión por el café de comercio justo y causas sociales, pero mayormente amaba que Colin trabajara aquí, siempre rápido con un refill de café Gegarang.

Aunque el café había reemplazado un club nocturno, los azulejos oscuros del baño y espejos cubiertos de grafiti susurraban de su pasado alborotado. Colin afirmaba que el sótano solía estar atestado de baños, aunque Shawn no podía imaginar por qué la gente necesitaba tantos lugares para orinar.

Mientras Violeta dejó su mesa para ir al baño, sus tacones haciendo eco por el suelo, Shawn le contó a Colin los detalles de sus citas. Las cuatro.

—No puedes tener cuatro citas la misma noche —dijo Colin, limpiando una mesa, el limpiador con aroma de limón haciendo que la nariz de Shawn se arrugara—. Esa es una cita larga.

—Hemos hecho algo diferente después de cada audición. Todas cuentan.

—Tienes veinticuatro, no catorce. Deja de actuar como si fuera tu primer enamoramiento —dijo Colin—. Creo que es raro que ella programara tantas audiciones en medio de tu cita.

—Citas —dijo Shawn, inflando el pecho.

Colin gimió. —Como sea. Pensé que los actores audicionan durante el día.

—No sé mucho sobre su mundo, pero estoy aprendiendo.

—Bueno, les traeré cafés a ambos. Y veremos si serán como calcetines.

—¿Como calcetines?

—Si harán una gran pareja. —Colin sonrió—. Siéntete libre de llamar a esta la cita número cinco.

—Gracias, hermano.

Colin desapareció detrás de la barra, negando con la cabeza.

Violeta regresó y se sentó frente a él. —¿Conoces a alguien aquí?

Shawn se iluminó. —Claro que sí.

Ella escaneó el cuarto como buscando salidas. —Think Coffee. —Su risa tenía un filo—. Como si necesitáramos más razones para meternos en nuestras cabezas.

—¿Estás siendo graciosa? —preguntó Shawn, inclinándose hacia adelante, su manga rozando contra un punto pegajoso en la mesa.

La sonrisa de Violeta se desvaneció. —Obviamente no. —

Revisó su teléfono. No había mensajes de Anton.

Colin trajo su café, poniendo las tazas con un golpe suave en la mesa de mármol, la cerámica caliente contra sus manos, vapor alzándose en espirales perezosas. Sus ojos tomaron el atuendo ligero de Violeta bajo su abrigo. Ella cerró la abertura.

—Shawn está obsesionado con el café Gegarang —dijo Colin—. Y aparentemente contigo también. —Pegó una sonrisa—. Shawn dice que eres actriz.

Violeta asintió, deseando que se fuera, sus dedos tamborileando impacientemente en la mesa. —¿Te gusta servir café?

—Sí, pero a veces es una molienda. —Colin guiñó—. ¿Qué tipo de actriz eres?

—Ya sabes, el tipo básico.

—Escuché que la forma más fácil de entrar a un reparto es... romperte el brazo —dijo Colin con una sonrisa—. Pero ten cuidado. La policía podría arrestarte si robas... una escena.

Shawn miró entre Violeta y Colin, su silla crujiendo mientras cambió su peso. —Creo que estos son chistes.

Colin la miró mientras ella buscaba un nuevo tema, su lápiz labial dejando una media luna carmesí en la taza blanca. —¿Cuánto tiempo han sido amigos ustedes dos? —preguntó Violeta.

Shawn sonrió. —Colin es mi hermano.

Violeta se enderezó, golpeando la mesa. Café se derramó sobre el borde. —Oh, perdón.

—Yo me encargo. —Colin sacó una toalla de su delantal café y se acercó mientras limpiaba el derrame—. La gente dice que soy un hermano muy protector.

—¿Quién dice eso? —preguntó Shawn, su frente arrugándose.

Colin le lanzó una mirada. —Ya sabes. La gente.

El cuarto se encogió alrededor de Violeta, las paredes pareciendo cerrarse mientras la charla del café se volvió más fuerte. Revisó su teléfono otra vez, dedos temblando ligeramente. —No me di cuenta de que era tan tarde.

—Acabamos de llegar —dijo Shawn, sorbiendo su café—. Y esto nos dará la energía para ir a otra cita.

Violeta cerró su bolsa, el sonido metálico cortando a través del ruido ambiental. —¿Otra cita?

—¿Ves? —dijo Colin.

Shawn puso una tarjeta de crédito en la mesa junto a la bolsa de Violeta. —Colin, parece que nos vamos.

—Yo invito, hermano.

Violeta agarró su bolsa. —No, necesito irme. Ha sido una noche muy llena.

—Quiero verte otra vez. —Shawn estudió el suelo, hombros encorvados como esperando rechazo.

Violeta no podía hacer promesas. No con su vida. —Sí, ya veremos.

Shawn desgarró su servilleta en pedacitos, el sonido de desgarre agudo en la pausa de conversación. Colin negó con la cabeza. —Estará bien, hermano. Déjala tener algo de espacio.

Parándose, Shawn enfrentó a Violeta. —Me gustas mucho.

Sorpresa parpadeó a través de su rostro, rápida y cruda. Nadie le hablaba así ya. Violeta envolvió sus brazos alrededor de sí misma, encogiéndose en su abrigo. —No me conoces.

—Sé que mides cinco-ocho. Te gustan los cereales azucarados que tu mamá no te dejaba comer, y actuar, y muffins, y comerte a los enemigos en el desayuno, si pudieras.

La expresión de Violeta se calentó. Cerró los ojos fuerte, preguntándose qué quería, un lujo raro en su mundo. —Te llamaré.

Shawn estudió sus manos. —La última persona que me dijo eso me dejó esperando para siempre. Y mi teléfono nunca sonó.

Violeta sabía que nunca le hablaría otra vez. Nueva York era lo suficientemente grande para que sus caminos no se cruzaran, especialmente dados sus mundos diferentes. —Lo haré. Prometo.

—¿En serio? —Shawn se balanceó en sus pies.

—Claro. Que tengas una gran noche. —Endulzó su voz con

miel antes de voltearse hacia Colin—. Fue genial conocerte también.

Su sonrisa de servicio al cliente se mantuvo firme mientras la sospecha se filtró en las comisuras de sus ojos. —Cuídate allá afuera.

Mientras se iba, trató de no pensar en su próxima cita. Para Violeta, pasar por noches como estas significaba tomar sus pastillas para escapar mentalmente mientras ponía su entrenamiento de drama de preparatoria a trabajar. Les diría lo que querían escuchar mientras pensaba en sus programas favoritos, formas en que podría reacomodar su apartamento, o su receta favorita de brownies.

A veces los clientes querían mirarla a los ojos como si ambos estuvieran experimentando algo real. Eso la hacía estremecerse, pero les devolvía la mirada y ponía su mente en otro lugar. Analizaría sus facciones o trataría de adivinar qué habían comido en su última comida, lo cual usualmente era obvio.

Después de que sus clientes terminaran, la mayoría la querían fuera inmediatamente. A veces atacarían, llamándola nombres. Cuando se volvían violentos, aprendió a no resistir. Eso solo empeoraba las cosas.

Los peores clientes eran los que trataban de explicar por qué estaban con ella. “Me encanta ser el jefe,” dijo uno, sus dedos jalando su cabello tan fuerte que quería gritar. “No tengo que explicar por qué quiero hacer algo. Nunca dices que estás cansada o no tienes ganas. Haces lo que digo, sin importar qué. Eso es poder.” Luego la golpeó, y se desmayó. Anton lo hizo pagar extra esa noche.

Otro cliente la llamó “Emily” y pretendió que era su compañera de trabajo. “Emily no me dará una oportunidad,” dijo después mientras se subía el cierre. “La violaría si supiera que podría salirme con la mía.” Le arrojó billetes de veinte extra. “Eres lo más cercano.”

Las pastillas ayudaban, aunque su magia parecía funcionar menos y menos. A veces fantaseaba sobre terminar el dolor para siempre tomándoselas todas de una vez.

—¿Esta es mejor ropa? —preguntó Shawn a Colin mientras caminaban por Nordstrom. Alfombras persas amortiguaron sus pasos bajo muebles antiguos que de alguna manera no chocaban con las vitrinas elegantes de acero y vidrio. El aire olía a cuero y perfume caro mientras bocinas ocultas susurraban música jazz. Monitores de video mostraban caleidoscopios de árboles y hojas, pero Shawn evitó mirar. Se perdería en los colores. Por eso nunca podía comprar solo. Los patrones, música, y asalto visual lo sobrecargarían.

Colin rebuscó por los estantes mientras Shawn lo siguió atrás. —Las mujeres quieren que te veas como que te importa verte bien, pero no tan bien que piensen que competirás por espacio en el mostrador del baño.

—No me gusta tener nada en el mostrador.

—Despídete de verte como si la abuela te vistiera.

—Ella es de gran ayuda. ¿Qué tiene de malo eso?

—Nada si tienes cinco años. Pero la mayoría de nosotros no usamos lo mismo todos los días. —Colin agarró más jeans mientras un vendedor con corbatín miró desde cerca.

—Mezclo los colores.

—Te vistes como un Lego. Es hora de vestirte como un hombre.

Se acercaron a una fila de piernas de maniquí vestidas en mezclilla. Colin añadió más opciones.

Shawn se frotó el cuello. —Olvidaré cómo combinar todo.

—Tomaremos fotos. Y tal vez arreglar tu cabello. —Shawn se asomó a su teléfono, y Colin levantó una ceja—. Si te pagaran cada vez que revisas tu teléfono, ya serías millonario.

—No ha texteado o llamado.

—Una vez que termine contigo, no te importará. —Colin llevó la ropa a los probadores.

—Avíseme si necesita ayuda —dijo Corbatín, abriéndoles un cuarto.

Colin negó con la cabeza. —Lo tenemos.

Mientras se apretujaba en los jeans desgastados que Colin insistía eran "perfectos," el teléfono de Shawn vibró. Número desconocido. Su estómago saltó mientras contestó, esperando que fuera Violeta.

—¿Hola?

—¿Es usted Shawn Lambent? —Una mujer habló, nítida y profesional.

—Habla él. —Shawn notó la mirada curiosa de Colin.

—Soy Marissa Kent de detección de fraude de Manhattan Bank. ¿Ha hecho varias compras grandes en Meg dentro de la última hora?

—¿Es eso una persona?

Una pausa. —No, señor. Es una tienda de ropa en Manhattan.

La mano de Shawn instintivamente fue a su bolsillo trasero y sacó su cartera. La tarjeta de crédito que usó en Think Coffee no estaba. Su garganta se apretó. —Ese no fui yo.

Ella bajó la voz. —Lo sospechaba. Hemos marcado las transacciones y cancelaremos la tarjeta inmediatamente. Un reemplazo debería llegar dentro de tres días hábiles.

—Gracias. Tendré más cuidado.

—Por supuesto.

Terminó la llamada, hombros desplomándose.

—¿Todo bien? —preguntó Colin, sosteniendo dos zapatos diferentes para comparar.

—Sí. Alguien usó mi tarjeta en una tienda llamada Meg. Algún tipo de confusión. —Shawn se quedó callado, no queriendo una de las conferencias de Colin sobre responsabilidad. Tenía a la abuela para esas.

Shawn se estudió en el espejo de tres vías: camisa azul oscuro con un patrón cruzado blanco nítido, jeans artísticamente desgastados que abrazaban en todos los lugares correctos, y una chaqueta de cuero café suave como mantequilla. Se veía bien. Transformado. Guapo pero accesible, exactamente la impresión que necesitaba dar.

—¿Y bien? —preguntó Colin, retrocediendo con un entrecerrar crítico—. ¿Crees que puedes conquistar el mundo ahora?

El reflejo de Shawn le sonrió de vuelta con confianza renovada. —Creo que puedo.

Estos momentos con Colin ahora eran tesoros raros. Desde que su hermano se había mudado una semana después del funeral del abuelo, sus vidas se intersectaban principalmente cuando visitaba Think Coffee.

Colin afirmaba que la mudanza era sobre conseguir un loft industrial en Bushwick antes de que la gentrificación lo hiciera imposible, pero Shawn había escuchado los susurros acalorados entre Colin y la abuela una noche. "Encuentra tu propio lugar para vivir" aún resonaba en su memoria. La mesa del comedor esa noche había sido un campo de batalla de silencio, interrumpido solo por el raspar de cubiertos contra platos.

Estos días, en lugar de llegar a casa para encontrar a Colin metiendo amigos al apartamento de Ruth con risas ahogadas, Shawn interrumpía los torneos de bridge y tertulias de té de la abuela. Sus amigas siempre hablaban en tonos susurrados hasta que él entraba, luego cambiaban a discutir el clima o la Biblia. Habían estado visitando más a Ruth desde su estadía en el hospital. Demasiados visitantes la ponían gruñona, y no suficientes la ponían más gruñona.

Shawn hizo una mueca mientras volteó una etiqueta de precio.

—No me digas que no puedes pagarlo —dijo Colin—. Nunca gastas dinero en nada excepto citas. —Había verdad en eso. La abuela había diseñado un sistema donde la mayoría del sueldo de Shawn desaparecía directamente en cuentas de inversión antes de que pudiera siquiera tocarlo.

La cámara del teléfono de Colin hizo clic mientras documentó cada combinación de atuendo desde diferentes ángulos. —Te estoy texteando estas ahora mismo. Cuando te vistas, combínate con una foto.

Shawn estudió las fotos entrantes con una oleada de emoción. Podía manejar esto. El hombre en esas imágenes se veía confiado, bien arreglado, alguien que valía la pena conocer. Ahora, si solo Violeta respondiera a sus mensajes, todo encajaría perfectamente.

CAPÍTULO 7

DARLE LLAVE A ALGUIEN MÁS

Ruth reunió suficiente fuerza para alistarse para la iglesia el domingo. Se paró junto a la puerta principal en su vestido vintage, el azul que su esposo siempre había amado. Cabello prolijamente peinado con su abrigo de lana colgado de un brazo, revisó su reloj por tercera vez en tantos minutos.

—¿Shawn? Sé que no te gusta que la iglesia comience sin nosotros —dijo Ruth, golpeando su pie contra el suelo.

Shawn emergió de su cuarto y caminó por el pasillo, viéndose pulido en su nuevo conjunto. Ruth lo estudió con una expresión que él no pudo leer.

—¿Te gusta? —preguntó, alisando arrugas invisibles de su camisa.

—Pensé que el domingo era día de camisa roja —dijo Ruth, su tono insinuando desaprobación.

—Colin dice que esto es mejor.

—Colin dice muchas cosas. —El pensamiento se quedó suspendido entre ellos.

—¿Te sientes bien? —preguntó Shawn con preocupación.

—Revisé mis niveles, y están estables. Lo estoy manejando. —Se pausó, sopesando sus próximas palabras—. ¿Supiste algo de tu cita?

Él negó con la cabeza. Después de separarse de Violeta, su corazón se había inflado con esperanza, pero cada día silencioso desinflaba sus expectativas. Anoche, desesperado por llenar su vacío creciente, se había unido a un puñado de aplicaciones de citas nuevas, deslizando a la derecha hasta que le dolió el pulgar. Siguió revisando su teléfono, esperando matches, respuestas, cualquier cosa. Mientras tanto, no podía evitar enviar mensajes a Violeta, cada uno desapareciendo en un vacío que no respondía.

—Lo siento por eso —dijo Ruth, su voz suavizándose. Abrió su bolso, su cuero familiar desgastado y suave por años de uso—. A veces necesitamos un poco de aliento para seguir creyendo en el amor. —Puso algo pequeño en la mano de Shawn, el metal tibio por su toque.

Shawn lentamente abrió su palma para descubrir un anillo de compromiso dorado centelleante anidado contra una alianza matrimonial a juego. Mientras los examinó en la luz matutina filtrándose por las ventanas, asombro se extendió por su rostro.

—Ya no se siente correcto que me los quede para mí. Y sé que el abuelo querría que los tuvieras.

—¿No Colin?

—Tú fuiste quien estuvo en el funeral del abuelo. Colin estaba en el Comedy Cellar.

—Él tenía sus razones. —La mano de Shawn voló a su pecho—. ¿Esto significa que te estás muriendo?

—Todavía no —dijo, molesta por el miedo familiar en su voz—. Estos son para cuando encuentres a esa persona especial.

Shawn soltó un suspiro profundo y satisfecho. —Muchas gracias, abuela.

Ella se movió para abrazarlo pero se detuvo a medio movimiento, recordando sus límites. En su lugar, abrió la puerta, y salieron al pasillo. El aroma de madera pulida y flores frescas los saludó mientras caminaron hacia el elevador.

—Tu abuelo estaría emocionado de saber que tienes esos anillos —dijo, su voz espesa con memoria.

Mientras emergieron del elevador al lobby, la sonrisa de Ruth creció cuando vio a Douglas, el portero.

Shawn no podía quitar los ojos de los anillos, volteándolos en su palma. Uno se soltó, sonando contra el suelo de mármol y girando en un arco brillante antes de rodar hacia el escritorio principal. La mano de Ruth voló a su pecho mientras Douglas se adelantó y atrapó el anillo antes de que desapareciera bajo la mesa.

Se lo presentó de vuelta a Shawn con una ligera reverencia, pero Ruth lo interceptó. —Los pondré dentro de tu escritorio cuando lleguemos a casa. Para mantenerlos seguros. —Shawn entregó el otro anillo con una mirada dolida.

Douglas señaló hacia la calle, su uniforme nítido en la luz matutina. —Su taxi estará aquí pronto.

—Gracias, Douglas —dijo Ruth, guardando los anillos en su bolso mientras sus ojos se encontraron con los de él por un momento—. ¿Le preguntaste sobre su familia? —le preguntó a Shawn, apartándose de la mirada de Douglas.

Shawn negó con la cabeza.

—¿Su trabajo?

—Es actriz.

El rostro de Ruth se arrugó con decepción. —¿Qué hay de su iglesia?

Shawn cambió su peso. —Todavía no.

Ruth rodó los ojos. —Tienes que leer la hoja de venta antes de comprar la casa.

—No estoy comprando una casa. Y ni siquiera sé si alguna vez me devolverá la llamada.

—Si no lo hace, esa es la forma de Dios de cerrar una puerta. —Ruth luchó con su abrigo.

—Él ha cerrado muchas puertas.

—¿Puedo? —preguntó Douglas mientras se acercó, sus

movimientos gráciles. Antes de que Ruth pudiera protestar, la ayudó a ponerse el abrigo, sus manos gentiles y seguras—. Me alegra que esté bien —dijo con un guiño.

Cuando la llave del fregadero de la cocina había comenzado su goteo incesante hace unos meses, las amigas de Ruth habían ofrecido su consejo usual: "Oh, querida, deberías llamar a alguien." Pero Douglas había aparecido la siguiente noche con una caja de herramientas, arremangándose sin que se lo pidieran. Había incontables cosas alrededor del apartamento que Greg solía reparar, a menudo tan silenciosamente que Ruth ni siquiera se daría cuenta hasta que la puerta chirriante o la llave goteando se callaran. Cuando permitió que Douglas tomara ese papel, al principio, la hizo sentir como si de alguna manera estuviera traicionando a su esposo. Pero gradualmente, esos sentimientos se desvanecieron mientras se encontró esperando con ansias el sonido de su caja de herramientas en el pasillo.

Sus sesiones de reparación se habían desarrollado en citas secretas caminando, momentos preciosos cuando Ruth compartía historias de crecer en el Upper West Side mientras Douglas pintaba cuadros de su infancia en Harlem. Cada vez que veía vecinos, se endurecería a mitad de historia y haría transición a discusiones de negocios de la asociación del edificio, su voz tomando una formalidad artificial que solo se engañaba a sí misma.

Shawn parecía ajeno al momento entre Ruth y Douglas, su mente en otro lugar mientras el taxi se detuvo afuera, su pintura amarilla brillante contra la mañana gris.

—Tenemos que irnos —dijo Ruth, compostura restaurada.

Douglas le entregó una caja pequeña envuelta en papel café. —Paquete para usted.

Los ojos de Ruth brillaron con deleite antes de que controlara sus facciones de vuelta a los negocios, esperando que él abriera la puerta pesada de vidrio.

El taxi los llevó rápidamente a través del tráfico ligero del domingo, pasando corredores y paseadores de perros, hasta que llegaron a la Iglesia Redentor del West Side en la Calle 83 Oeste. Ruth y Shawn salieron del taxi frente al edificio de ladrillo, donde la gente se derramaba adentro a través de las puertas abiertas.

Un grupo de mujeres merodeaba cerca de la esquina de la calle, su maquillaje pesado, ropa ajustada, algo usado y cansado en sus ojos. Ruth hizo una mueca y guió a Shawn hacia las puertas de la iglesia.

Dentro del santuario, Shawn se sentó junto a su abuela en una de las filas delanteras. Un pequeño coro cantaba en armonía: "Fija tus ojos en Jesús, mira lleno en Su rostro maravilloso. Y las cosas de la tierra se volverán extrañamente tenues, en la luz de Su gloria y gracia." Una mujer con gafas de marco grande dirigía desde el piano, sus dedos bailando sobre las teclas.

La atención de Shawn se desvió a los paneles de vitral iluminados por detrás formando una cruz detrás del coro. Mientras estudió los colores, parecían despertar con la música, cada matiz pulsando con la melodía y añadiendo capas de sonido dulce a la armonía. Cerró los ojos, los colores aún bailando en su mente. *Dios, por favor tráeme a esa persona especial pronto antes de que la abuela muera. Estoy preocupado por ella y el futuro. Sería lindo si esa persona pudiera ser Violeta. Amén.*

Un pastor larguirucho con cabello canoso tomó el escenario, su chaqueta de tweed arrugada pero sus ojos brillantes con pasión. —Porque de tal manera amó Dios al mundo, que ha dado a su Hijo unigénito. Dios es un dador. Es un Dios generoso. No hay nada que puedas hacer para añadir a esa generosidad. De hecho, podrías decirlo así: no hay nada que puedas hacer en tu vida que pueda hacer que Dios te ame más o menos de lo que lo hace ahora mismo. Cuando hacemos lo que sabemos que no está bien, la mayoría de nosotros pensamos que Dios no nos ama. Pero no podemos ganar su amor por lo buenos que somos. Jesús nos ama sin importar qué, aunque no lo merezcamos. Esa es la gracia de Dios. Y ese es el tipo de amor que nos cambia.

Después del servicio, Ruth y Shawn tomaron el elevador al siguiente piso para la reunión social después de la iglesia. El aroma de café y mini muffins frescos llenó el aire mientras Ruth habló con sus amigas, sus voces mezclándose con el ruido general de conversación.

Shawn escaneó el cuarto buscando posibles citas hasta que recordó el consejo de Ruth: no trates la iglesia como un mercado de carne. Ella le explicó que debería estar ahí por las razones correctas, no por la mujer correcta. La mujer correcta llegaría cuando él tuviera las razones correctas. Shawn había prometido mantener sus prioridades en orden, pero su futuro pesaba mucho en su mente. Mientras la gente se agrupaba en conversaciones alrededor del cuarto, todo lo que podía pensar era en qué perfecto sería si Violeta estuviera ahí a su lado, compartiendo café y pasteles, perteneciendo a su mundo.

El viernes siguiente, Shawn se encontró en Think Coffee, sus hombros caídos más de lo usual. El aroma familiar de granos de café no hizo nada para levantar su ánimo. Afuera, el sol de la tarde tardía proyectaba sombras largas a través de las ventanas, creando parches de calor en el suelo de madera.

Colin limpió la mesa junto a él, el limpiador con aroma de limón dejando un olor breve que cortó a través del aroma del café. —Supongo que no supiste nada de ella.

—Tal vez le esté texteando demasiado. Hoy le pregunté si había escuchado de esa boutique Meg donde me cargaron mi tarjeta de crédito. Se me están acabando las cosas que decir. Es difícil tener una conversación de una sola vía —dijo Shawn sobre el silbido y borboteo de la máquina de espresso y el ruido de tazas siendo apiladas detrás del mostrador.

—Tal vez quieras tomar un descanso de eso. —Colin tiró su trapo de limpieza a un lado—. Si estás libre esta noche, nos conseguiré boletos para un mixer de candado y llave.

—No sé qué es eso, pero suena mal.

—Las mujeres usan un candado en un collar, y tú obtienes una llave. Una vez que abres el candado de alguien, puedes entrar a una rifa para ganar un premio.

—El único premio que me importa es...

—Tu alma gemela. Lo entiendo. —Los ojos de Colin centellearon con posibilidades, captando la luz dorada de las lámparas de frasco mason arriba—. Es una excusa para conocer a las damas.

—No necesito una excusa.

—Cierto. Pero esto te dará una forma de hacerlo. Lo hace menos incómodo.

—Meter mi llave en el candado de una mujer suena muy incómodo.

Colin gimió. —Es un paso adelante.

—Está bien. Pero estoy invitando a Violeta.

—Lo que sea necesario.

Shawn se apresuró a casa para cambiarse a uno de los conjuntos prescritos por Colin.

El metro llevó a Shawn al Gallaghers Steakhouse en la Calle 52, donde Colin lo esperaba afuera. Cuando entraron, caminaron pasando una cámara frigorífica con ventana al frente donde pedazos de carne de res premium colgaban para curar. Fotografías vintage de caballos, jinetes, y estrellas de Broadway cubrían las paredes con paneles de madera. Shawn encontró el interior misericordiosamente apagado. Ningún color fuerte le gritaba aquí.

El aroma sutil de filetes asándose sobre carbones de nogal americano llenaba el aire, mientras veinteañeros y treintañeros bien vestidos se mezclaban, su risa mezclándose con el tintinear suave de vasos mientras trataban de hacer coincidir llaves con los candados colgando de los cuellos de las mujeres.

Una mujer en una blusa dorada brillante tomó sus boletos. —No sean tímidos ahora —dijo, presionando llaves pequeñas de plata en sus palmas—. Podrían abrir sus futuros. O podrían ganar algo de alcohol.

—Estaré feliz con una cita —dijo Shawn con pasión.

La mujer inclinó la cabeza y lo miró con ojos escépticos.

Se abrieron paso a través de la multitud para acomodarse en la esquina. Shawn miró fijamente los candados adornando varios cuellos, su corazón acelerado con emoción.

—Traeré bebidas —dijo Colin, moviéndose hacia la barra.

Una mujer bonita en sus veinte se acercó, sonriendo, con cabello oscuro en su labio superior. —¿Cómo va todo?

—Vi un comercial para deshacerse de eso.

Su sonrisa se congeló. —¿Perdón?

Él señaló su boca. —Puedes hacer que te lo quiten con láser.

Los dedos de la mujer se deslizaron hacia su labio superior. —No pensé que fuera tan obvio.

—¿Estás bromeando? Cualquiera puede ver que es un bigote. Pero es totalmente arreglable.

Él no logró ver sus ojos iluminarse con humedad.

Colin rápidamente se interpuso entre ellos, lanzándole a su hermano una mirada fulminante. —Disculpa a mi hermano. Puede ser un poco directo a veces.

—¿Dije algo hiriente?

Colin señaló hacia la mujer. —Prueba tu llave, Shawn.

Shawn levantó su llave, pero ella cubrió su candado.

—Oh, vamos. Dale una oportunidad. —Colin intentó su mejor expresión de perrito—. ¿Por favor? —Ella agarró el candado fuerte—. Tomará dos segundos.

—Dale llave a alguien más —dijo, retirándose al lado opuesto del cuarto.

Shawn se retorció las manos y miró alrededor con pánico.

Colin señaló a algunas mujeres cerca. —¿Tal vez te guardes las sugerencias y pruebes algunos candados más?

—¿Puedo intentar?

Se voltearon para encontrar a Violeta parada ahí, su abrigo

abotonado apretado. Levantó la llave de su apartamento.

Shawn sonrió grande. —¡Estás aquí! —Se volteó hacia Colin en triunfo—. Le dije que pasara entre sus audiciones.

—¿Podemos hablar por un segundo? —preguntó Violeta a Shawn, haciéndole señas para alejarse de su hermano.

—Claro —Shawn se acercó, aún sonriendo como si fuera mañana de Navidad.

Violeta bajó su voz a un susurro. —Recibí tus mensajes. Y el de la boutique. Dime cómo quieres resolver esto.

La frente de Shawn se arrugó en confusión. —¿Resolver qué?

Violeta sacó su tarjeta de crédito de su bolsillo, el plástico captando la luz tenue.

—¿Tenías mi tarjeta?

—Pensé que por eso me habías texteado.

—Esperaba que quisieras verme otra vez.

Ella estudió su rostro, incertidumbre cruzando el suyo. —Debo haberla agarrado cuando me fui del café. Fue un error estúpido. Devolví toda la ropa. Perdón por la confusión.

—Eso lo explica —dijo Shawn, aceptando la tarjeta de vuelta.

Violeta lo miró de arriba abajo. Había venido esperando confrontación sobre la tarjeta, preparada para su ira, pero solo encontró su felicidad genuina de verla. Y él se veía diferente, también. —Te ves bien.

Colin se acercó, señalando a Violeta. —¿Puedo charlar contigo por un momento?

Ella asintió, siguiéndolo a una esquina más allá del alcance auditivo de Shawn.

—¿Qué pasa entre tú y mi hermano? —La voz de Colin tenía un filo.

Violeta se encogió de hombros. —Solo conociéndonos. Es muy especial.

—Es autista. —La mirada desconcertada de Violeta lo impulsó a continuar—. Es de alto funcionamiento, pero es difícil para él formar relaciones, comunicarse, leer señales sociales.

Violeta se rió burlona. —Yo también podría ser eso.

—Puede ser demasiado confiado, demasiado leal, y cuando se lastima, se lastima en grande. Y no está forrado de dinero. ¿Pensaste que lo estaba?

Su temperatura subió mientras plantó sus manos en sus caderas. —¿Por qué pensaría...?

—Sé cómo funciona el mundo —dijo Colin, mirándola desde arriba—. ¿Realmente eres actriz?

El rostro de Violeta se sonrojó de ira. Se había acostumbrado a susurros de acera y juicios de lobby de hotel, pero este interrogatorio directo encendió algo en ella. —Por eso me mudé aquí. Para conseguir mi gran oportunidad —dijo, sinceridad forzándose a través de desafío.

—Él merece una mujer buena. Sin ofender, pero no creo que seas su tipo.

Furia hirvió dentro de ella. *¿Quién es él para juzgarme, para decidir que no soy buena?* Su tono emergió agudo. —La única vez que la gente dice "sin ofender" es cuando saben que van a decir algo ofensivo.

—No quise decir...

—Sé lo que quisiste decir. —Sus ojos se endurecieron mientras se volteó hacia Shawn. Su mirada esperanzada causó que su pecho doliera, de alguna manera tanto doloroso como precioso. No lo dejaría ir, no esta noche, no con el juicio de su hermano colgando sobre ella—. ¿Quieres ir a comer algo, Shawn? —preguntó.

Él asintió, rebotando con energía renovada. —El único candado que me importa es el tuyo.

—Bueno, tienes suerte porque está completamente abierto. —Se deslizó pasando a Colin y tomó el brazo de Shawn. Él se alejó de su toque, pero ella actuó como si eso fuera perfectamente normal.

—Vamos a una parte más silenciosa de la ciudad —dijo Shawn, alivio en su voz.

—Me suena bien.

Shawn le entregó su llave de vuelta a Colin. Antes de que salieran al aire nocturno, Violeta le lanzó a Colin una mirada final desafiante.

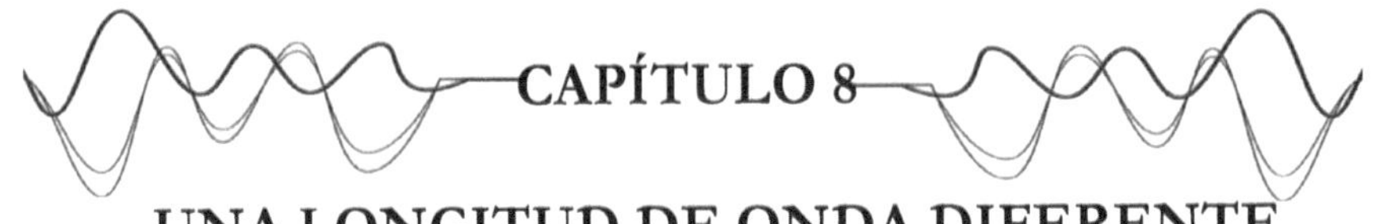

CAPÍTULO 8

UNA LONGITUD DE ONDA DIFERENTE

Shawn y Violeta subieron al tren E en la Calle 50 y se dirigieron desde los cañones corporativos del centro hacia las calles torcidas de Greenwich Village. El Village vibraba con su energía usual de fin de semana mientras se acercaron a Washington Square Park con sus músicos, turistas, y parejas paseando del brazo.

El aire cargaba el aroma dulce de maní tostado con miel del carrito de un vendedor en el borde del parque, el olor mezclándose con la brisa nocturna. Se pausaron para escuchar a un músico delgado con un bigote caído, su canción folk flotando hacia el arco de mármol, que se alzaba luminoso y blanco contra el cielo que se oscurecía. Shawn dejó caer algunos dólares en su estuche de guitarra abierto, las monedas haciendo un sonido de percusión suave contra el forro de terciopelo.

—Todo este lugar solía ser tierra de cultivo —dijo Shawn, golpeando un ritmo preciso contra su muslo mientras catalogaba la historia del parque—. Allá en los 1600, los holandeses dieron tierra a gente que habían liberado de la esclavitud. Pero con una trampa. Podían ser libres, pero sus hijos aún nacerían en esclavitud.

—Nuestro mundo nunca ha sido justo para todos.

—Luego se volvió un cementerio público. Los restos de más de 20,000 personas están enterrados bajo nuestros pies.

—Supongo que hay peores lugares para estar atrapado bajo tierra.

Se aventuraron por MacDougal Street, pasando las ventanas del La Lanterna Cafe. A través del vidrio, Shawn vio vistazos del interior de madera oscura donde llamas pequeñas bailaban en cada mesa, creando un caleidoscopio de luz cálida que atrajo su ojo.

—Mi hermano solía trabajar ahí —dijo Shawn, señalando al restaurante pequeño—. Esa es la vez que más me he acercado a Italia.

Las bombillas brillantes del Comedy Cellar los llamaron hacia adelante hasta que doblaron hacia Bleecker Street, donde la vitrina de una tienda de novias comandó la atención de Shawn. Vestidos de novia en varios estilos colgaban como promesas detrás del vidrio, y él se quedó ahí, su reflejo tenue contra la ventana. Mientras continuaron caminando, siguió echando vistazos a su teléfono, el resplandor de la pantalla iluminando su rostro.

Violeta sacó su teléfono. —Puedo ayudar a encontrar un lugar para comer si eso es lo que estás haciendo.

Shawn le entregó su teléfono, y ella guardó el suyo. Su pantalla brillaba con fotos de novias y novios sonrientes, su felicidad congelada en momentos perfectos.

Algo se apretó en el pecho de Violeta. —Estos no son restaurantes.

—Ese es uno de mis sitios de bodas favoritos.

—¿Ah sí? —Violeta tosió, su teléfono volviéndose pesado en sus manos mientras miró el sitio.

Shawn caminó con un brinco en su paso. —Lista lo que necesitas hacer un año antes, ocho meses antes, hasta llegar a tu gran día. Con casillas de verificación. Puedes deslizar para ver algunos de mis otros sitios de bodas favoritos.

Ella deslizó por la pantalla, desconcierto creciendo mientras caminó por el Village con este hombre que apenas conocía, mirando sitios web sobre prepararse para días de boda que pertenecían a otro universo completamente. Artículos sobre discursos de padrinos, invitaciones económicas, y el significado psicológico de colores de boda llenaron la pantalla.

Shawn se asomó sobre su hombro, deleite bailando en sus ojos. —Conozco a un tipo que puso un anuncio que decía, "se busca esposa."

—¿Sí?

—Recibió un montón de respuestas que decían, "Puedes quedarte con la mía." —Shawn la miró con una sonrisa esperanzada.

Ella lo estudió de reojo. —¿Es eso un chiste?

Él se encogió de hombros. —Colin es mejor en esos. Mi abuelo era el verdadero bromista de la familia.

Ella le devolvió su teléfono. —Toda esta caminata me está dando hambre.

Él señaló su teléfono. —Inspirador, ¿verdad?

Violeta ajustó la correa de su bolsa. —Supongo.

—Encontrar un buen restaurante siempre es un desafío. No puedo comer ciertas texturas. O caseína, que está en leche y queso, o gluten, que es parte del trigo. Podríamos buscar algo cerca de tu lugar.

Ansiedad revoloteó bajo sus costillas ante la sugerencia. —Estoy muy lejos. East New York.

—Me gusta viajar en el metro. Especialmente los vagones vacíos. ¿Cuál es tu dirección? La buscaré.

Ella dudó, peso cambiando entre sus pies. —Estoy en Brooklyn. 1600 Pennsylvania Avenue.

—¿En serio?

Ella asintió.

Shawn se iluminó mientras ingresó su dirección en su

teléfono. —Como la Casa Blanca.

—Sip. Escucho eso mucho.

—¿Tienes un jardín de rosas?

Violeta se rió. —Lo único que crece en mi parte de la ciudad es el crimen.

El silbido de tres notas de Anton cortó el aire nocturno. La garganta de Violeta se cerró mientras lo vio al otro lado de la Séptima Avenida, una mano levantada en un saludo que cargaba más amenaza que bienvenida.

—Dame un minuto —dijo Violeta a Shawn, su voz tensa. Él asintió, y ella corrió a través de la calle, tacones chasqueando contra el asfalto entre carros pasando.

—Sabes cómo me preocupo cuando mis chicas se quedan calladas conmigo —dijo Anton mientras ella se acercó más a él.

Ella podía sentir sus entrañas retorcerse en nudos. —No tenías a nadie programado, pensé...

Anton apretó su brazo, dedos encontrando los mismos moretones que habían dejado antes. El susurro sintético de su sudadera sonó antinaturalmente fuerte para Violeta, como estática en sus oídos, y la mezcla dulce-agria de su colonia y cigarrillos hizo que sus entrañas se apretaran en pavor familiar.

—Déjame pensar a mí —dijo, su agarre apretándose momentáneamente antes de soltarla—. ¿Recibiste mi mensaje?

Los dedos de Violeta se contrajeron contra su teléfono mientras lo levantó, la pantalla oscura reflejando su expresión tensa. —Parece que se congeló.

—Te conseguiré uno nuevo y brillante si eso es lo que necesitas. Cualquier cosa por mi amor. Tú vales la pena.

Violeta negó con la cabeza. —Funciona. Tuvo una falla.

Los ojos de Anton se deslizaron más allá de ella hacia donde Shawn esperaba. —¿Estás con ese tipo otra vez?

—Lo estoy trabajando.

—Bien. —Anton se inclinó hacia adelante. Violeta se

preparó para el golpe que sabía que podía venir, músculos tensándose. En su lugar, él suavemente besó su mejilla, su gentileza de alguna manera peor que la violencia—. Cuando termines, encuéntrame por ese lugar cerca de esa cosa donde fuimos esa noche.

Violeta asintió, su piel erizándose donde sus labios habían tocado. Nunca estaba segura de qué era peor: ser golpeada o besada. Cuando él la golpeaba, al menos sabía que era porque dijo o hizo algo malo. Pero cuando la besaba, a menudo significaba que iba a tener una noche más agotadora de lo usual, o él la iba a emparejar con alguien que le revolvería el estómago.

Anton se alejó pavoneándose, dejando a Violeta con un peso presionando contra su pecho mientras contempló lo que la noche tenía guardado.

Esperó a que el tráfico se adelgazara, luego corrió de vuelta a través de la calle hacia Shawn. —Perdón. Pensé que estaba libre esta noche. —Su mano tembló mientras abrió su bolsa, alcanzando las pastillas que hacían sus noches soportables. El estuche plástico se abrió con un clic, y se tragó una.

—Algo está mal con tu mano —dijo Shawn, su voz teñida de preocupación.

—Nervios, ¿está bien? —le gritó, fulminándolo con la mirada. Luego sus hombros se desplomaron, arrepentimiento lavándola—. Lo siento.

Una sonrisa gentil iluminó el rostro de Shawn. —Yo nunca podría ir a audiciones. O actuar. Para nada. Eres muy valiente.

Ella sonrió burlona, amargura alzándose. —O loca. —Le asombró que él aún creyera su historia, pero apreció sus momentos preciosos de ser tratada como cualquier otra persona antes de que tuviera que levantar sus muros otra vez y perder esa breve probada de normalidad.

Él la miró a los ojos. —Eres una longitud de onda diferente.

Violeta inclinó la cabeza. —¿Qué quieres decir?

Shawn se pausó, estudiándola con atención cuidadosa. —Hay colores que no podemos ver. Belleza que está fuera de nuestro espectro visible. Hay mucho sobre ti que no es visible para mí todavía. Pero puedo decir que va a ser... hermoso.

La compostura de Violeta comenzó a deslizarse, pero la reunió de vuelta como armadura, años de práctica ayudándola a mantener control. No estaba acostumbrada a escuchar palabras amables que no venían con cuerdas adjuntas, o no eran armas disfrazadas como cumplidos. Hace mucho tiempo, había aprendido a no confiar en lo que la gente decía, pero algo en la voz de Shawn la hizo querer creerle.

—¿Podemos intentar el abrazo otra vez? —preguntó, dando un paso tentativo hacia adelante. Él retrocedió—. ¿Qué tal si te abrazo gentilmente? —Trató de poner sus brazos alrededor de él, pero él se alejó y miró hacia la acera. Ella esperó un momento, paciente—. ¿Puedes darme un abrazo?

Él levantó la vista, incertidumbre escrita en su rostro. Acercándose un poco más a Violeta, cuidadosamente puso sus brazos alrededor de ella, creando un círculo que la sostenía sin tocar.

Ella nunca había experimentado a alguien estando tan cerca sin hacer contacto. Se sintió más íntimo que cualquier abrazo que hubiera conocido.

—Me gusta cómo hueles a flores —dijo Shawn—. Esto es lo mejor que puedo hacer por ahora.

Ella desabotonó la parte superior de su abrigo, revelando un collar de dulce plástico rosa en forma de corazón que colgaba de una cadena plateada. —Mi collar. ¿Cómo suena?

Shawn contempló el color, su cabeza moviéndose mientras escuchó. —Como susurros.

Calor se extendió por el cuello de Violeta. Atrajo su ojo por un momento, luego él apartó su mirada. Retiró sus brazos y se enfocó en el suelo.

Ella comenzó a abrazarlo otra vez, pero se detuvo, recordando respetar sus límites. En su lugar, sonrió y se pasó los dedos por el cabello. —Ya que no me dejas, solo lo diré. Quiero abrazarte, Shawn.

Shawn jugueteó con su manga como si no supiera cómo

responder.

—Y eso no es un evento de todos los días para mí. He tenido mucho más contacto del que necesito. —Su mente se aceleró hacia las horas venideras, hacia los hombres que agarrarían y empujarían, que presionarían contra ella y la sofocarían, que tratarían su cuerpo como propiedad rentada.

—No sé qué significa eso —dijo, confundido.

Ella tomó una respiración estabilizadora. —Necesito irme.

Shawn se paró frente a ella. —Quiero verte otra vez.

Violeta luchó por encontrar palabras que no lo lastimaran. —No es... No creo que eso vaya a funcionar. —Agarró su bolsa y le dio un gesto final.

—Por favor no digas eso —dijo Shawn con una desesperación que la dejó indefensa—. Realmente, realmente quiero verte otra vez.

Violeta sonrió con ternura mientras se dirigió pasándolo. —Lo sé.

Despidiéndose con la mano, se dirigió por la Séptima Avenida, cada paso llevándola más lejos de este momento de casi normalidad. Mientras se alejó, su máscara protectora se deslizó de vuelta a su lugar.

Estaba acostumbrada a vivir en las sombras, pero algo había sido diferente con Shawn. Por primera vez en años, la oscuridad había comenzado a romperse, con algo nuevo e inesperado brillando a través.

Violeta descendió los escalones del metro hacia el túnel tenuemente iluminado, luces fluorescentes zumbando arriba mientras se dirigió hacia los hombres esperando para invadirla.

El miércoles por la tarde, Shawn se sentó en la ventana del frente del Think Coffee, donde el sol tardío creaba arcoíris en el vidrio. Sus dedos se movieron a través del teclado mientras Colin limpió la mesa cercana.

Shawn tomó un sorbo cuidadoso de su café humeante. —Le

mostré a Violeta mis sitios de bodas favoritos.

Colin sonrió, aunque cautela persistía en sus ojos. —¿Y no salió corriendo gritando?

Shawn negó con la cabeza.

—La abuela me llamó el otro día, lo cual es un evento raro —dijo Colin, sus movimientos con el trapo de limpieza volviéndose más deliberados—. Me pidió detalles sobre tu vida amorosa. Ella tampoco tiene buena vibra sobre Violeta.

—Es sospechosa de todos. —Shawn puso su taza de café más fuerte de lo que quería—. Finalmente tengo una relación, y ustedes dos están en contra.

Colin presionó la toalla contra la mesa más fuerte mientras limpiaba, sus nudillos blanqueándose. —Eres demasiado confiado. Así es como te lastimas.

Shawn negó con la cabeza. —Esto no es lo mismo que Amanda.

Los ojos de Colin se apretaron. —Cargaste su foto durante años.

—No hay nada malo con eso —dijo Shawn, un poco demasiado a la defensiva.

El rostro de Colin registró conciencia repentina. —Oh no. Todavía cargas su foto.

Shawn metió la mano en su bolsillo y sacó una foto de Amanda caminando a través de Central Park, mirando sobre su hombro derecho, usando un vestido color rosa. Linda y con pecas, tenía veinte años con una mata de cabello rojo. —Sabes lo que ella significó para mí.

Colin negó con la cabeza en incredulidad mientras Shawn regresó la foto a su hogar en su bolsillo. Después de que Amanda hubiera fallecido, se había prometido que nunca dejaría que su memoria se desvaneciera como tantas otras cosas en su vida.

—¿Ves? Eso es lo que me preocupa. —Colin se recargó contra el mostrador—. Te toma demasiado tiempo superar a alguien que te importa. No creo que esta chica Violeta valga la pena.

—Lo vale si hay un futuro para nosotros.

—La forma en que se viste... —Colin hizo un gesto vago con su trapo—. Me hace pensar...

—¿Te hace pensar qué?

—Que tiene un pasado.

Shawn señaló a tres mujeres en la barra de café, todas usando minifaldas ajustadas y stilettos. —¿Qué hay de ellas? ¿En las minifaldas? ¿Tienen un pasado?

—Ellas no son... —Colin negó con la cabeza—. Eso es diferente. —Frotó más fuerte la mesa—. ¿Y esas audiciones? ¿De noche? Vamos, Shawn.

—Es actriz.

—No cuadra.

El rostro de Shawn se endureció. —Al menos estoy pensando en mi futuro. Probablemente eres el único barista aquí con un título de enseñanza.

Colin levantó una mano como protegiéndose de un golpe. —Oye. Auch.

—Podrías estar haciendo mucho más con tu vida.

—Y tú podrías hacerle más preguntas. Conocerla. Averiguar qué hace realmente para vivir.

Shawn gimió con frustración mientras empacó su laptop. —Sé lo que hace realmente para vivir. Alégrate por mí.

—Solo quiero lo mejor para ti —dijo Colin, su voz suavizándose.

Shawn salió furioso de la cafetería. No podía entender cómo su hermano podía empujarlo a encontrar a alguien un minuto y luego pelear contra él cuando lo hacía.

Pero otra vez, Colin tampoco había aprobado a su novia de la universidad al principio. En la orientación de primer año de Columbia, su cabello carmesí había atraído la atención de Shawn como un faro. Cuando ella lo invitó a un club de jazz, él le explicó que las multitudes serían demasiado para él.

Amanda sugirió una caminata silenciosa por el campus en su lugar. En el frío otoñal, entre edificios cubiertos de hiedra, compartieron sueños: el suyo de programación, el de ella de enfermería en países en desarrollo. Él dudó en contarle sobre su autismo, pero cuando lo hizo, su respuesta lo sorprendió. Ella admiró cómo él se rehusaba a dejar que eso definiera sus límites.

Colin había advertido a Shawn que Amanda podría estar saliendo con él como un proyecto personal de buena acción. Se invitó a una de sus citas, preparado para proteger a su hermano. Pero Amanda lo saludó con calidez, y su conversación se dirigió a la pasión de Colin por el café y su interés en enseñar. Su apreciación por el tueste oscuro lo conquistó inmediatamente. Pronto, estaba ayudando a convencer a sus abuelos de que Amanda era diferente de otras chicas y se le podía confiar.

Ninguno de ellos podría haber imaginado cuán trágicamente terminaría la primera relación genuina de Shawn.

CAPÍTULO 9

TODO EL MUNDO MIENTE

Una semana después, Shawn y Violeta cruzaron hacia Central Park en la Calle 59, donde carruajes tirados por caballos esperaban en filas ordenadas, sus herrajes de latón brillando en la luz nublada. Cada respiración de sus hocicos de terciopelo creaba pequeñas nubes en el aire frío mientras sus cascos chasqueaban contra el pavimento. El cielo opaco silenció los colores de la ciudad hasta que susurraron en lugar de cantar en la mente de Shawn.

Atraídos por el aroma de cebollas asadas y chucrut, se acercaron al carrito de un vendedor callejero, donde Shawn compró hot dogs de un hombre corpulento que hablaba rápido y trabajaba su carrito con eficiencia, sus movimientos rápidos y precisos.

Violeta cerró su abrigo apretado para ocultar su ropa de 'trabajo', sus dedos preocupándose con el cinturón. Corredores y ciclistas pasaron volando junto a ellos en el sendero exterior mientras caminaron. Shawn hizo una mueca mientras comía su hot dog sin pan.

—No eres fanática de los hot dogs, veo. Podemos conseguir algo más.

—Es la forma en que se siente en mi lengua. Trato de no pensar en ello. —Shawn negó con la cabeza—. Gracias por encontrarte conmigo. Estaba muy emocionado cuando recibí tu mensaje.

—Oh, estaba en la ciudad. Tuve un descanso entre audiciones.

—Bueno, siempre estoy feliz de ser tu acompañante.

Las manos de Violeta se apretaron en su abrigo, y su rostro se tensó. —¿Perdón?

—Cuando vas a tus audiciones. Me gusta ir contigo. —Shawn se pausó, estudiando su expresión preocupada—. ¿Dije algo malo?

—No, no. —Sus ojos rebotaron entre los corredores pasando como si estuviera mapeando rutas de escape.

Shawn pateó una hoja roja de arce en el suelo mientras continuaron por la acera pasando un mimo con pintura facial blanca, alcanzando una pareja invisible que seguía escapándose.

—¿Por qué decidiste meterte en la actuación?

—Siempre fue un sueño. —La voz de Violeta se llenó de anhelo—. Cuando me mudé aquí, no conseguí muchas audiciones. Entonces... mi novio me mostró cómo actuar. —Se mordió el labio inferior.

—¿Qué le pasó?

—Eh. Es mi representante ahora. Anton. Lo conociste. Necesitaba dinero cuando llegué aquí, y... él me hizo hacer algunos... favores para pagarle. Em, trabajos de actuación. —Violeta dio un paso desigual hacia adelante, sus ojos constantemente escaneando a la gente alrededor.

—¿Estás buscando a alguien?

—Mi representante. —Su tono bajó a apenas arriba de un susurro—. Avísame si lo ves.

—¿Se está encontrando contigo aquí?

—Lo opuesto. Espero no verlo aquí. —Un momento de

miedo crudo se resquebrajó a través de su expresión compuesta.

—¿Por qué no?

—Él... siempre quiere que me esté alistando para audiciones.

Shawn cambió su peso, estudiando su rostro. —Colin no cree que seas actriz.

—Él no sabe todo. —Sus ojos se volvieron agudos con ira repentina. Aspiró el aire del parque en su pecho, usándolo como ancla—. Perdón. Actúa como si fuera tu perro guardián.

—Dice que mi abuela tampoco tiene un buen presentimiento sobre nosotros.

—Eres un adulto. Puedes elegir con quién pasar tiempo.

Shawn la miró sin expresión.

—No necesitas contarles todo lo que hacemos.

—No puedo mentir. No me gustan las mentiras. Mi abuela dice que todo el mundo miente, pero... no importa ya que nadie escucha.

—¿Chiste?

Él sonrió. —Todavía tratando. —Pasaron una pareja joven encerrada en una discusión intensa, sus susurros enojados llevándose en el viento.

—No estoy diciendo que mientas, pero es bueno tener opciones. Deberías decidir a dónde vas y a quién ves, ¿verdad?

Shawn asintió.

—No tomes eso por sentado. Deberíamos poder decidir quién nos importa. —Un peso frío se asentó en ella mientras una ráfaga de viento azotó su cabello hacia la mostaza del hot dog.

Shawn se extendió con determinación gentil, juntando su cabello y cuidadosamente limpiando la raya amarilla con su servilleta. Su ternura extendió calor a través del pecho de Violeta. ¿Cuándo había experimentado un toque tan delicado por última vez?

Shawn sonrió. —Todos los días, mis compañeros de trabajo juzgan gente para ver quién debería tener una oportunidad en el amor. Creo que toda la razón por la que existimos es para ser amados.

—Es un pensamiento lindo —dijo Violeta sin expresión, aunque algo dentro de ella anhelaba creerlo.

—Creo que por eso Dios nos creó, para que pudiéramos ser amados. —Shawn la miró esperanzado y abrió su boca como si fuera a decir más, pero se detuvo y exhaló.

Violeta se mordió la respuesta sarcástica que se alzó automáticamente a sus labios. Había escuchado demasiadas mentiras bonitas de hombres para confiar en algo que leerías dentro de una tarjeta de felicitación. Pero había algo precioso sobre la forma en que él veía el mundo, y no quería aplastarlo.

Shawn juntó sus manos. —Probablemente debería contarte sobre mi regla ahora.

Violeta levantó las cejas. —¿Tu regla?

Shawn tocó las puntas de sus dedos. —No salgo solo para... salir.

—¿Qué significa eso? —Violeta se frotó la frente mientras una mujer con carriola los empujó pasando, los llantos de los bebés haciendo que Shawn se estremeciera.

Él dudó, ojos en el suelo. —Si estoy saliendo con alguien, estoy pensando en el futuro. Matrimonio. Yo... la veo como una posible esposa. Si ya no puedo ver eso, entonces... dejo de salir con ella.

Violeta sonrió. —¿Has terminado con muchas chicas por eso?

—Bueno, no. Es raro que llegue tan lejos —dijo Shawn—. ¿Seguirías saliendo conmigo si no nos vieras casándonos?

Violeta tomó un momento, la voz burlona de Anton resonando en su cabeza. *Nadie quiere mercancía dañada, amor. Tienes suerte de que te mantenga cerca.* La vergüenza familiar trepó por su garganta, pero la empujó hacia abajo. —No creo que todos deberían casarse.

Shawn la miró, esperanza desnuda en su expresión. —Pero quieres casarte algún día...

—Si es posible. —Encontró su mirada, y él la sostuvo más

tiempo de lo usual. La ternura en sus ojos hizo que se le cortara la respiración mientras se imaginó cómo cambiaría si supiera la verdad. El pensamiento la enfrió, y apartó la mirada, cavando en su bolsa—. Casi se me olvida. —Sacó una corbata de moño de seda negra, del tipo que atas, no de clip, y se la entregó—. Te gusta hablar de bodas y matrimonio. Vi esto y pensé que tal vez algún día podrías usarlo. Cuando encuentres a alguien cuyos colores te suenen bien.

—Una corbata de moño real. Gracias. —Shawn acarició la tela sedosa como si fuera un artefacto precioso. Luego se la envolvió alrededor del cuello y trató de atarla, sus dedos torpeando con los movimientos desconocidos.

En un momento de valentía, Shawn se extendió y tomó su mano, su palma cálida contra la de ella, ligeramente húmeda con nerviosismo. Su toque era gentil, reverente. Nada como las manos agarradoras que conocía. Sus ojos se ampliaron con asombro, su rostro cambiando de alegría a algo casi como pánico, antes de que de repente soltara su mano y retrocediera.

—Debería regresar al trabajo —dijo Shawn, su voz inestable.

—Yo también tengo que irme. —El rostro de Violeta se oscureció—. Audiciones.

—Avísame cuándo puedo ir contigo otra vez —dijo Shawn.

—Lo haré.

Shawn se despidió con la mano mientras se alejó, aún jugueteando con su corbata de moño nueva. Miró hacia atrás por un último momento, su sonrisa tan genuina que dolía. Violeta lo observó descender los escalones hacia el metro, y su mirada vagó hacia una banca cercana donde una pareja anciana se sentaba presionados cerca. La mujer anidó su cabeza contra el pecho del hombre. Contemplarlos despertó un dolor profundo dentro de Violeta.

El viaje en metro de regreso al trabajo pasó en una neblina

placentera mientras la mente de Shawn repasó cada momento con Violeta. Incluso la cacofonía usual de trenes chirriando y anuncios de estación se mezclaron en una sinfonía más dulce.

Cuando regresó a su escritorio en Exclusiv, Shawn estudió las fotos de las parejas felizmente casadas pegadas sobre su espacio de trabajo. Cada imagen brillaba con posibilidad, y por una vez, sabía que pertenecía entre ellas. Una paz cálida floreció dentro de él, o tal vez era esperanza. No pasaría mucho tiempo antes de que tuviera su propia foto de boda sonriente pegada ahí también.

Tammy pasó por su escritorio, usando una camiseta que proclamaba 'Salva a Tu Madre' con una imagen de la Tierra. —¿Ganaste la lotería o algo?

Shawn le pegó a una mosca persistente. —No juego la lotería.

—Nunca te he visto sonriendo tanto —dijo Tammy con un guiño—. Es lindo.

Shawn señaló su camisa. —¿Tu mamá está bien?

—Significa la Madre Tierra. No tiras basura en tu sala. Pero contaminamos nuestro planeta como si no fuera gran cosa.

—Crearé menos basura hoy si te hace feliz.

Tammy se animó. —Exacto, comienza contigo. Ahora me tienes sonriendo. —Continuó por la oficina mientras Flynn negó con la cabeza ante su intercambio.

El teléfono de Shawn vibró con un mensaje de Violeta: *¿Quieres acompañarme esta noche?*

Euforia corrió a través de él mientras inmediatamente respondió: *¡SÍ!*

Después del trabajo, Shawn se encontró con Violeta afuera del Marriott Marquis, donde el asalto de neón de Times Square creó una sinfonía de sonidos en su mente. La siguió de hotel en hotel, observándola desaparecer en varios rascacielos que conocía como “Torres Lápiz” por sus siluetas esbeltas contra el cielo.

—Admiro tu determinación para lograrlo —le dijo después de que emergió de uno de los edificios, su rostro más pálido que antes—. Es sorprendente cuántas audiciones tienes que pasar.

—Sí —dijo Violeta, su voz cansada. Revisó su teléfono y borró una serie de mensajes enojados de Anton que Shawn no podía ver—. Tantas segundas llamadas.

—Valdrá la pena una vez que lo logres.

Violeta viajó a la siguiente ubicación en silencio, sus ojos fijos en algún punto distante. La tensión en sus hombros y la forma en que parecía retirarse hacia sí misma perturbó a Shawn, aunque no podía articular por qué.

Para cuando se dijeron buenas noches afuera del edificio de apartamentos de él, su rostro había tomado una cualidad cenicienta que continuó persiguiéndolo mientras tomó el elevador arriba.

Mientras Shawn yacía en la cama, el sueño lo eludía mientras su mente se agitaba. Algo se sentía mal sobre la noche con Violeta, pero no podía descifrar qué era. El agotamiento que había presenciado parecía más profundo que la fatiga normal. Tal vez la vida de actuación era demasiado demandante para ella. Empujó sus sábanas hacia atrás y se arrodilló junto a su cama.

—Dios, por favor guía mis próximos pasos con Violeta —rezó, susurrando en la oscuridad—. Por favor ayúdala a sentirse mejor después de su día largo. Muéstrame cómo puedo alentarla. —Se subió de vuelta a la cama y se quedó dormido.

Su sueño llegó rápidamente: Shawn se paró en un laberinto infinito de lápidas, sus superficies grises captando la luz débil del sol como espejos antiguos.

Un ataúd de caoba brillaba frente a él, imposiblemente perfecto contra la decadencia del cementerio. La fotografía de Ruth sonreía desde un caballete cerca, colocada junto a uno de sus paisajes urbanos en blanco y negro. Pero en el sueño, la pintura se movía, sus edificios balanceándose como árboles en una tormenta.

Dolientes en negro se agruparon alrededor de él, sus rostros difuminándose cada vez que trataba de enfocarse en ellos. Sus lágrimas se volvieron colores visibles que sangraron en el aire, goteando como acuarelas en la lluvia.

Colin se paró aparte, su nariz enterrada en un libro titulado *Mejores Chistes de Funeral* hasta que levantó la vista para dirigirse a la multitud. —Cuando el director de funeraria trató de vendernos este ataúd, le dijimos que era lo último que la abuela quería. —Nadie se rió, así que regresó a su libro. Mientras pasaba las páginas, susurraron como hojas muertas.

Una rosa roja se materializó a los pies de Shawn, sus pétalos cantando una nota alta. La levantó, y los dolientes siguieron sus movimientos mientras la colocó en el ataúd de su abuela. En el momento en que la flor tocó la madera, su rojo se profundizó a negro, y los pétalos se desmoronaron como ceniza. La oscuridad se extendió por el ataúd como tinta a través del agua, consumiendo el ataúd mientras se hundía en la tierra.

Shawn se despertó de golpe, su pulso chocando contra sus costillas. Después de estabilizarse, se deslizó de su cama y caminó por el pasillo hacia el cuarto de su abuela. La perilla de metal se sintió helada contra su agarre inestable mientras entró.

La lámpara de la mesa de noche de Ruth proyectó un charco cálido de luz a través de su rostro mientras yacía en su cama, en su camisón, con los ojos cerrados, un libro descansando en su pecho. Shawn se acercó sigilosamente, su pulso martillando. Le tocó la mejilla. Sin reacción. Levantó su brazo y lo dejó caer a su lado. Sin respuesta. Contuvo la respiración. Este era el final.

Los ojos de Ruth parpadearon abiertos mientras se sentó y se secó los ojos. —Más te vale tener una buena razón para interrumpir mi sueño de belleza.

Alivio inundó a Shawn. —Me alegra que mi sueño no fuera cierto.

—Por tu bien, mejor estar soñando.

—Gracias por estar viva. —Shawn sonrió—. Nunca sé cuándo será tu último día.

—Por eso necesitamos apreciar cada día. —Ruth subió sus cobijas e hizo señas para que se fuera.

Shawn retrocedió hacia la puerta, su mano demorándose en el marco. Ruth negó con la cabeza y apagó su luz, hundiéndose de vuelta en su cama.

El sábado por la noche, Shawn estudió una de las fotos que Colin había tomado en Nordstrom para poder hacer coincidir su atuendo con la imagen. *Esta será una noche increíble.* Empacó su libro *¡Me Estás Tomando el Pelo!* en su mochila, junto con papitas fritas, galletas sin gluten, y jugo de manzana.

En la sala, Ruth se sentó en el borde del sofá inflexible, trabajando en una pintura en blanco y negro de Gramercy Park con doseles densos de hojas creando patrones intrincados de luz y sombra. Shawn sacó una caja pequeña de su mochila mientras se dirigía hacia la puerta. —El portero tenía esto para ti. Recibes muchos paquetes.

—Puedes dejarlo ahí. —Lo miró de arriba abajo—. ¿Gran cita?

—Regresaré más tarde —dijo, ansiedad filtrándose en su voz ante la perspectiva de más preguntas.

Ella mojó su pincel en la pintura gris de su paleta. —¿Es con esa chica?

—Necesito irme.

Ruth puso su pincel y colocó sus manos en sus caderas. —¿Cuánto tiempo te tomó sanar de Amanda?

—Por favor no la menciones —dijo Shawn, cruzando sus brazos contra su pecho.

—Cuando te lastimas, eres como Humpty Dumpty. No podemos armarte otra vez.

Una vez más, Ruth lo había comparado con ese huevo

frágil. Después de Amanda, había tomado todo su esfuerzo combinado ayudarlo a encontrar su camino de vuelta a sí mismo. Incluso ahora, un destello de cabello rojo o el olor antiséptico de un hospital podía enviarlo en espiral hacia los recuerdos.

Shawn se acercó más a la puerta. —Se está haciendo tarde.

Ruth alzó la voz. —Necesito su dirección. Para saber dónde estás.

—Soy un adulto. Puedo tomar mis propias decisiones.

Ruth entrecerró los ojos, las líneas de preocupación alrededor de ellos profundizándose. Sus dedos se apretaron alrededor de su pincel. —Necesito la dirección.

Shawn suspiró, hombros desplomándose. —1600 Pennsylvania Ave.

El pie de Ruth golpeó contra el suelo de madera. —Su dirección real.

—Esa es su dirección real. Está en Brooklyn.

Ella se rascó la mandíbula, estudiándolo con la misma intensidad que usaba cuando mezclaba colores. —¿Cuál es su apellido?

Nerviosismo humedeció las manos de Shawn. —Yo... no sé.

La frente de Ruth se arrugó con preocupación, su pincel flotando sobre la paleta. —Vas a su casa, y no sabes su apellido. —Se mojó en la pintura negra, una sonrisa dura apretando sus labios—. Eres más inteligente que eso.

—Preguntaré esta noche. Deberías tener amigas para uno de tus tés.

—Lo haría si fuera solo el té, pero la conversación se dirige demasiado rápido a los cálculos biliares. —Hizo algunos trazos deliberados y controlados a través del lienzo—. Al menos mis pinturas me hacen sentir como si tuviera propósito.

Shawn estudió su trabajo, los contrastes marcados de blanco y negro. —Me gustaban más cuando eran a color.

Ruth suspiró, su pincel pausándose a medio trazo. —Bueno, así es como se siente la vida sin el abuelo. Todo ha perdido su color. —Miró a la distancia como si estuviera perdida en memoria, mientras los tortolitos gorjearon su canción nocturna—. Todavía recuerdo que me dijo cómo sabía que estaba listo para jubilarse. Dijo que en lugar de mentir sobre su edad, estaba presumiéndola.

El recuerdo colgó entre ellos, tan tangible como el aroma de la pintura. Los ojos de Shawn se deslizaron a su brazo. —¿Tienes tu pulsera de alerta médica? En caso de que algo pase?

Ruth levantó su muñeca, la banda plateada captando la luz. Había resistido usarla al principio, afirmando que la hacía sentir como una de esas mujeres en esos comerciales viejos que no podían levantarse después de caerse. Pero la insistencia de Shawn y Colin finalmente había ganado.

—Entonces que tengas una buena noche —dijo Shawn, logrando una sonrisa.

Ruth lo estudió, su preocupación maternal visible en las líneas de su rostro. —Prométeme que llamarás si te sientes atrapado o cualquier cosa se vuelve demasiado para ti.

—Estaré bien. —Shawn la saludó con la mano mientras se deslizó por la puerta.

Dentro del elevador, las preocupaciones de Ruth parecían distantes ahora. Las puertas se abrieron al lobby donde la luz nocturna se derramó a través de las ventanas, notas ámbar y doradas sonando en la mente de Shawn.

Douglas se paró en su puesto, observando. —Cuídate allá afuera —dijo, algo no dicho en su tono.

Shawn dudó. —Lo haré.

Douglas se volteó, ocupándose con el correo.

Afuera, la ciudad pulsaba con energía de sábado por la noche. Revisó su teléfono otra vez. No había mensajes de Violeta, pero eso solo haría que su visita sorpresa se sintiera aún más especial. El pensamiento de ver su rostro iluminarse cuando apareciera en su puerta lo llenó con calor que empujó hacia atrás contra el frío nocturno.

CAPÍTULO 10

SU MUNDO

Después de transferir entre dos trenes y un autobús, Shawn emergió a una parte de Brooklyn donde el brillo de la ciudad se había desgastado hace mucho tiempo. Caminó por Pennsylvania Avenue, donde edificios de apartamentos considerables y opacos se alzaban contra el cielo que se oscurecía, sus ventanas reflejando los últimos vestigios de la luz del día. Este era el tipo de vecindario donde Starbucks aún no había plantado su bandera. Ningún logo verde brillante cantaba sus canciones de sirena desde estas esquinas.

Se acercó a la entrada de su edificio de ladrillo rojo, su fachada desgastada alzándose como un acantilado sobre él. La pantalla del directorio, junto a las puertas de vidrio y acero, mostraba un mar de nombres. La derrota presionó sobre él mientras se dio cuenta de que necesitaría el apellido de Violeta para encontrarla entre ellos. Sacó su teléfono y marcó su número. Cada timbrazo sin respuesta apretó su estómago. *Tal vez esta no es tan buena idea después de todo.*

—¿Buscas algo, cariño? —Las palabras lo sobresaltaron.

Una mujer salió de las sombras junto al edificio, escarbándose algo entre los dientes con una uña larga. Su cabello era una masa salvaje de hebras oscuras atravesadas por blanco nevado, fluyendo sobre sus hombros y cayendo en cascada por la espalda de su abrigo de estampado de leopardo como una cascada indómita. Cuando sonrió, la luz brilló en dos dientes dorados.

Shawn se frotó la nuca, su mano moviéndose en círculos nerviosos. —Estoy, eh, buscando a Violeta.

Una sonrisa conocedora serpenteó por el rostro de la mujer. Tecleó un código en el teclado con dedos practicados, cada número creando un pitido suave. La puerta sonó, y la sostuvo abierta con un gesto grandioso.

—Apartamento 2033 —dijo, pestañeando—. Diviértete.

El lobby saludó a Shawn con pisos de azulejo verde. Su pie se conectó con una botella de cerveza vacía, enviándola patinando por el suelo con un sonido resonante que hizo eco en las paredes. El ruido irritó sus nervios. Recuperó la botella y buscó un bote de basura pero no encontró ninguno. En su lugar, la puso contra la pared, donde no haría tropezar a nadie.

Presionó el botón del elevador, pero permaneció obstinadamente oscuro y silencioso. A través de una pared de buzones abollados, vio una puerta metálica que podría llevar a escaleras. Antes de que pudiera investigar, el elevador se anunció con un ding cansado, y sus puertas se abrieron con una protesta chirriante.

El aroma agudo de orina asaltó su nariz mientras entró. Trató de convencerse de que era de un accidente de bebé mientras presionó el botón para el piso veinte. Las paredes cubiertas de grafiti contaron diferentes historias en pintura en aerosol, sus colores chillones creando una cacofonía en su mente mientras el elevador gimió su camino hacia arriba con lentitud agonizante.

Cuando llegó a su piso, el pasillo se extendió ante él, sus paredes de bloque de cemento amplificando una sinfonía de vida urbana: risa, discusiones, el llanto persistente de un bebé, el bajo palpitante de una película de acción, y las notas expresivas de un chelo.

Encontró la puerta de Violeta y tocó una vez, luego otra vez. La puerta se abrió lo suficiente para revelar el rostro de Violeta, sus ojos ampliándose en sorpresa. Algo sobre ella se veía diferente, más vulnerable. Entonces se dio cuenta de que no estaba usando maquillaje. Su rostro estaba limpio y fresco, enmarcado por hebras sueltas de cabello. Usaba una camiseta holgada y jeans que la hacían verse más joven.

—¿Shawn? ¿Qué estás...? —Titubeó, su tono una mezcla de sorpresa y algo más que él no podía leer del todo.

—Dijiste que te gustan las sorpresas —dijo con una sonrisa amplia, balanceándose en sus talones—. Pensé que podríamos hacer una noche de películas.

—Encontraste mi apartamento. —Se mordió la uña—. Eres todo un detective.

—No soy detective. Una mujer al frente fue lo suficientemente amable para ayudarme. Tenía dientes brillantes.

—Oh. —El agarre de Violeta se apretó en la puerta—. Esa era Goldie. ¿Dijo algo más?

—Solo que me divirtiera. Te ves bonita.

Violeta miró al suelo. —Ojalá eso fuera cierto.

Shawn sacó una planta de rosa roja mini de su bolsa. Ella la tomó, y una sonrisa genuina se extendió por su rostro.

—Ahora oficialmente tienes un jardín de rosas —dijo.

La sonrisa de Violeta se volvió juguetona. —Ahora necesito una Oficina Oval. —Se quedó ahí por un momento, estudiándolo con una intensidad que lo hizo querer apartar la mirada. Luego, respiró profundo, abrió la puerta completamente, e hizo señas para que entrara.

El apartamento estudio era pequeño y desordenado. Una cama tamaño queen presionaba contra la pared lejana, bloqueada por un sofá café desgastado. Libros de actuación se paraban en la mesa de noche, y una mesa pequeña y sillas tallaron un sendero estrecho hacia la cocina.

—¿Alguien saqueó tu apartamento?

Color sombreó las mejillas de Violeta. —No, no. No sabía que íbamos a tener compañía.

—¿Íbamos?

Violeta señaló hacia una cerca plástica corta en la cocina que contenía un perro pequeño café y blanco que meneó su cola con tanto entusiasmo que todo su cuerpo se sacudió.

—¿Quién es ese? —preguntó Shawn.

Ella abrió la cerca. —Este pequeño soldado es Barney. Lo encontré en las calles.

Barney cojeó para su saludo y llenó la cara de Shawn con besos húmedos a pesar del vendaje envuelto alrededor de su pierna. Shawn se alejó y se limpió la saliva con su manga.

Violeta rascó detrás de las orejas de Barney. —Una pelea callejera, creo. —Recuperó una golosina en forma de hueso de una caja junto a la estufa y se la ofreció al perro, quien la tomó con delicadeza sorprendente.

—Parece que estás haciendo un buen trabajo cuidándolo —dijo Shawn, observándolos interactuar.

Violeta besó la cabeza de Barney. —Hago mi mejor esfuerzo.

Varias piezas de correo basura yacían esparcidas por la mesa de la cocina. Los dedos de Shawn se irritaron ante el desorden, y comenzó a apilarlas en una pila ordenada. Un rollo de toallas de papel vacío encontró su camino al bote de basura, y antes de que pudiera detenerse, estaba en el fregadero, prendiendo el agua caliente para atacar los platos.

Violeta jugueteó con su collar, observándolo con una mezcla de vergüenza y algo más suave. —Está bien, yo... —Su voz se desvaneció mientras observó sus movimientos metódicos, su atención cuidadosa a cada plato. Brilló, como si su acto simple de cuidar su espacio tocara algo profundo dentro de ella.

Shawn le pasó un plato recién lavado. —Vives lejos de tus audiciones.

Violeta lo secó con círculos cuidadosos. —Aquí es donde todas las... actrices se quedan. Es barato, y a nuestro representante le gusta mantenernos juntas.

Shawn se burló, pasándole otro plato. —Tu representante podría hacer mejor que esto.

—Dímelo a mí. Luego se queda con la mayoría de lo que hago. —Se encogió de hombros—. Bienvenido al mundo del espectáculo.

El apartamento de al lado erupcionó con las voces enojadas de un hombre y una mujer discutiendo. Violeta golpeó la pared. —¿Pueden descansar, sí? —Se volteó hacia Shawn—. Perdón por eso.

Tratando de alegrar el ambiente, Shawn sacó su libro *¡Me Estás Tomando el Pelo!* de su mochila. Volteó a una página doblada y leyó: —Dime sobre un animal que serías si pudieras.

Violeta dejó su toalla de platos. —¿Qué?

Él levantó el libro. —Es un juego de conocerse dentro de un libro. Normalmente, lanzas una moneda para saber si tu respuesta debería ser verdadera o falsa. Luego yo votaría sobre si estás diciendo la verdad o tomándome el pelo. Pero no soy muy bueno en esa parte.

Violeta se quedó inmóvil, el último plato flotando sobre su lugar en el gabinete mientras consideró la pregunta. —Sería un tigre con alas —dijo, sus ojos distantes—. Entonces podría volar y ir a donde quiera pero luego atacar lo que se interpusiera en mi camino.

La frente de Shawn se arrugó en confusión. —Tiene que ser un animal real.

—No dijiste eso —dijo con una chispa de jugueteo.

Shawn regresó el libro a su mochila y le entregó a Violeta una pila de tenedores limpios. —Yo sería un lagarto basilisco, para poder correr sobre el agua.

Violeta sonrió burlona. —Dijiste que tiene que ser real.

—Eso es real. —Shawn le pasó un puñado de cucharas para secar. Apagó el agua, agarró una servilleta, y comenzó a limpiar el polvo con la misma atención cuidadosa que había dado a los platos—. Sería increíble caminar sobre el agua. Como Jesús hizo. Excepto que yo sería un lagarto.

Ella se rió, pero el sonido murió en su pecho mientras él se acercó a un tazón lleno de condones coloridos en la mesa auxiliar junto al sofá. Ella se movió rápido, casualmente dejando caer una almohada sobre el tazón antes de que él pudiera notarlos.

—¿Qué es esto? —preguntó Shawn, recogiendo un oso de peluche café grande y flojo con pelaje desgastado en lugares, usando una camisa púrpura de NYU.

Violeta se ocupó, esponjando las almohadas del sofá. —Ese es Theo. Cada semana, le meto diez dólares. Para que un día, pueda ir a la escuela de teatro en NYU.

—Eso va a requerir mucho relleno —dijo Shawn, inclinando la cabeza mientras examinó el oso.

—Dímelo a mí. —Jugueteó con su camiseta, de repente consciente de sí misma—. Sé que es un sueño tonto, pero Theo me mantiene en marcha.

Lencería sedosa colgaba en el clóset, y Shawn apartó la mirada, sus mejillas sonrojándose rosadas.

—Es solo lencería —dijo Violeta con naturalidad.

Shawn arrastró sus pies contra la alfombra desgastada. —Hace que mi corazón se acelere.

—No hay nada malo con eso. —Le dio una sonrisa pícara.

Él cerró la puerta del clóset. —Sí lo hay si estás esperando hasta casarte para hacer el amor.

Violeta se rió. Luego vio su expresión y se dio cuenta de que hablaba en serio. —No tienes que esperar.

—Es la señal de que estás unido y comprometido con alguien por el resto de tu vida.

Violeta retorció su collar entre sus dedos y se dirigió hacia él con un balanceo exagerado de sus caderas. —O es una señal de que te gusta pasarla bien.

Shawn se frotó la barbilla y dio un paso atrás, confundido, mientras ella se balanceó hacia él. —¿Estás esperando a esa persona especial?

Violeta se detuvo a media zancada, la pregunta congelándola en su lugar. Sus pensamientos corrieron a través del desfile de hombres en su vida, cada uno tomando lo que querían sin pensar en lo que era especial o sagrado. No había espera con ellos. Solo demandas, expectativas, e intercambio de dinero. Podía sentir sus toques en su piel, cada uno dejando otra cicatriz invisible. Su rostro se oscureció con recuerdos que no podía empujar.

—¿Lastimé tus sentimientos? —La pregunta de Shawn salió cuidadosa y medida. La preocupación genuina en su tono hizo que su pecho doliera.

—No, solo estaba... —Su voz falló.

Shawn se acercó más, como acercándose a un animal herido. —Trato de preguntar eso si la cara de alguien cambia.

—Yo, em... —Sus palabras la fallaron. No estaba acostumbrada a alguien como Shawn, cuya inocencia y preguntas sinceras perforaron todas sus defensas cuidadosamente construidas. Buscando un cambio de tema, se dio cuenta de cómo había transformado su espacio caótico—. Tal vez podrías hacer esto cada semana.

Shawn sonrió con entusiasmo de cachorro, su rostro iluminándose. —Me encantaría si puedo. El desorden me distrae. —Movió una de sus bolsas al tocador junto a la cama y recogió un diario pequeño encuadernado en cuero. La cubierta desgastada del libro mostraba señales de manejo frecuente. Mientras hojeó las páginas deformadas, cada una reveló escenas pintadas simples: una niña en un parque, en un momento de alegría; la misma niña patinando sobre hielo, su rostro sereno; luego la niña llorando, sola en la oscuridad.

El pulso de Violeta se disparó como un pájaro sobresaltado. Se apresuró y se lo arrebató. —Eso es para mí.

—Puedo ver tu... —señaló al clóset con la lencería—, ¿pero no tu libro?

—Es... —Lo agarró más fuerte—. Es privado. —Su respiración se aceleró—. No estoy acostumbrada a que la gente revise mis cosas.

—No había palabras en él.

—Ese es el punto. Pinté en su lugar. Para que mi mamá no pudiera... —Se encogió de hombros—. Hizo más difícil que se metiera en mis asuntos. —Sus ojos se deslizaron al tocador, donde recuerdos yacían esparcidos entre el desorden.

Shawn siguió su mirada, notando un marco de foto asomándose de debajo de una bufanda azul. —¿Eso también es privado?

Violeta dudó, luego sacó el marco con una instantánea de una Violeta más joven, su cabello largo y salvaje. Se sentaba en un caballo de carrusel rosa y blanco, una sonrisa inocente iluminando su rostro. A cada lado se paraban sus padres: su madre una vista previa de la belleza futura de Violeta, su padre sustancial con cabello café oscuro y la complexión de un levantador de pesas.

—Esa soy yo cuando todos fuimos a Hersheypark en Pennsylvania —dijo, calor filtrándose en sus mejillas mientras recordó—. Discutieron por la mayor parte del camino, pero no me importó porque íbamos a visitar Chocolate World.

Los ojos de Shawn se iluminaron con emoción. —Eso suena increíble.

—Estaba súper emocionada de ver cómo hacían las Copas de Reese y las Barras Hershey. —El recuerdo pintó su voz con asombro infantil—. Un amigo me dijo que el tour terminaría con un buffet de chocolate todo-lo-que-puedas-comer.

—No me iría bien con eso.

—No tienes nada de qué preocuparte porque solo era un rumor. —Su sonrisa se volvió nostálgica—. Un rumor triste y trágico.

—Puedes comer todo el chocolate que quieras ahora que eres adulta.

—Sí, no es lo mismo.

Shawn señaló la foto. —Estás linda. Entonces, esos son tus padres.

—Esto es antes de que mamá me echara.

El rostro de Shawn se llenó de preocupación. —¿Por qué te

echó?

Violeta se frotó las manos, sus ojos opacándose. —Oh, historia larga.

Shawn se sentó en el borde de su sofá. —Me gustaría escucharla.

—Otro día.

Shawn se paró y se acercó a otra foto en el tocador. Esta mostraba a una Violeta adolescente, medio escondida detrás de una cortina de cabello, parada junto a una versión más pesada de su madre. La alegría de la foto del carrusel había desaparecido, reemplazada por algo guardado. —No estás sonriendo tan grande en esta. ¿Dónde está tu papá?

Violeta se retorció las manos. —Él no estaba con nosotras para entonces.

—¿Dónde estaba?

—Se fue. —Negó con la cabeza como para desalojar los recuerdos, sus dedos retorciendo su cabello.

Shawn sostuvo las dos fotos lado a lado. —¿Qué pasó entre estas dos?

La respuesta de Violeta salió plana y defensiva. —Algo. No sé. Trato de no pensar en ello.

Él puso las fotos y se acercó más, su presencia gentil. —¿Por qué no?

Su mano se movió hacia la pastillera, pero Shawn gentilmente interceptó. —¿Puedes contarme sin tomar nada? —preguntó cuidadosamente.

Calor se derramó por el cuerpo de Violeta, su rostro ardiendo con una rabia familiar que la había protegido por años. Sus dientes se apretaron mientras luchó contra la marea creciente de emoción. *¿Quién es él, irrumpiendo aquí, haciéndome todo tipo de preguntas sobre mi vida?* Pero había algo en su preocupación genuina que rompió sus defensas. Empujó su ira hacia abajo a ese lugar oscuro donde guardaba todas sus verdades dolorosas, forzando una sonrisa que agrietó su armadura. —No es gran cosa. Las cosas pasan. Así es la vida. La gente hace cosas que no debería. Pasa más de lo que piensas. —Su pulso martilló contra su garganta.

Shawn inclinó la cabeza y se inclinó hacia adelante. —¿Qué hizo la gente?

Las entrañas de Violeta se anudaron. —No es como si los fuera a ver otra vez. ¿A quién le importa?

—A mí me importa —dijo Shawn, su tono bajo y firme.

Violeta miró hacia arriba, sintiéndose cruda y expuesta de una manera que la hizo querer correr. —Era el hermano de mi papá. —Las palabras salieron como fragmentos de vidrio, y la voz de Violeta bajó a un susurro. Miró fijamente un punto fijo en la pared—. Cuando visitaba, él... jugaba conmigo.

—¿Jugaba contigo?

Violeta se abrazó fuertemente. —No, no... —Negó con la cabeza, lágrimas amenazando—. Me tocó. De maneras malas. —No podía encontrar los ojos de Shawn—. Dijo que si le decía a alguien... —Tragó fuerte—. Cuando finalmente les dije a mis padres... —Su risa fue hueca—. Mi mamá dijo, "Siempre la actriz."

Recuerdos inundaron de vuelta con imágenes que había tratado de olvidar. Curvó sus brazos más fuerte alrededor de sí misma. —Mis padres pelearon mucho más después de eso, y mi mamá me culpó por su matrimonio desmoronándose.

Shawn se quedó inmóvil mientras procesó lo que había dicho. Cuando finalmente habló, su voz se quebró. —Deberían haberte protegido. Creído. Lo siento mucho.

—Después de que mi papá se fue, ella no me quería cerca. Dijo que le recordaba a él. —Violeta se limpió una lágrima inesperada e inhaló profundamente, forzando el dolor de vuelta donde pertenecía. Su rostro se endureció.

Shawn ligeramente puso su brazo alrededor de ella, pero esta vez fue su toque el que resultó demasiado. Ella se alejó, dejándolo desconcertado. —Así es como funciona la vida —dijo Violeta, su tono amargo—. Tratamos de creer que hay un lado positivo detrás de las nubes cuando solo hay relámpagos y lluvia.

—Puedo ver por qué se siente así. —Shawn le dio una

mirada esperanzada—. Pero si saliera el sol, habría un arcoíris.

Violeta se rió. —No estás ayudando —dijo con un gesto de cabeza.

—Gracias por contarme lo que pasó. Lo siento mucho.

—Gracias.

Se sentaron en silencio por un momento antes de que Shawn señalara hacia su bolsa. —¿Tal vez una película ayudaría? Traje mi laptop.

Violeta negó con la cabeza. —No tan rápido. Es tu turno de contarme algo.

Shawn miró al suelo, juntando sus pensamientos. —Tampoco crecí con mis padres.

—¿Cómo te echaron? —preguntó Violeta con un guiño juguetón.

Shawn miró hacia abajo, dedos encontrando un hilo suelto en su cordón de zapato. —No fue así. Ellos... —Se pausó, buscando las palabras correctas—. No podían manejarme. Todas mis citas de terapia. Su matrimonio se estaba desmoronando, y yo era... —Se detuvo—. Mis abuelos intervinieron. Los padres visitaban los fines de semana al principio. Luego... menos. Y menos.

—¿Y ahora? —preguntó Violeta suavemente.

Shawn se encogió de hombros. —Años desde que los hemos visto.

—Algunas personas no merecen ser padres.

—Sí, mi papá dijo que necesita encontrarse antes de poder cuidarnos, pero mi abuela dice que nunca se encontrará en el fondo de una botella, lo que sea que eso signifique.

Los ojos de Violeta se suavizaron. —Fue lindo de tus abuelos hacerse cargo.

Shawn sacó una bolsa de papitas fritas azules de su mochila y las abrió, ofreciéndole algunas a Violeta. Ella tomó unas.

—Casi los dejé para casarme con una chica —dijo Shawn.

Violeta levantó una ceja. —Debe haber sido una chica especial.

Shawn alcanzó una papita, y el crujido llenó el silencio. —Amanda. —Decir su nombre pareció cambiar algo en su rostro—. Ella dijo que quería... —Tragó fuerte—. Que nos cuidaríamos mutuamente. Siempre.

—¿Qué pasó? —preguntó Violeta suavemente.

Él miró fijamente a un punto detrás de ella. —Murió. Segundo año.

—Eso es... eso es tan terrible.

Continuó, su voz distante. —Solíamos encontrarnos después de nuestras clases. Para estudiar juntos. Trabajábamos uno al lado del otro por horas. Amanda sabía que no podía interrumpirme cuando estaba pensando profundamente. A veces, levantaba la vista y la veía mirándome. Me decía que era su ángel. Luego yo le decía que los ángeles no son humanos, lo que la hacía reír.

—Realmente le gustabas.

Los ojos de Shawn se volvieron desenfocados, perdidos en memoria. —Cuando caminábamos de vuelta al lugar de mis abuelos, hablábamos sobre el futuro que podríamos tener juntos. Cada vez que Amanda venía, mi abuela le enseñó cómo manejar partes de mi rutina para que pudiera ayudar con ella.

Violeta se sentó en el borde del sofá e hizo señas para que Shawn se le uniera.

Él se hundió en el cojín junto a ella, su mirada aún distante. —Tenía un defecto en su corazón que nadie sabía. Colin fue quien me dijo que había colapsado en el lobby de su dormitorio. La llevaron al hospital. Me quedé a su lado por una semana en la UCI, rezando por un milagro. —Tragó fuerte contra la emoción alzándose en su garganta—. El milagro nunca llegó. —Se limpió las lágrimas.

—Lo siento por eso, Shawn. —Violeta puso su brazo alrededor de él. Él se tensó, y ella se retiró.

—El día del funeral de Amanda, su mamá me entregó una tarjeta con el Salmo 40:1 escrito. Decía, "Esperé pacientemente al Señor; Él se volvió hacia mí y escuchó mi clamor." La encontró en el bolsillo de Amanda. —Presionó sus manos juntas, estabilizándose—. Eso era algo que hacíamos. Escribíamos versículos alentadores de la Biblia y los deslizábamos en las mochilas del otro o los pegábamos en lugares donde los encontraríamos al día siguiente. Amanda nunca tuvo la oportunidad de darme ese. —Se volteó hacia Violeta—. La mayoría de la gente puede superar una relación en meses. Para alguien como yo, puede tomar años.

—¿Por el autismo?

—Sí, pero eso no es cierto para todos los que son autistas. Lo que es cierto para uno de nosotros no es cierto para todos nosotros. —Shawn se movió en el sofá—. La abuela dice que Dios me dio un corazón grande porque soy especial, pero eso suena como algo que leerías en una tarjeta Hallmark.

El teléfono de Violeta vibró en la mesa de la cocina, el sonido agudo e intrusivo. Se levantó del sofá con renuencia y revisó la pantalla. Sus hombros se desplomaron mientras leyó el mensaje. —Parece que tengo planes esta noche —suspiró—. Gracias por contarme tu historia y ser un buen oyente. Lamento que no sea la única con un pasado dramático. —Recuperó varias botellas de esmalte de uñas de una canasta en su mesa y regresó al sofá—. ¿Qué piensas? ¿Rosa fuerte o malva?

Shawn estudió las botellas, los colores cantando sus notas distintas en su mente. —Me gusta ese. —Señaló un tono rojo sonrosado en la canasta. Ella lo recogió—. Sí. Ese. Suena como un corazón latiendo. O tal vez es el mío.

Violeta desenroscó la tapa, y el aroma del esmalte de uñas llenó el aire. —Tienes buen gusto.

—Tú también. Buenas noches, Violeta. —Se paró y saludó al perro—. Buenas noches, Barney.

Violeta habló en una voz juguetona de cachorro como el perro. —Buenas noches, Shawn.

Shawn sonrió. Abrió la puerta pero se volteó, recordando algo. —Casi se me olvida. ¿Cuál es tu apellido?

Violeta dudó. —Negro.

Las cejas de Shawn se alzaron. —Tu nombre son dos

colores.

Violeta se concentró en pintar su dedo gordo del pie. —Me dijiste que negro es la ausencia de color.

—Oh, cierto. —Su sonrisa se volvió radiante—. Estabas escuchando.

—Gracias por la sorpresa —dijo Violeta, trazando el borde de su collar—. Espero con ansias nuestra próxima cita.

Shawn asintió. —Yo también. —Salió al pasillo, cerrando la puerta detrás de él.

Violeta dejó de pintar sus uñas y se hundió en el sofá, soltando una respiración larga. El silencio del apartamento presionó alrededor de ella, roto solo por los gemidos suaves de Barney. Miró fijamente la pequeña planta de rosa que Shawn le había traído, sus pétalos rojos vibrantes un contraste marcado con la grisura asentándose sobre ella.

Su teléfono vibró otra vez, el recordatorio impaciente de Anton de que su noche apenas comenzaba. Calmó su mano temblorosa mientras alcanzó la pastillera, sabiendo que ningún número de pastillas podría adormecer la agonía de lo que vendría. El peso pesado de su engaño presionó contra su pecho mientras se preguntó cuánto dolor experimentaría Shawn cuando aprendiera la verdad sobre su vida.

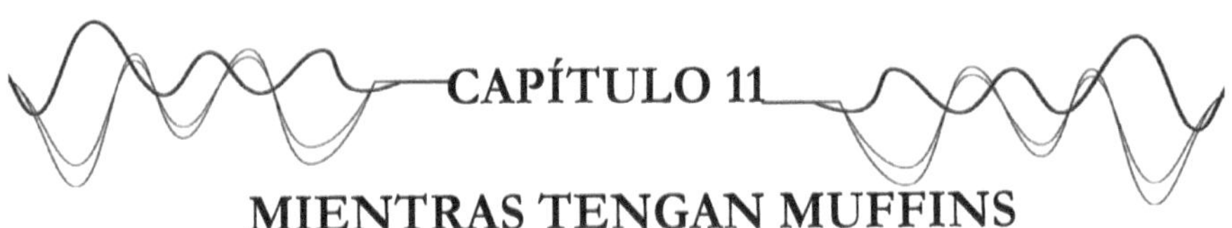

CAPÍTULO 11

MIENTRAS TENGAN MUFFINS

La mañana siguiente, Shawn se encorvó sobre su escritorio en Exclusiv mientras ingresó código en su computadora. Levantó la vista a su colección de fotos de parejas casadas sonrientes congeladas en momentos de alegría. *Mi foto estará ahí pronto, junto a la mujer que estará conmigo por el resto de mi vida.* Por primera vez, el rostro de esa mujer se estaba enfocando.

Abrió su navegador y tecleó, "¿Cómo me caso en la Ciudad de Nueva York?" Los resultados de búsqueda delinearon el proceso: solicitar una licencia de matrimonio, programar una cita para completar el proceso de solicitud y recibir una licencia, luego esperar veinticuatro horas antes de tener una ceremonia en la oficina del Secretario de la Ciudad. Cada punto se volvió otra pieza del rompecabezas, encajando en su lugar. Lo que había parecido un sueño imposible ahora era simplemente cuestión de papeleo y programación.

Tammy se acercó, distribuyendo pases de fiesta. Se movió con propósito entre los escritorios, su colección de pulseras tintineando con cada paso.

Shawn levantó la vista de su pantalla. —¿Nueva fiesta?

Se pausó en su escritorio. —Jake dijo que podrías ir. Tal vez está esperando otra apuesta. —Le entregó un pase adornado con una fuente Art Deco, anunciando un tema de "Flappers y Gánsteres"—. Jake quería hacer "Vaqueros e Indios" hasta que le recordé cómo violamos y saqueamos su tierra.

Shawn devolvió la invitación. —Está bien.

Tammy frunció el ceño. —A mí tampoco me gusta glorificar la violencia, pero él quiere que todos vayamos. Puedes traer a alguien.

—Ya veremos. —Shawn regresó a su computadora. Después de un momento, se paró e hizo señas para que regresara—. Tammy, me gustaría hacerte una pregunta sobre tu calificación de historial.

—¿Calificación de historial? —Se detuvo cerca del escritorio de Flynn, sus pulseras captando las luces arriba.

—Es una puntuación que estamos lanzando que evalúa los pasados de la gente, para que puedas saber más sobre con quién querrías salir. Jake me hizo pasar a todos los empleados por el sistema.

Tammy regresó al escritorio de Shawn, girando uno de sus muchos anillos. —Okaaay.

Shawn tocó la pantalla de su computadora, donde un número 4 se mostraba debajo de una foto de Tammy. —¿Alguna idea de por qué tu puntuación es baja? ¿Bancarrotas? ¿Algo así?

—Obviamente está roto —dijo con una risa forzada, su mirada saltando alrededor de la oficina.

Shawn se volteó a su computadora y revisó su lista de fórmulas. —Me parece bien. —Levantó la vista, pero ella ya no estaba—. ¿Tammy? —Shawn miró alrededor, confundido hasta que notó a Tammy entregando los pases a los empleados del otro lado de la oficina, moviéndose rápidamente entre escritorios. Sus manos temblaron ligeramente mientras distribuyó las invitaciones restantes, y color trepó por su cuello mientras se dirigió hacia la salida.

—¿Todo bien? —preguntó Jake mientras pasó junto a Tammy revisando su teléfono.

—Absolutamente. —Se apretujó pasándolo y abrió de par en par las puertas de vidrio.

Shawn observó a través de las paredes de vidrio de la oficina mientras Tammy se apresuró por el pasillo hacia el baño de mujeres, sus movimientos agudos y agitados. Algo sobre su reacción al sistema de calificación claramente la había molestado, pero él no podía descifrar qué había hecho mal.

Flynn negó con la cabeza desde su escritorio cercano. —Necesitas más tacto, hermano.

—¿Es algo que dije? —preguntó Shawn, desconcertado.

—Siempre es algo que dijiste. Ese es el problema.

Flynn regresó a su trabajo, sus audífonos terminando la conversación.

Después de que el día de trabajo se desvaneció en la noche, Shawn se sentó en una silla roja tapizada en el lobby del elegante Pearl Hotel en la Calle 49, usando uno de sus conjuntos estratégicamente seleccionados con su cabello peinado exactamente como Colin le había mostrado. Finalmente tenía su look dominado, y le quedaba bien.

Shawn se hundió más profundo en la silla cómoda, absorbiendo la atmósfera íntima del hotel boutique. El lobby zumbaba con una energía gentil, con algunos viajeros de negocios tecleando en laptops cerca de las ventanas grandes, mientras turistas estudiaban mapas de la ciudad y folletos de Broadway. Un miembro del personal se movía entre huéspedes, recomendando restaurantes cercanos con entusiasmo.

Sacando su teléfono, Shawn buscó "Cómo Atar una Corbata de Moño" y trató de seguir las instrucciones paso a paso, sus dedos torpeando con los movimientos. No podía hacerlo bien del todo.

El elevador sonó del otro lado del lobby, y Violeta emergió, su máscara familiar deslizándose en su lugar mientras discretamente se tragó una pastilla de su bolsa.

Shawn metió la corbata de moño en su bolsillo y se paró mientras ella se acercó. —¿Cómo estuvo la audición?

Ella agarró su bolsa y enderezó su cuello como si le doliera. —No fue como pensé.

—Lo harás mejor la próxima vez —dijo Shawn con un gesto alentador. Sacó un pedazo de papel de su bolsillo—. Encontré algunas más para ti.

—¿Qué quieres decir? —preguntó Violeta.

—Creé un algoritmo para buscar audiciones para una mujer en tu rango de edad. —Enderezó sus hombros mientras le entregó las listas—. Probablemente ya sabes de la mayoría de estas.

Ella lo revisó. Lista tras lista de papeles en películas, televisión, y en el escenario llenaron la página. Su rostro se iluminó mientras escaneó las oportunidades. —Wow. Estas me recuerdan cuando llegué aquí por primera vez. Moldeaba todo mi día alrededor de dónde estaban ubicadas mis audiciones.

—Como haces ahora.

—Ajá. —Mientras miró a Shawn, una sonrisa genuina iluminó su rostro—. Gracias, Shawn. Me encantaría estar audicionando para papeles como estos.

Shawn se sonrojó ante su calidez. —Quiero que tengas éxito en esto.

Violeta se asomó a sus ojos azules y comenzó a decir algo pero se detuvo cuando el elevador sonó otra vez. Un hombre de negocios delgado en sus cuarenta con cabeza calva salió del elevador y se apretó la corbata. Sus ojos se encontraron con los de Violeta por un momento, y algo parpadeó ahí. Reconocimiento. Su cuerpo se volvió piedra, cada inhalación volviéndose superficial. *Mi cliente.* Aún podía sentir su rodilla contra su espalda, empujándola hacia la cama. "No puedo respirar," le había gritado. Pero él siguió, sordo a sus súplicas.

Repulsión trepó por la espina de Violeta mientras él se acercó. Jaló a Shawn hacia un abrazo, aplastándolo contra ella como si pudiera protegerlo de la verdad. Él se retorció en su agarre, pero ella se aferró a él, músculos trabados, hasta que los pasos del hombre se desvanecieron pasándolos, a través de las puertas corredizas.

Soltó a Shawn, limpiándose las lágrimas de sus mejillas mientras él se enfocó en la página que había impreso, ajeno. Se sintió expuesta en el medio del lobby, segura de que todos habían presenciado su pánico, pero los turistas alrededor de ellos permanecieron absortos en sus folletos, teléfonos, y conversaciones, ni siquiera mirando hacia ellos.

—Probablemente no es buena idea que nos veamos en noches de trabajo ya —dijo Violeta, su voz tensa.

Shawn levantó la vista, confundido. —¿Por qué no?

—Es difícil llegar a todas mis audiciones si siempre te veo en el medio.

Shawn arrastró sus pies contra el suelo de mármol pulido. —No sabía eso. Lo siento.

—No, está bien. Esta es una vida demandante. —Violeta dio un paso tentativo hacia atrás.

—Conseguirás un gran papel algún día. —Señaló una lista en el pedazo de papel—. Mujer, veinte y tantos. Atractiva. Pasado herido. Múltiples personalidades. —Levantó la vista con entusiasmo—. Esa podrías ser tú.

Violeta le guiñó. —Creo que soy yo.

Shawn la miró, tratando de descifrar su tono.

—Un chiste. —Cuando lo miró otra vez, lo vio luchando por mantener sus ojos trabados con los de ella.

Un sentimiento cálido floreció profundo dentro de ella. *Le importo. Realmente le importo.*

Ella acarició tiernamente su rostro. Él se echó hacia atrás, luego dio algunos pasos hacia ella, forzándose a dejarla tocarlo, aunque fuera brevemente.

Violeta no estaba acostumbrada a que el contacto fuera tan

gran cosa para alguien. La mayoría de los hombres en su vida no podían esperar a presionarse por toda ella. Shawn era diferente, y agitó algo olvidado en ella.

Su bolsa vibró contra su cadera. Cuando sacó su teléfono, el mensaje de Anton proyectó un resplandor enfermizo a través de su rostro. Guardó su teléfono. —Lo siento. Mi próxima audición.

Shawn se encogió de hombros. —Podrías saltártela.

—Mi representante me la haría pagar si lo hiciera. —Un sudor frío se extendió por sus palmas mientras recuerdos de la disciplina de Anton se clavaron a través de su mente.

Shawn le dio a Violeta una mirada larga y dolida, y luego su postura se desplomó hacia adentro.

—Si la ignoro, me encontrará. No sé cómo lo hace, pero siempre sabe exactamente dónde estoy.

—¿Puedo ver tu teléfono?

Se lo pasó, observando sus dedos moverse a través de la pantalla. A pesar de años de intentos fallidos de ser más astuta que Anton, algo en el enfoque firme de Shawn hizo que la esperanza revoloteara peligrosamente en su pecho. —¿Qué estás haciendo?

—Apagando tu rastreo GPS. —Le devolvió el teléfono con una sonrisa gentil—. Eso debería ayudar.

—¿Así es como sabe dónde estoy?

Él asintió. El teléfono de Violeta vibró otra vez, haciéndola saltar.

—Podrías apagarlo —dijo Shawn.

Sus dedos de pies y manos hormiguearon con miedo. —Sabría si lo hiciera.

—Y dejaría de molestarte.

—Me molestaría aún más. Se pone aterrador cuando está enojado. —Violeta se mordió el labio inferior hasta que dolió.

Recordó hace un año cuando ignoró la llamada de Anton para poder tomar una siesta rápida en una banca del parque en Battery Park. Cuando la encontró, sus fosas nasales se hincharon, y pateó la banca a pulgadas de la cabeza de Violeta.

Lo calmó prometiendo trabajar aún más tarde en noches de fin de semana, lo cual se volvió su nueva normalidad.

—¿Qué tipo de comida te gusta? —preguntó Shawn, cambiando el tema con determinación gentil.

Ella lo pensó, agradecida por el cambio. —Italiana.

Su sonrisa se desplomó. —La comida italiana puede ser un desafío para mí. —Revisó listas de restaurantes en su teléfono. Su rostro se iluminó—. Encontré un lugar con opciones sin gluten.

Violeta miró a la distancia, pensando en lo que podría decirle a Anton. *No tenía buena recepción. Dejé mi teléfono en el cuarto del hotel. Debería tener una noche libre de vez en cuando.* Sonrió mientras se imaginó la mirada en su rostro si le dijera cualquiera de eso. Luego pensó en cuánto dolor la haría soportar. No la mataría, sabía eso. Solo la lastimaría lo suficiente para sacarla de comisión por un tiempo hasta que aprendiera la lección. Decidió que no le importaría. —Mientras tengan muffins.

Intercambiaron miradas, y algo ligero y genuino pasó entre ellos mientras compartieron una risa.

El taxi los llevó rápidamente al centro hacia un restaurante italiano tradicional en Mulberry Street en el corazón de Little Italy. El aroma de ajo y albahaca flotó desde la cocina. Plantas de geranio colgaban de las vigas de madera, sus flores rojas vívidas contra las paredes de ladrillo expuesto. Música de mandolina sonaba desde una sola bocina, las melodías tejiendo a través del aire cálido.

Compartieron un aperitivo de tomate y mozzarella, después de que Shawn se tomó una pastilla que lo ayudaría a procesar lactosa. Cuando llegaron los platos principales, picaron de los platos del otro mientras hablaron sobre momentos familiares que deseaban poder olvidar.

Shawn empujó un tomate alrededor de su plato. —Hubo una Navidad cuando mi papá me dio una cartera de cuero con ribete azul.

—Me suena considerado.

—Lo habría sido si Colin no le hubiera dado a papá esa misma cartera para su cumpleaños.

Violeta hizo una mueca y se rió al mismo tiempo. —Eso es terrible. Pero no tan malo como atrapar a tu mamá besándose con algún tipo en la parte trasera de su carro horrible.

Shawn arrugó la nariz. —No puedo ver cómo eso es peor.

—La semana anterior, ese mismo tipo me invitó al baile de nuestra escuela.

—Auch. Eso es incómodo. Y sé algo sobre incomodidad. La gente me dice que la creo todo el tiempo.

Violeta sonrió mientras apuñaló su pasta. —Esta ciudad está llena de incomodidad. Vi a una mujer acostada sobre un puesto de periódicos volcado, comiendo un pepinillo. Como si fuera la cosa más normal del mundo.

Shawn se rió entre dientes. —Vi un buzón relleno con comida rápida. Supongo que tenía hambre.

—Dos Minnie Mouses gigantes peleando en Times Square. No puedes no ver eso.

Shawn negó con la cabeza. —Vi a una pareja besándose dentro de un contenedor de basura. Mis ojos necesitaban una ducha después de eso.

—La semana pasada, salí del metro y vi a un hombre sosteniendo un letrero que decía, "Regáñame por un dólar."

—¿Lo hiciste?

Violeta descansó su cabeza contra su mano. —Cariño, yo hago eso gratis. —Shawn se rió, sus ojos arrugándose en las esquinas.

Después de la cena, pasearon por Broadway y cortaron a través de la Calle 8, pasando un hombre regordete con barba sosteniendo un letrero que decía, "Bailaré polka por pasta," lo cual no tenía sentido para Shawn pero hizo sonreír a Violeta mientras le dio algunos dólares.

Se sentaron en el borde de la fuente en Washington Square Park y escucharon a una mujer en una falda de lentejuelas verde neón y tacones altos tocar la trompeta, su música flotando hacia el cielo salpicado de estrellas.

Después de que terminó su set, Shawn y Violeta se dirigieron a Magnolia Bakery en Bleecker Street, donde los panaderos veinteañeros untaron glaseado espeso de chocolate sobre cupcakes de vainilla detrás de la ventana de la tienda. El aroma dulce de azúcar y mantequilla llenó el aire mientras Violeta devoró una taza de pudín de plátano mientras Shawn saboreó un pedazo de pastel de chocolate sin harina.

Su noche llegó a su fin mientras caminaron a la estación del metro en Waverly Place y pasaron por los torniquetes, deteniéndose donde los túneles hacia los trenes del centro y del norte se separaron.

Violeta se demoró, el espacio entre ellos cargado con posibilidad. Pero Shawn solo levantó su mano en un saludo casual mientras se dirigió hacia el tren del norte, dejándola parada sola en el aire viciado del metro. Por primera vez en mucho tiempo, Violeta se encontró anhelando algo más.

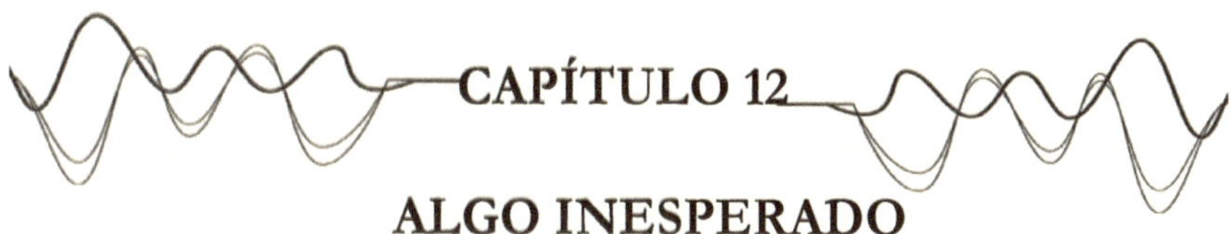

CAPÍTULO 12

ALGO INESPERADO

Shawn se desabotonó la parte superior de su camisa mientras caminó de un lado a otro alrededor de la sala de su abuela el lunes por la noche, su pecho constringiéndose como si fuera dos tallas demasiado pequeño. Sus pies desgastaron un sendero invisible a través de la alfombra, y se pasó la mano por su cabello recién peinado, alternando entre revisar la hora y mirar fijamente la puerta principal.

Toc. Toc.

Aspiró rápidamente y abrió la puerta. Violeta estaba ahí en su abrigo gris largo, su color pulsando en su mente como lluvia distante.

—¿Dónde has estado? —preguntó Shawn.

—Lo siento. Me... ocupé —dijo Violeta mientras se deslizó adentro. Shawn comenzó a cerrar la puerta cuando ella lo detuvo con un toque gentil—. Shawn, estas son Aleesha y Natasha. Son amigas mías.

Las dos mujeres emergieron de las sombras del pasillo, moviéndose como gatos cautelosos. Ambas parecían estar a finales de sus adolescencias o principios de los veinte, aunque su maquillaje y ropa hacía difícil determinarlo.

Aleesha se veía jamaiquina, con un rostro regordete y alegre y curvas que su vestido brillante no podía contener del todo. Su estructura alta se movió cuidadosamente mientras sus tacones de aguja chasquearon contra el suelo de madera.

El cabello café liso de Natasha enmarcó su rostro estrecho y angular y ojos oscuros e intensos que catalogaron todo lo que vieron. Su vestido rojo ajustado y con encaje y botas hasta la rodilla hablaban de un tipo diferente de noche que la que Shawn había planeado.

Shawn cerró la puerta, puso el pestillo de la cadena de seguridad, y se asomó por la mirilla mientras las mujeres echaron vistazos alrededor del apartamento con ojos amplios, sus movimientos delicados como si estuvieran recorriendo un museo después de horas. Natasha le susurró a Aleesha detrás de una mano ahuecada, asintiendo a las lámparas de cristal que refractaron prismas a través de las paredes. Aleesha inclinó la cabeza, estudiando el arte escénico de Ruth con una mirada reverente.

Shawn se acercó más a Violeta, bajando su voz a un susurro urgente. —Pensé que tú y yo íbamos a cenar.

—Compartiré. Es una noche fría, y tenían mucha hambre —dijo Violeta, forzando ligereza en su tono.

Aleesha pasó sus dedos a lo largo del respaldo de una silla antigua. —Debes trabajar mucho para poder pagar un lugar como este.

—Este es el lugar de mi abuela. Yo hago programación.

Los ojos de Aleesha se iluminaron con interés repentino. —Me encanta la programación. Me ayuda a pasar el día.

—¿Sabes programar? —preguntó Shawn, su curiosidad despertada.

—Oh no, pensé que dijiste codeína —dijo Aleesha con una sonrisa burlona.

Violeta agitó sus manos. —No le hagas caso.

Natasha se deslizó hacia la jaula de pájaros, donde Cloudy y Sunny se acurrucaron juntos en su percha.

—¿Todas son actrices? —preguntó Shawn.

—Sip —dijo Violeta rápidamente—. Mismo representante.

Los labios de Aleesha se curvaron en una sonrisa cínica. —Incluso he ganado un Oscar.

El rostro de Shawn se iluminó con interés. —¿En serio?

Aleesha parpadeó lentamente a Shawn. —Él dijo que ese era su nombre.

Violeta rodó los ojos. —Está bromeando.

Aleesha asintió a Violeta. —A veces es difícil saber cuándo la gente está diciendo la verdad.

Shawn negó con la cabeza y continuó caminando de un lado a otro alrededor de la sala, sus manos juntándose y separándose.

—¿Todo bien? —preguntó Violeta.

—Mi abuela viene a casa pensando que va a cenar conmigo. Tú eres una sorpresa. Quería que ustedes dos pasaran tiempo de calidad juntas. Todas ustedes serían demasiada sorpresa. —Sus palabras salieron más rápido de lo usual.

—Ojalá me hubieras dicho —dijo Violeta, su boca secándose. Tiró de su abrigo, apretándolo alrededor de su cuerpo mientras calor trepó por su cuello.

Shawn enderezó las almohadas decorativas en el sofá. —No quería que te pusieras nerviosa.

Náusea se enroscó en las entrañas de Violeta como una serpiente amenazada. —Ahora estoy súper nerviosa. No podemos hacer esto hoy.

Shawn asintió. —Estoy de acuerdo.

—Vámonos, chicas —dijo Violeta, su voz tensa con advertencia.

Shawn alcanzó su brazo. —Antes de que te vayas...

Violeta se sacudió hacia atrás, dolor parpadeando a través de su rostro.

—¿Qué pasa? —preguntó Shawn.

Violeta señaló su brazo. —Solo un poco sensible. —Forzó una sonrisa en sus labios e intercambió miradas con Aleesha y Natasha—. Estoy bien. No puedo perder otra audición.

Preocupación parpadeó a través del rostro de Shawn. —¿Tu

representante te lastimó?

Violeta se alisó el cabello con dedos vacilantes. —Perdió los estribos, eso es todo. Pasa de vez en cuando. Dijo que lo sentía. Le gusta que seamos profesionales.

Shawn estudió su rostro con inquietud. —No parece correcto.

Aleesha arrugó la nariz. —Y siempre huele a cebollas.

El labio de Natasha se curvó. —Él piensa que lo mantienen saludable. Prueba vitaminas —dijo con acento ruso.

Violeta se encogió de hombros. —Estaré bien. Hagamos un plan para nuestra cena especial.

Profundo adentro, sabía que la cena no debería pasar, como esta relación no debería estar pasando. Quería decirle a Shawn la verdad para que pudiera seguir con su vida y ella pudiera regresar a la suya, pero algo mantuvo las palabras trabadas en su garganta. En un rincón esperanzado de su corazón, anhelaba quedarse con él, una luz al final de su túnel largo y oscuro.

El sonido metálico de una llave girando en la cerradura los congeló en su lugar. Shawn le lanzó a Violeta una mirada de terror. La puerta principal se abrió y golpeó la cadena de seguridad con un clang agudo. Luego se cerró otra vez.

Ding dong.

Violeta miró entre Shawn y la entrada, luego saltó a la acción. Arreó a las mujeres por el pasillo y hacia la habitación de Shawn, cerrando silenciosamente la puerta detrás de ellas.

Shawn respiró. Destrabó la cadena de seguridad y abrió la puerta para su abuela. Ruth pasó junto a él, cargando una bolsa de Zabar's llena de comestibles, el aroma de pan fresco y queso flotando detrás de ella.

—¿Cómo estuvo tu estudio bíblico? —preguntó Shawn, manteniendo su voz firme.

Ruth llevó los comestibles al mostrador de la cocina. —Si más mujeres fueran como las de la Biblia, el mundo sería un lugar mucho mejor.

Los ojos de Shawn se deslizaron al pasillo. —Muy cierto.

Violeta presionó su oreja contra la puerta de Shawn, tratando de escuchar a través del roble sólido. Detrás de ella, Aleesha merodeó alrededor del cuarto meticulosamente organizado donde las pinturas escénicas de Ruth compartían espacio de pared con versículos bíblicos enmarcados. La granja de hormigas se sentó junto a una pila de tarjetas de cumpleaños con banda elástica, cada una firmada "Con amor, Abuela Ruth" en cursiva precisa.

Los dedos de Aleesha se sintieron a lo largo del borde del escritorio de Shawn antes de deslizar abierto uno de los cajones, su contenido tan organizado como todo lo demás: clips en un compartimento, bandas elásticas en otro.

—¿Qué estás haciendo? —susurró Violeta.

—Anton dijo que estás estudiando a este tipo. —Aleesha sacó algunos billetes nítidos del cajón—. Ka-ching.

Los ojos de Violeta se entrecerrarron. —Pon eso de vuelta y no arruines esto para mí. —Su voz se volvió baja e intensa—. Estoy en esto por el juego largo.

Aleesha se encogió de hombros y metió los billetes dentro de su vestido. —Bueno, yo no.

El teléfono de Violeta vibró como un avispón enojado. Lo sacó de su bolsa. El nombre de Anton brilló en la pantalla. El teléfono de Aleesha vibró después. Luego el de Natasha.

—Tenemos que salir de aquí —susurró Aleesha.

—Dame un segundo —suplicó Violeta en un susurro.

En la cocina, Shawn deslizó una caja de galletas saladas en el gabinete junto a la estufa. Ruth guardó una cuña de Gouda añejo en el refrigerador, luego arrugó la bolsa de Zabar's y la metió bajo el fregadero.

Ruth volteó su cabeza hacia el pasillo. —Creo que escuché algo zumbando.

Shawn se puso en su línea de vista. —Creo que el portero

tiene algunos paquetes para ti. Vamos a ver.

Ruth arqueó una ceja. —Acabo de estar ahí.

Shawn arrastró sus pies contra el suelo. —¿Te gustaría ir a caminar?

Ruth cruzó los brazos, su postura endureciéndose. —Pensé que íbamos a cocinar la cena.

Shawn negó con la cabeza. —Todavía no estoy listo.

Ruth lo estudió como si sintiera que algo estaba mal. —¿No necesitas mi ayuda?

—Creo que lo tengo.

Los labios de Ruth se curvaron en una sonrisa conocedora. —Esa sería la primera vez. ¿Qué planeas hacer?

Shawn parpadeó rápidamente. —Cosa de carne horneada.

—¿Qué horneada?

Shawn se masticó el pulgar. —Se me está olvidando cómo se llama.

Ruth plantó sus manos en sus caderas. —La última vez que trataste de cocinar solo, apagué el fuego.

—Eso no pasará otra vez.

Ruth recuperó un libro de cocina muy usado del estante junto a la estufa. —Me aseguraré de que eso no pase otra vez.

Shawn cambió su peso de pie a pie, como un niño necesitando usar el baño. Señaló hacia la puerta principal. —Deberías irte ahora.

Ruth dio un paso atrás. —No me hables como si estuviera en problemas. —Olfateó el aire—. Ese olor. ¿Es insecticida? ¿O perfume?

Shawn observó la mirada de su abuela moverse a la mesa del comedor puesta para tres, luego de vuelta a él. —Parece que esperas a alguien.

—No exactamente.

Violeta se paró en la ventana de Shawn, asomándose a los carros abajo.

Natasha vio algunas monedas en la mesa de noche y se las

metió en su vestido.

Aleesha levantó la granja de hormigas del escritorio de Shawn. —¿Qué es esto?

—Ponlo de vuelta —advirtió Violeta.

Aleesha se asomó a través de las paredes plásticas a la red intrincada de túneles arenosos. Jadeó y se echó hacia atrás. —¡Algo se está moviendo! —La granja de hormigas se resbaló de sus manos sobresaltadas.

Un sonido agudo de cascabeleo resonó por el apartamento. El corazón de Shawn se detuvo, y trató de cubrir el momento con risa nerviosa.

Otro golpe, seguido por el sonido de pasos arrastrándose.

Los ojos de Ruth se entrecerrarron con sospecha. —Eso vino de tu cuarto. —Dio un paso hacia el pasillo.

—¡Espera! —Shawn se movió para bloquear su camino—. Debería decirte algo primero...

Pero Ruth ya estaba marchando por el pasillo, sus pasos determinados llevándola directamente a su puerta. Shawn se apresurió tras ella. Antes de que pudiera alcanzarla, ella abrió de par en par la puerta de su habitación.

La boca de Ruth se abrió ante la escena frente a ella: tres mujeres extrañas acurrucadas en el suelo de la habitación de Shawn, barriendo arena de la granja de hormigas destrozada. Sus ojos saltaron entre ellas: una mujer jamaiquina alta cuyo vestido brillante se tensaba contra sus curvas, sus stilettos descartados junto al escritorio de Shawn; una mujer rusa delgada como un riel cuyo vestido rojo con encaje y botas hasta la rodilla pertenecían más en un club nocturno que en la alfombra de su nieto, y Violeta en su abrigo largo, todas en pánico mientras acorralaron montones de arena, tratando de evitar las hormigas confundidas haciendo su intento de libertad.

Shawn se congeló en la entrada detrás de Ruth, su rostro sonrojándose rojo con vergüenza y pena. Su expresión se desplomó mientras su abuela tomó la escena con shock.

—¿Qué está pasando? —demandó Ruth, su voz lo suficientemente aguda para cortar vidrio.

Las mujeres saltaron a sus pies, arena cayendo en cascada de su ropa.

—Hola otra vez —dijo Violeta con una sonrisa débil.

La mirada fulminante de Ruth podría haber derretido acero.

Aleesha se sacudió arena de sus brazos. —¿Por qué la gente blanca mantiene hormigas como mascotas? De donde vengo, matamos a estos bichos.

Violeta pisó algunas hormigas escapadas mientras corrían a través del suelo arenoso. —Estaba mirando tu granja de hormigas, y se le resbaló de las manos.

Shawn soltó una risa nerviosa. —Abuela, ¿recuerdas a Violeta, mi novia? Estas son sus amigas, Natasha y Aleesha.

La boca de Ruth se adelgazó en una línea dura. —No llames a alguien tu novia solo porque has estado saliendo con ella por cinco minutos. Esta va a ser una cuenta mayor de exterminador. Y alguien aún tiene que explicar por qué todas están escabulléndose aquí atrás.

Los ojos de Shawn miraron a todas partes excepto la cara de su abuela. —Yo, em...

—¿Yo, qué? —presionó Ruth.

—La invité.

—Tenemos reglas —dijo Ruth, luego se volteó hacia Violeta—. ¿No dijiste que te gustan las reglas?

—Sí, claro. —Violeta barrió más arena en una pila, vaciándola en el bote de basura junto al escritorio—. Lamento lo de tus hormigas.

—Mi abuelo me dio eso —dijo Shawn suavemente—. Para enseñarme sobre productividad.

—Eso no tiene sentido —murmuró Aleesha.

Los ojos de Ruth se trabaron en Violeta como un misil buscador de calor. —¿Ese es tu nombre real, Violeta?

Shawn le dio a Ruth una mirada desconcertada. —Por

supuesto que sí, abuela.

La mirada de Ruth nunca se desvió del rostro de Violeta. —¿Lo es?

Violeta miró al suelo. —Es más un nombre artístico. Nadie usa su nombre real. —Cerró los ojos y respiró temblorosamente—. Mi nombre real es... —Se pausó—. Olivia.

La confesión se sentó pesada en el aire, como si el peso de su pasado presionara sobre ella. No había hablado ese nombre en voz alta en años, se había entrenado para olvidar a la niña que una vez había respondido a él.

El rostro de Shawn se iluminó. —Eso es bonito. Olivia Negro.

Escuchar su nombre completo golpeó el aire de los pulmones de Violeta. Negro. Su apellido familiar. El que se quitó como piel vieja cuando había bajado de ese autobús Greyhound en Port Authority. Casi podía oler los humos de diésel otra vez, sentir las correas gastadas de su mochila verde vieja cortando en sus hombros mientras se alejó de todo lo que había conocido.

Violeta aplastó otra hormiga bajo su talón.

La sonrisa de Ruth se volvió tan aguda como una cuchilla. —No puedo esperar a descubrir más sobre Olivia Negro.

El nombre aterrizó como hielo en el estómago de Violeta.

—Por eso quería que cenaran juntas. Para que se conocieran. ¿Te dije que Violeta quiere estudiar actuación en NYU? —preguntó Shawn—. Es la segunda universidad privada más cara. Lo busqué.

Los ojos de Ruth nunca dejaron el rostro de Violeta. —Shawn me ha estado contando todo sobre tus... sueños. Y sobre tu situación familiar, también. —Inclinó la cabeza—. Suena muy... interesante.

Shawn agarró un libro de su escritorio, usándolo para barrer más arena en una pila. —No los ha visto en un tiempo.

—Qué lástima. La familia es muy importante para Shawn. También lo es tu vida espiritual. —Los ojos de Ruth se clavaron en Violeta—. ¿Eres seguidora de Jesús?

Violeta dudó, tomada por sorpresa. —Yo... em... —Notó la expresión esperanzada de Shawn—. Sí. Claro.

Los ojos de Ruth se entrecerrarron. —¿Es así? ¿Dónde adoras?

—La, em... —La garganta de Violeta se secó mientras buscó algo creíble—. ¿Iglesia del... Santo Grial?

La frente de Shawn se arrugó con preocupación, y Violeta pudo ver algo parpadeando detrás de sus ojos: duda, tal vez, o confusión. Pero luego su expresión se aclaró, como si hubiera empujado deliberadamente lo que sea que lo molestaba a un lado. —Eso es genial. No sabía. —Su sonrisa regresó, brillante y aliviada, y ella se dio cuenta de cuánto significaba para él su supuesta fe.

Ruth cruzó los brazos. —Suena medieval. Deberíamos ir todos a tu iglesia este domingo. Eso es mucho mejor que la cena.

Aleesha soltó una risa nerviosa. —Yo elegiría la cena. Pero soy yo.

Violeta dio un pequeño paso hacia atrás. —O tal vez podría visitar su iglesia.

Ruth negó con la cabeza, como si disfrutara la incomodidad de Violeta. —Oh no. Quiero ir a la tuya. ¿Quién es tu pastor? ¿Monty Python?

—Me encantaría si... —Los ojos de Shawn se iluminaron—. Si te unieras a nosotros.

La mirada de Ruth viajó por el atuendo de Violeta. —Hmm. Podrías querer usar algo más... apropiado.

Shawn negó con la cabeza. —Puede vestirse como quiera.

El pulso de Violeta tronó en sus oídos mientras las palabras de Ruth avivaron algo peligroso en ella. Sus dedos se curvaron en puños. Un comentario más, y podría mostrarle a esta señora elegante y mayor exactamente lo que pensaba de sus opiniones. —Deberíamos irnos.

—Te veo el domingo, Violeta —dijo Ruth en un tono reservado para niños traviesos.

Shawn guió a Violeta, Aleesha, y Natasha fuera del

apartamento y al elevador mientras Ruth se quedó atrás para inspeccionar el daño de las hormigas y cazar supervivientes.

Aleesha se abaniló. —Se estaba poniendo caliente ahí.

Violeta presionó el botón del elevador y se volteó hacia Shawn. —Siento que las cosas se pusieran un poco locas.

Él apartó su preocupación con la mano. —Lo compensaremos el domingo.

El pensamiento de unirse a él en la iglesia hizo que los pulmones de Violeta se apretaran. —Caramba. Se me olvidó. Estoy... estoy ocupada el domingo.

El rostro de Shawn se arrugó con decepción. —Dijiste que podrías ir.

Violeta tiró de su cuello, de repente encontrando difícil respirar. —No puedo. Yo... lugares como ese no son para gente como yo.

—No puede ser tan diferente de tu iglesia. —Shawn sacó su teléfono—. Te textearé los detalles de dónde encontrarnos.

Aleesha chasqueó la lengua hasta que Violeta notó su mirada puntiaguda.

Shawn miró entre ellas. —¿Qué?

Aleesha movió su dedo. —Dile.

Shawn enfrentó a Violeta. —¿Decirme qué?

Violeta negó con la cabeza mientras el pavor trepó por su espalda como una araña. —Mi nombre real. Lo siento. Debería haberte dicho. Casi nadie sabe.

Sus dedos se cepillaron por el aire como barriendo el pensamiento. —No te preocupes. Supongo que debería empezar a llamarte Olivia.

—No, aún Violeta. Mantengámonos con Violeta. —Calor se derramó por su rostro mientras presionó el botón del elevador otra vez.

—Al menos pudiste hablar con mi abuela un poco más —dijo Shawn brillantemente.

—Sí. —Las puertas del elevador se abrieron con un ding misericordioso, y Violeta exhaló—. Buenas noches —dijo, arreando a las mujeres adentro. Se presionaron contra la pared trasera mientras las puertas se deslizaron cerradas.

—Nos vemos pronto —dijo Shawn antes de que desaparecieran.

Regresó a su habitación, donde Ruth barrió lo último de la arena con trazos agudos y enojados. —Ocultándome la verdad en la cocina. Escondiendo mujeres en tu cuarto. ¿Qué más está pasando contigo?

Shawn se sentó en el borde de su cama, su mirada distante. —Estoy enamorado.

—Estás en lujuria. Hay una diferencia.

—No, me preocupo por ella.

—Shawn, solo porque una de tus citas regresa por una vez no significa que sea la indicada. Hay muchas chicas lindas en nuestra iglesia que aún no has conocido. Ten paciencia. —La voz de Ruth se volvió gentil—. Lamento lo de tu granja de hormigas.

La mente de Shawn ya había navegado a otro lugar. —Está bien.

Ruth lo estudió por un largo momento antes de tomar la escoba e irse. Shawn cerró la puerta y se recargó contra ella, perdido en pensamiento.

Estabilizándose, abrió el cajón del escritorio y removió el anillo de compromiso de su abuela. Mientras lo volteó en su mano, luz bailó a través de sus facetas.

Cerró los ojos fuertemente y se imaginó a Violeta en un vestido de novia. El sonido de su vestido blanco llenó su mente con un tono profundo y pulsante que resonó a través de su alma. Paz inundó su cuerpo mientras sus pensamientos se solidificaron sobre su futuro. *¿Es ella la indicada?* La respuesta vino con claridad perfecta: *Sí, lo es.*

CAPÍTULO 13

EL PAQUETE COMPLETO

La oficina crepitó con actividad mientras Shawn tecleó en su estación de trabajo el martes por la tarde, el clickety-clack familiar de su teclado proporcionando un ritmo firme que lo ayudó a enfocarse. Hasta que la sombra de Jake cayó sobre su pantalla.

Shawn se quitó los tapones para los oídos y miró hacia arriba. —¿Cómo puedo ayudarte?

Jake presentó una faja negra con una floritura, su sonrisa cargando un filo de burla. —Has estado peleando con esa corbata de moño todo el tiempo. Pensé que podrías usar algo que vaya con ella.

El rostro de Shawn se iluminó mientras presionó una mano a su pecho. —Oh. Muchas gracias. —Tomó la faja y se la envolvió alrededor de la cintura, imaginándose usándola en su día especial.

—Nada que descifrar con esa —dijo Jake con un tono condescendiente—. Ahora puedes pasar más tiempo programando y menos tiempo tratando de ser elegante.

—Es para cuando sea novio.

Jake se rió, luego se detuvo cuando se dio cuenta de que Shawn no estaba bromeando. —¿Te vas a casar?

—Pronto, espero. Ya veremos. —Shawn le dio una sonrisa genuina.

Jake se inclinó cerca, su colonia aguda en la nariz de Shawn. —Déjame darte un consejo. El amor es ciego. ¿Pero el matrimonio? Eso abre los ojos. —Guiñó, luego se retiró a su oficina.

Shawn se rascó la sien, luego sacó su corbata de moño del cajón de su escritorio para practicar, tratando de recordar todos los pasos de los tutoriales que había visto.

Flynn rodó su silla hacia el escritorio de Shawn. —Oye, si te gustaría unirte a la aplicación otra vez, la desbloquearé.

Shawn se enfocó en su corbata de moño. —Está bien.

—Podría ser bueno para ti.

Shawn levantó la vista, sus ojos llenos de emoción. —Estoy en una relación.

—¿Oh? —La sonrisa de Flynn se tensó—. Eso es genial.

—Creo que podría ser la indicada. —La mirada de Shawn se perdió más allá de Flynn, perdido en pensamiento.

—Eso es... esas son grandes noticias —dijo Flynn, aunque algo en su tono hizo que Shawn levantara la vista de su corbata de moño. La sonrisa de Flynn parecía forzada, y se retiró a su escritorio con una expresión que Shawn no podía leer del todo. Shawn regresó a juguetear con su corbata de moño, preguntándose si había dicho algo malo.

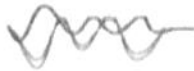

En Think Coffee, estudiantes llenaron el café, sus voces alzándose y cayendo como una marea entrante. Los tapones para los oídos de Shawn redujeron el ruido conversacional a un zumbido distante mientras tecleó en su laptop en su lugar usual de la esquina. Detrás del mostrador, Colin gritó órdenes de bebidas y entregó tazas de café con movimientos rápidos.

Una mujer en sus cincuenta se paró confundida sobre los

botes de reciclaje, su perfume (algo floral y polvoso) flotando mientras trató de determinar si su servilleta usada pertenecía en la ranura con forma de basura arrugada o la con forma de taza. Shawn observó su deliberación cuidadosa, recordando cómo Colin le había dicho que los tres botes finalmente alimentaban el mismo relleno sanitario en Nueva Jersey. Los clientes necesitaban la ilusión de clasificación apropiada para sentirse ambientalmente responsables, había explicado. Después de consideración cuidadosa, eligió la ranura de papel.

La puerta del café se abrió de par en par con una ráfaga de aire caliente, dejando entrar una ola de calor de finales de verano y la cacofonía de ruido de la calle: taxis tocando bocinas, sirenas distantes, y el ruido de martillos neumáticos. Una mujer entró que comandó atención sin intentarlo. Se paró graciosamente alta, proyectando sombras elegantes bajo la iluminación cálida, cabello oscuro cayendo en cascada pasando sus hombros en ondas sueltas. Su vestido de seda esmeralda susurró contra sus piernas mientras se movió.

A través de la neblina de vapor de espresso, encontró la mirada de Colin y dio un gesto leve y deliberado, el gesto tan sutil que cualquier otra persona lo habría perdido.

—Listo en un flash —dijo, guiando sus manos a los jarabes y tazas antes de que ella hubiera siquiera alcanzado el mostrador.

Su sonrisa calentó toda su cara. —Eres el mejor.

Mientras Colin creó su bebida, ella pagó en la caja. Shawn siguió tecleando, tratando de perderse en su código, pero Colin se deslizó en la silla junto a él, haciéndole señas para que se quitara los tapones.

—Momento perfecto para que practiques tu coqueteo —susurró Colin, asintiendo hacia la mujer—. Esa es Laura King. Paquete completo. Acaba de empezar a venir.

Shawn continuó tecleando, el golpeteo rápido de teclas sin interrumpir, su expresión sin cambiar.

—Es modelo. También enseña danza.

Shawn permaneció fijo en su pantalla, sin interés.

Colin se inclinó más cerca, la tela de su delantal susurrando. —Y ama los colores. Mira cómo se viste.

—Tú deberías salir con ella.

Colin se frotó los antebrazos. —Soy barista.

—Tienes un título. Empieza a hacer algo con él.

Shawn notó algo parpadear a través del rostro de Colin: dolor, tal vez, o irritación. Nunca había entendido por qué Colin parecía tan resistente al consejo sobre su futuro. Creciendo, sus abuelos siempre habían celebrado las pequeñas victorias de Shawn, siguiendo cada palabra que aprendía y habilidad que dominaba. Las boletas de calificaciones y proyectos de arte de Colin conseguían sonrisas rápidas, pero luego el enfoque siempre regresaba a ayudar a Shawn con su último desafío. Shawn había asumido que a Colin no le importaba, que el encanto natural y chistes rápidos dc su hermano significaban que no necesitaba el mismo tipo de atención.

Shawn sacó algunos papeles grapados de su bolsa. —Imprimí estos del sitio web del Departamento de Educación.

Colin leyó el encabezado: "Una Guía para Solicitar y Ser Contratado." Tiró los papeles a un lado con un resoplido.

Shawn señaló su ropa. —Tú me ayudaste. ¿Por qué no puedo ayudarte?

—Deja de actuar como la abuela —dijo Colin, inclinándose hacia adelante con intensidad repentina—. Está preocupadísima por ti. Aterrorizada de que te vayas a lastimar otra vez.

—Ella no entiende.

—Escucha. —Los ojos de Colin se trabaron en los de su hermano—. La abuela nos acogió cuando nadie más lo haría. Renunció a todo por nosotros. Por ti. Al menos ten cuidado sobre a quién traes a su casa. A su vida. —Se pausó, eligiendo sus siguientes palabras cuidadosamente—. Porque ahora mismo? Estás a una mala decisión de...

—¿De qué? No me va a echar.

Colin se paró abruptamente, las patas de la silla raspando severamente contra el suelo. —No estés tan seguro. —Jaló su toalla de su delantal con un chasquido agudo y limpió una mesa cercana antes de regresar al mostrador, sus zapatos chirriando en el suelo.

Shawn se volteó hacia Laura, quien metió un mechón de cabello detrás de su oreja. —A mi hermano le gustas —dijo demasiado fuerte.

Las cejas de Laura se dispararon mientras miró a Colin, quien se agachó detrás del mostrador, sus orejas enrojeciendo mientras reorganizó las pilas de tazas de cerámica, que tintinearon nerviosamente en sus manos.

El lunes se arrastró. El martes se sintió interminable. Para el miércoles, Shawn había reorganizado su clóset dos veces, practicado su corbata de moño veintisiete veces, y revisado su teléfono cada pocos minutos por mensajes de Violeta.

La iglesia aún estaba a cuatro días.

Había soñado durante mucho tiempo con caminar al servicio con alguien que no fuera su abuela, presentando a su novia en la recepción de mini muffins después. Su novia. Las palabras florecieron con posibilidad.

Cuando el domingo finalmente llegó, Shawn despertó temprano para alimentar a los tortolitos y vertió semillas en su tazón plateado. Luego, trabajó en perfeccionar su atuendo.

Ruth esperó junto a la puerta principal, lista para irse. —¿Shawn? Querías llegar temprano. No quiero hacer esperar a tu amiga.

—¡Novia! —gritó desde su habitación.

—A tu hermano podría gustarle que traigas mujeres como esa a casa, pero a mí no.

—Te dije que me gusta, abuela.

—Por favor, Shawn, no puedo quedarme parada y verte... —Su oración se cortó mientras cada respiración se volvió más corta que la anterior. Alcanzó la silla, desesperada por anclarse, pero sus dedos agitándose solo encontraron aire vacío mientras cayó.

Shawn se volteó de su clóset al escuchar un golpe. —¿Abuela? —Cuando no respondió, su estómago se desplomó.

Corrió a la sala y la encontró desplomada en el suelo. Su pulso rugió en sus oídos. —¿Abuela?

Sacó su teléfono.

—Es... Es... —Ruth luchó por hablar—. Es un ataque de pánico. Dime que todo estará bien.

—¿Estás segura de que no es tu diabetes?

Ella asintió débilmente.

Shawn estabilizó su estructura temblorosa mientras la ayudó a sentarse en la silla. —Todo estará bien, abuela.

Ruth cerró los ojos fuertemente y respiró lentamente.

Las líneas de preocupación se profundizaron en el rostro de Shawn. —¿Estás segura de que no es nada más? Así es como empezó con el abuelo.

Ruth hizo una mueca. —No estás ayudando.

—Todo estará bien. Todo estará bien —dijo Shawn mecánicamente.

—Tienes que decirlo en serio. —Ruth se hundió más profundo en la silla—. Necesito agua.

Mientras Shawn le trajo una bebida, Ruth murmuró: —Nunca sabemos cuándo llegará nuestro tiempo.

Shawn tocó la foto de Amanda en su bolsillo, y presión se construyó en su pecho. Miró ansiosamente por la ventana mientras regresó con un vaso de agua. —Espero que Violeta nos espere.

Ruth tomó un sorbo pequeño y negó con la cabeza. —Por favor sé sensible.

Shawn reconoció la señal de dejar de hablar. Se recargó contra el mostrador, golpeando su pie, mientras texteaba a Violeta para explicar su retraso.

Cloudy y Sunny gorjearon desde su jaula. Shawn señaló hacia ellos. —Los tortolitos se aparean de por vida, sabes.

Ruth soltó una respiración cansada. —Nunca te cansarás de

compartir ese dato.

—Me gustaría tener a alguien dedicado a mí por el resto de mi vida.

—Está por ahí en algún lugar.

—Está esperándonos afuera de la iglesia.

La expresión de Ruth se endureció. —Deberías encontrar a alguien que no finja ir a la iglesia.

Shawn contempló los pájaros alimentándose mutuamente, su corazón calentándose ante su devoción. —Ojalá confiaras en Violeta.

—He estado por mucho tiempo. Sé cómo juzgar un libro por su portada.

Treinta minutos después, después de textearle a Douglas sobre su episodio, Ruth se paró, lista para irse. Tomaron el elevador hacia abajo, encontrando al portero esperando con preocupación grabada en su rostro.

—Recibí tu mensaje. ¿Estás bien? —preguntó.

Ruth asintió. —Todavía funcionando, pero gracias por preguntar, Douglas.

—Qué día tan hermoso. Ojalá tuviera a alguien para ir a caminar conmigo cuando salga a las cinco.

Los labios de Ruth se curvaron en una sonrisa. —Hmm. Apuesto a que encontrarás a alguien.

Él le entregó una caja pequeña. —Esto llegó.

Ella sacó una caja rectangular de su bolsillo. —Y encontré esto. Creo que es tuyo.

—¿No es esa la pluma que ordenaste? —preguntó Shawn.

Ruth lo calló, evitando su mirada mientras volteó la caja en sus manos.

—Gracias, Señora Lambent —susurró Douglas.

Ruth le sonrió, recordando cómo comenzó su amistad. Cuando Greg aún estaba vivo, apenas notaba a Douglas más allá de sus deberes de portero. Pero una noche, descubrieron pasiones compartidas: Douglas asistía a la iglesia en Harlem, y su pariente había tocado trompeta en Minton's Playhouse, el mismo club de jazz donde ella y Greg pasaban sus noches de lunes.

Greg insistió en que todos visitaran juntos, ansioso por mostrarle a Douglas su mesa usual con vista al escenario. Esa noche se volvió el comienzo de una amistad inesperada mientras se sentaron bajo luces ámbar cálidas, compartiendo bourbon y música.

Después de que Greg falleció, Ruth regresó a Minton's sola una noche. Ordenó la bebida favorita de Greg y lloró silenciosamente en su mesa, las notas de la trompeta perforando directamente a través de su corazón.

Douglas comenzó a ayudar alrededor del apartamento después de eso, lo cual eventualmente se convirtió en caminatas nocturnas con él escuchando mientras ella hablaba de su dolor. Pero últimamente, Ruth había estado evitando tiempo a solas con él. Extrañaba sus conversaciones pero no sabía cómo explicar que hablar de Greg se sentía como una traición y una necesidad a la vez.

En el taxi dirigiéndose al norte de la ciudad, Shawn no podía dejar de mirar la caja en el regazo de Ruth. —¿Quién te manda todas esas?

Ruth miró por la ventana. —No te preocupes por eso.

—¿Puedo abrirla?

Ella dudó, luego se la entregó con un suspiro. Shawn la abrió para descubrir tres tubos de pintura: rojo, amarillo, y azul.

Ruth miró los colores por un largo momento, y algo cambió en su expresión. —Él sabe que no he pintado en color desde que el abuelo falleció.

—¿Por qué Douglas te está dando pintura? —preguntó Shawn, su frente arrugándose mientras las piezas comenzaron a encajar: los paquetes frecuentes, las sonrisas tímidas, las miradas compartidas que nunca entendió del todo. Se enderezó, ojos ampliándose—. Los paquetes... —Shawn miró a su abuela con una mezcla de sorpresa y nuevo entendimiento—. Douglas es quien los ha estado enviando.

Ruth negó con la cabeza. —Son solo pequeños regalos.

—¿Por qué no sales con él?

—No estoy... No somos... —Se recompuso—. No seas absurdo. A mi edad, no actuar sobre el amor es lo más cerca que estaré de vivir una novela de Jane Austen.

—¿Jane Austen? —El rostro de Shawn se arrugó con confusión.

—No lo entenderías. —Ruth jugueteó con su pulsera y se volteó hacia la ventana, su expresión distante. Shawn pudo ver algo trabajando detrás de sus ojos, anhelo, tal vez, o conflicto, pero se había cerrado hacia él.

Cuando llegaron a Redentor, Shawn ayudó a Ruth a salir del taxi mientras escaneó la calle. —Además, es portero —continuó Ruth—. ¿Cómo crees que se vería eso?

—¿Por qué te importa cómo se vea?

—Tú eres quien escondió a tu novia en tu habitación.

Shawn revisó la hora en su teléfono. —El servicio comenzó hace veinte minutos. No veo a Violeta.

Ruth negó con la cabeza. —Como aceite y agua.

—No me ha respondido los mensajes. Tal vez ella también llega tarde. —Su cuerpo se desplomó con duda.

Ruth saludó a una amiga de la iglesia. —Probablemente está en su Iglesia del Santo Grial. Sentada junto al Rey Arturo.

—Aparecerá. —Shawn revisó la hora otra vez, limpiándose la frente húmeda. Nada iba según el plan—. Podría estar adentro.

Ruth juntó sus manos fuertemente. —Las mujeres como ella tienden a mantenerse lejos de la luz.

Shawn miró su teléfono silencioso. —No ha respondido mis mensajes.

—Es mejor así, cariño. —Ruth ofreció su brazo, y él lo tomó

de mala gana mientras entraron a la iglesia.

Violeta observó a Shawn y Ruth entrar a la iglesia desde el otro lado de la calle, detrás de una pila de libros de bolsillo en la librería de usados. Se había puesto su vestido azul más simple y aplicado solo suficiente maquillaje para verse respetable.

Su piel se erizó mientras observó gente bien vestida pasando por las puertas abiertas, abrazando amigos, viéndose felices. El canto se derramó mientras se quedó congelada, incapaz de acercarse más o irse. *No pertenezco en un lugar como ese.*

—¿Cuánto cuesta? —preguntó un hombre junto a ella.

Violeta saltó ante su voz profunda. *¿Soy tan obvia?* Su corazón tartamudeó en su pecho mientras se volteó para enfrentar al hombre musculoso que le dio una mirada dura. —¿Perdón?

—No hay precio aquí —dijo, sosteniendo un libro.

Los hombros de Violeta se desplomaron, y exhaló una respiración que no se dio cuenta que estaba conteniendo. —Oh. Lo siento. No trabajo aquí.

Miró de vuelta a la iglesia, sabiendo que si no se unía a Shawn pronto, él solo insistiría en que se encontraran otro domingo.

Cada instinto gritaba que esto era un error, pero se armó de valor y cruzó la calle de todas formas.

CAPÍTULO 14

CUANDO LOS COLORES SUENAN BIEN

Dentro de la iglesia, el cantante principal tocó su guitarra mientras dirigía a la congregación, cantando un himno antiguo con un ritmo contemporáneo. A su alrededor, el teclado brilló, el bajo pulsó, y la batería mantuvo un ritmo constante. La luz se filtró a través de los vitrales sobre el escenario, pintando manchas coloridas de rubí, zafiro y esmeralda sobre el piso.

Violeta se deslizó hacia la parte trasera del santuario, pegándose contra la pared. Vio a Shawn en la tercera fila junto a su abuela, su rostro sereno mientras cantaba. Verlo tan en casa en este mundo de luz hizo que le doliera el corazón.

—Lo siento. No puedes estar aquí —la voz de una mujer interrumpió los pensamientos de Violeta.

Se volvió para encontrar a una mujer vivaz con corte bob que le hacía señas para que se moviera. La vergüenza le calentó el rostro, y bajó la cabeza. *No quieren a alguien como yo por aquí.*

—Lo siento. No quería... —Violeta comenzó a dirigirse hacia

la salida.

—Tenemos que mantener esta área despejada por emergencias —dijo la mujer con un tono gentil. Sonrió disculpándose y le hizo señas a Violeta para que la siguiera.

—Ah. —El alivio la invadió.

La mujer la guió hacia un asiento en la parte trasera del auditorio mientras la congregación comenzaba una nueva canción. Violeta se encontró escuchando a pesar de su instinto de huir, a pesar de los pensamientos en su cabeza que susurraban que no pertenecía ahí.

Las palabras llenaron el aire mientras la congregación cantaba: “Sublime gracia del Señor, que a un infeliz salvó. Perdido anduve y Él me halló, ciego fui mas ya veo.”

Violeta observó al guitarrista dirigir el canto, preguntándose cómo todos parecían conocer la letra. Una adolescente de cabello negro azabache se acercó, ofreciéndole compartir su boletín. El gesto simple hizo que se le cerrara la garganta.

La música la transportó de vuelta a un domingo húmedo en Nueva Jersey, el calor como una manta húmeda y sofocante contra su piel. Violeta de doce años había entrado a una iglesia de ladrillo a unas cuadras de casa, el pulso acelerado mientras esperaba afuera de la puerta marcada “Pastor Principal.” Había planeado interceptarlo después del servicio, antes de que la congregación bien vestida terminara de salir, antes de que su madre se diera cuenta de que no estaba.

Su propia madre no le creyó la verdad sobre su tío. Tal vez el pastor sí lo haría. Tal vez aquí, alguien finalmente la escucharía.

El pastor no regresó a su oficina antes de que la madre de Violeta apareciera por el pasillo y le diera una bofetada: “¿Quién te crees que eres, vagando sola? ¿Qué haces aquí?”

Violeta no dijo nada. No habló por el resto del día y nunca volvió a entrar a una iglesia.

Recordó cómo los ojos de su padre la evitaban durante la cena, incapaz de enfrentar lo que vería. Las fotos familiares en las paredes se burlaban de ella con sus sonrisas congeladas y falsas promesas de protección.

Las visitas de su tío se habían vuelto una rutina de pesadilla. Se deslizaba a su cuarto tarde en la noche, su peso hacía que el colchón se hundiera mientras susurraba lo especial que era, cómo esto era su secreto para siempre. Ella memorizaba las imperfecciones del techo con precisión desesperada, cada grieta y sombra convirtiéndose en un punto de anclaje para alejar su mente de su cuerpo, imaginándose en cualquier otro lugar hasta que él terminara.

Eventualmente, su cuerpo dejó de sentirse como suyo. Se volvió otra cosa que le pertenecía a alguien más. Ahora, cada cliente se convertía en otro tío, otra traición de confianza, otra razón para flotar y contar las grietas del techo.

Violeta se limpió una lágrima inesperada de la mejilla, mirando alrededor para ver si alguien en la iglesia había notado. El canto atrajo su atención de vuelta al escenario, y se encontró perdiéndose en la melodía. Entonces la vibración repentina de su teléfono la sacó de vuelta a la realidad.

Sacó el teléfono de su bolsa y lo silenció. El mensaje de Anton brilló en la pantalla: *Cliente esperando. ¿Dónde estás?*Las palabras drenaron el calor del lugar, recordándole quién era y a qué se dedicaba. Se le cerró la garganta mientras recuerdos de castigos pasados por llegar tarde parpadearon por su mente: los dedos de Anton clavándose en su brazo, su voz gruñendo decepción, moretones que duraron días.

Levantándose lentamente, como si empujara contra un peso invisible, Violeta se dirigió hacia las puertas traseras. Se detuvo para una última mirada, bebiendo esta escena de paz y normalidad que nunca podría tener, solo para encontrar a Shawn repentinamente a su lado, su rostro radiante.

—No te vi. Estamos sentados al frente —dijo, balanceándose sobre las puntas de los pies.

Violeta levantó su teléfono. —Me llamaron para trabajar.

La confusión nubló el rostro de Shawn. —¿En domingo?

—Ojalá pudiera decir que no. —Señaló hacia el escenario—. Me gusta esa canción. Se siente esperanzadora.

—Es "Sublime Gracia."

Una sonrisa tocó sus labios. —Realmente lo es.

Caminó hacia las puertas mientras Shawn la siguió de cerca, retorciéndose las manos.

Afuera, caminó hasta la acera y saludó a un taxi. El aire pesado de la mañana prometía un día abrasador.

Shawn se balanceó sobre los talones. —Si estuviéramos casados, no tendrías que preocuparte por dinero o audiciones.

Ella se rió sin pensar, segura de que estaba bromeando, hasta que vio su expresión decaer. El dolor en sus ojos la hizo querer alcanzarlo y abrazarlo, protegerlo de las realidades duras de su mundo.

Él arrastró los pies y estudió el suelo. —¿Eso es gracioso?

—No, yo... —La voz de Violeta se desvaneció. *¿Cómo puedo explicar lo imposible de lo que está diciendo?* El abismo entre su mundo y el de él parecía más amplio que nunca.

—¿Soy alguien con quien te casarías? —Sus ojos se abrieron con esperanza.

¿Cuál es el punto de casarse si el amor duradero es solo un cuento de hadas? El divorcio amargo de sus padres la había obligado a enfrentar esa pregunta. Sin embargo, aquí estaba alguien hablando sobre un tipo diferente de futuro, una oportunidad de algo real. Pero la verdad de quién era proyectaba una sombra entre ellos. *¿Seguiría aquí si supiera la verdad sobre mí?* Violeta pensó que sabía la respuesta, pero solo había una forma de averiguarlo. —Shawn, necesito decirte algo.

Él se acercó más. —¿Sí?

—Nunca pensé que llegaríamos tan lejos. Nunca pensé que tú o cualquier otra persona mencionaría... matrimonio. —La palabra se sintió amarga en su lengua. Su mundo operaba en incrementos por hora, no en compromisos de por vida. Una risa nerviosa escapó de sus labios.

Shawn se encogió hacia atrás. —¿Por qué sigues riéndote?

Violeta podía ver que estaba tratando de leer su rostro pero no podía. —Hay mucho que no sabes sobre mí. —El calor se alzó en su pecho mientras el peso de sus secretos presionaba contra ella.

—Podemos conocernos mientras nos cuidamos el uno al otro por el resto de nuestras vidas.

—Tengo un pasado, bueno, eh, un presente. —Violeta tropezó con sus palabras—. He, he estado con... hombres antes. No esperé al matrimonio.

La confesión de Violeta hirió a Shawn. Ella no esperó al matrimonio. Se echó hacia atrás, tragando con dificultad mientras su mente se aceleró. El contacto físico ya era un desafío para él. Los abrazos eran lo suficientemente abrumadores. *¿Cómo puedo estar a la altura de esos otros hombres?*

Siempre había querido estar con alguien que lo amara lo suficiente como para guardarse para él. Eso era fundamental. Sabía que sus abuelos esperaron hasta el matrimonio para ser íntimos, y nunca tuvieron problemas en su habitación; el abuelo le había confiado eso a Shawn durante una conversación incómoda sobre el amor mientras viajaban en el tren E.

La humedad se acumuló bajo sus brazos, y su respiración se aceleró mientras trataba de descifrar qué decirle a Violeta. Observó mientras se le desplomaron los hombros. *Debe sentir mucho arrepentimiento.*

Su mente vagó hacia momentos de su pasado que lamentaba.

Por años, Shawn se rehusó a pedirle perdón a cualquiera que había lastimado porque esa era su forma de ser, y la gente necesitaba aceptar eso. Su abuelo le explicó a Shawn que no podía ser así si quería que la gente lo quisiera. Luego invitó a Shawn a ir a la iglesia con él y la abuela.

En los servicios, Shawn aprendió cómo Jesús trató a otros con bondad y compasión, incluso a la gente que lo mató. ¡Y afirmaba ser Dios! Shawn le dijo a su abuelo que no entendía por qué Jesús tuvo que morir en una cruz para perdonarlo.

—El perdón siempre tiene un costo —dijo su abuelo—. Si te prestara mi auto y lo destrozaras, te perdonaría, pero alguien tendría que pagar el costo para reparar el auto.

Shawn se encogió de hombros. —No quiero un auto de Dios.

Su abuelo se rió. —Dios nos da nuestras vidas, que son como ese auto. Todos las hemos destrozado.

Shawn negó con la cabeza. —Mi auto de vida se ve bastante bien.

—Estoy seguro de que a ti te parece. Pero cada vez que haces algo que no es amoroso, que no está bien, dañas tu auto.

—Tengo algunas abolladuras aquí y allá. Pero siempre he tratado de ser una buena persona.

—Pero tienes que ser perfectamente amoroso para tener una relación con un Dios perfectamente amoroso. Si nos comparamos con él, todos hemos destrozado completamente nuestros autos de vida.

Shawn sintió un nudo en la garganta ante la idea de que había destrozado su vida: todas las veces que había menospreciado a otros o había tratado a alguien de forma ruda o fría y no se dio cuenta hasta después. O momentos de enojo cuando atacó o se defendió, aunque sabía que estaba equivocado. Perdió la cuenta de cuántas veces fue demasiado terco para disculparse, los incontables momentos en que había sido insensible y pensó en sí mismo primero, la negativa terca de ver las perspectivas de otros. Pensó en los tratos que había tratado de hacer con Dios, prometiendo ser extra bueno si Dios le encontraba una esposa. *¿Qué tal si mi autojustificación había construido una pared entre Dios y yo que no podía derribar?*

Shawn tragó. —¿Cómo arreglo mi auto?

—No puedes.

Shawn levantó los brazos. —¿Entonces por qué me dijiste que destrocé mi auto?

Su abuelo le dio una sonrisa tranquilizadora. —Tú no puedes, pero Dios sí puede. No podemos justificarnos ante Dios, pero él puede justificarnos ante él. En lugar de que tú pagues por lo que has hecho, Dios pagó por tu pecado cuando fue ejecutado en la cruz.

—No tenía que hacer eso.

—Era la única manera. Jesús se sacrificó en la cruz para que tú no tuvieras que hacerlo. Pagó por tu vida con la suya y luego resucitó para mostrar que es Dios, te ama, y sus promesas son verdaderas. ¿No es eso increíble? ¿Que el Dios del universo te ame tanto?

Todo sonó fantástico para Shawn, como una historia demasiado buena para ser verdad. Pero mientras leía sobre Jesús en la Biblia, la realidad de lo que Dios había soportado para amarlo y restaurarlo comenzó a echar raíces en su corazón. Las palabras saltaron de las páginas con claridad sorprendente, revelando un sacrificio que lo dejó sin palabras.

Cuando Shawn leyó que podía convertirse en hijo de Dios al poner su fe en Jesús, algo encajó en su lugar. Ya no era solo un concepto teológico. Era una invitación a casa. Con cada página que volteaba, su deseo creció hasta que ya no pudo negarlo: quería pertenecer a la familia de Dios más que cualquier cosa que hubiera deseado antes.

Uno de los versículos bíblicos favoritos de Shawn se volvió cuando Jesús dijo: "Nadie tiene mayor amor que este, que uno ponga su vida por sus amigos."

Cuando Shawn oró para entregar su vida a Dios, pidiendo a Jesús que lo perdonara y cambiara su corazón, la paz fluyó a través de él como nada que hubiera sentido antes. Toda su vida, había tratado de ganar el amor de Dios tratando de ser perfecto, siguiendo reglas, probando su valor. Pero esto era diferente. Era amado porque Dios eligió amarlo. El alivio fue tan completo que tuvo que sentarse, lágrimas corriendo por su rostro mientras el peso de años de esfuerzo finalmente se levantó.

Ahora, mientras estaba parado frente al edificio de la iglesia junto a Violeta, se preguntó si esta era su oportunidad de amar de la manera que siempre había rezado poder hacerlo. Y además, Violeta dijo que era seguidora de Jesús, así que eran parte de la misma familia espiritual.

—Todos tienen un pasado —dijo Shawn, su voz más firme ahora—. Cosas que desearían no haber hecho. Pero Dios nos da una segunda oportunidad. De eso se trata esa canción de "Sublime Gracia." Solía pensar que podía ganar el amor de Dios siendo lo suficientemente bueno. Pero no es así. No tenemos que ser perfectos para ser amados; experimentamos su amor cuando admitimos que no lo somos. Su amor es incondicional. Y así es como quiero amarte.

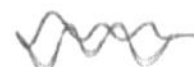

Sus palabras se filtraron a través de sus defensas y tocaron algo en carne viva dentro de ella. Un latido pasó mientras se recompuso. —He leído sobre el autismo, pero hay mucho que no sé.

Había pasado noches en vela en foros de apoyo, leyendo historias de parejas navegando el amor en el espectro, sus malentendidos, avances y la sabiduría que ganaron. Publicación tras publicación describía el desafío de mentes que procesaban el mundo a través de un lente único, cómo las sensaciones cotidianas podían volverse una inundación abrumadora. Aprendió cómo entender su universo mientras ocultaba el suyo.

Shawn exhaló pesadamente. —Necesito ayuda con... —Shawn señaló vagamente—. Cosas. Facturas a veces. Las expresiones faciales son difíciles de leer. —Tiró de su camisa—. Colin me ha estado ayudando a vestirme mejor.

—Tu familia, sin embargo. —La voz de Violeta bajó—. Nunca...

—Si estamos casados, tendrán que aceptarte —dijo Shawn con una confianza inquebrantable que la llenó de un dolor agridulce.

—Tu abuela. Pensaría que ando tras su dinero. —Violeta trató de hacerlo sonar como un chiste, pero su tono salió amargo.

—No me importa. —La luz matutina hizo que sus ojos brillaran con esperanza mientras sacó su corbata de moño y se la puso alrededor del cuello con dedos torpes—. Violeta, he estado esperando toda mi vida a esa persona especial.

La vista de la corbata de moño hizo que algo se retorciera dentro de su pecho. —¿Has estado cargando eso?

—Para cuando los colores de alguien me suenen bien. —Sus palabras resonaron con tal convicción que Violeta tuvo que apartar la mirada.

Un taxi se detuvo en la acera, sus frenos chirriando contra la calma dominical. Shawn metió la mano en su bolsillo y sacó algo que hizo que el corazón de Violeta se detuviera.

Un anillo de compromiso.

Brilló mientras se arrodillaba, mirándola con una confianza completa que la atravesó como un cuchillo.

—¿Te casarías conmigo, Violeta?

Un temblor corrió a través de su cuerpo como si cada nervio hubiera cobrado vida a la vez. Miró fijamente el anillo, dorado con enredaderas intrincadas rodeando un diamante brillante. Por un momento, se permitió imaginar usándolo, siendo la esposa de Shawn, viviendo en un mundo donde el amor no tenía precio.

Entonces se dio cuenta de que el matrimonio no era posible para alguien como ella. Tal vez para un arreglo de tarjeta verde o como la compañera de un cliente rico, pero nunca esto, nunca con alguien que se sentiría repugnado si supiera toda la verdad. Esa verdad destrozaría su fe inocente en ella y destruiría todo.

—El matrimonio no funcionó muy bien para ninguno de nuestros padres —dijo, sus ojos saltando entre el taxi y Shawn.

—Podemos ser diferentes. —Contuvo la respiración como si todo su futuro dependiera de su respuesta.

—Todos piensan que serán diferentes. Tal vez deberíamos mudarnos juntos primero. —Sabía que su abuela nunca lo permitiría, pero necesitaba frenar esto, encontrar una manera de decepcionarlo con suavidad.

Shawn negó con la cabeza firmemente. —Estadísticamente, la gente que convive antes del matrimonio tiene mucha más probabilidad de divorciarse. No viviré contigo hasta que comprometa mi vida contigo.

Sus ojos saltaron entre el taxi que esperaba y su rostro esperanzado. Cada instinto le gritaba que corriera. —Para ti, el matrimonio es algo muy importante. No deberías desperdiciarlo en alguien como yo.

Él la miró con fe inquebrantable. —Amar a alguien nunca es un desperdicio.

El mundo se redujo a sus ojos en los de ella, cada segundo quemándose en su memoria. Él sostuvo su mirada más tiempo que nunca antes, y ella se sintió expuesta, como si él pudiera ver todos sus lugares oscuros.

Era demasiado.

Se volvió y huyó al taxi, cerrando la puerta de un portazo detrás de ella, el sonido como un disparo en la calle silenciosa.

—¿A dónde quiere ir? —preguntó el conductor.

—No sé —dijo, hundiéndose en el asiento—. A cualquier lugar.

Se metieron en el tráfico y se detuvieron detrás de un camión de mudanza. La cacofonía de bocinas y gritos igualó su caos interno.

Sus manos desesperadas buscaron en su bolsa pastillas que no estaban ahí. El pánico se alzó en su pecho. Nunca las había olvidado antes. Abriendo su espejo compacto, arregló su maquillaje manchado de lágrimas y notó el reflejo de Shawn. Todavía ahí en la acera, observando, limpiándose las lágrimas.

Se imaginó un futuro sin él, regresando al desfile interminable de clientes, al agarre controlador de Anton, a contar grietas de techo en cuartos de hotel extraños. La esperanza que había comenzado a sentir estas últimas semanas parpadeó como una llama moribunda. Cerró el compacto con finalidad.

El dolor atravesó el centro de Shawn mientras se tambaleó de regreso hacia la iglesia, cada paso incierto. La acera gris pulsaba con una nota discordante, liberando un rugido de rechazo que amenazaba con ponerlo de rodillas.

Entonces sintió un toque en su hombro. Se volvió para encontrar a Violeta allí, su media sonrisa temblando de incertidumbre. Antes de que pudiera procesar lo que estaba pasando, ella lo envolvió en un abrazo feroz.

El contacto repentino envió electricidad a través de sus terminaciones nerviosas, y él se encogió hacia atrás. —Lo siento. Tengo que acostumbrarme a eso.

—Por supuesto. —Su voz no tenía juicio, solo comprensión.

Lenta, deliberadamente, él extendió sus brazos y la atrajo hacia sí, aceptando su calor.

El caos de la ciudad se desvaneció mientras sus ojos se encontraron. Los colores a su alrededor se armonizaron en un acorde perfecto de paz y posibilidad.

Violeta sonrió. —Hagamos esto.

—¿En serio?

Ella asintió, y Shawn irradió felicidad. —Tendremos que obtener una licencia en la oficina del Registro Civil en el centro mañana por la mañana. Ya hice una cita en caso de que dijeras 'sí.' Entonces podremos casarnos oficialmente veinticuatro horas después.

—Suena genial.

Su teléfono vibró, contrastando bruscamente con el momento pacífico. Mientras leía el mensaje, su sonrisa se cerró en algo más guardado. Sus dedos se movieron rápidamente por la pantalla, escribiendo una respuesta que él no podía ver.

—Cancelaron mi audición —dijo.

Shawn sintió una punzada de decepción por ella, pero también alivio. Significaba que podrían pasar más tiempo juntos. No se dio cuenta de cómo su sonrisa no llegaba del todo a sus ojos, o cómo sus hombros se tensaron mientras deslizaba el teléfono de vuelta en su bolsillo.

Presionó su mano contra su corazón. —No podría estar más feliz.

Mientras caminaban por la Calle 83, le escribió a Ruth que no los esperara después de la iglesia, ya planeando su día juntos.

Caminaron en silencio cómodo, dejando que la mañana se desplegara a su alrededor. En la Calle 85, la cuadrícula de la ciudad dio paso a los senderos serpenteantes de Central Park. Los hombros de Violeta se relajaron mientras el concreto y el acero cedieron a la sombra moteada y el canto de los pájaros. El sol doró todo lo que tocó, como si la creación de Dios estuviera celebrando su compromiso.

Pasearon junto al Lago, su superficie ondulando con luz, y cruzaron Sheep Meadow, donde los neoyorquinos jugaban frisbee y hacían picnic en el pasto.

Shawn pensó en compartir la historia del pastor que solía parar el tráfico para mover su rebaño dentro y fuera de esa sección del parque. Pero en su lugar, caminaron en silencio pacífico, dejando que la magnitud del momento se asentara mientras cada paso los alejaba más de sus vidas anteriores y los acercaba a algo nuevo y precioso.

—Conozco un lugar especial donde podemos ir —dijo Shawn, sus pasos acelerándose mientras se acercaban al sonido de la risa de niños y el ladrido de focas.

La entrada del Zoológico de Central Park emergió entre los árboles, donde las familias hacían fila con niños emocionados y las parejas caminaban tomadas de la mano.

Violeta contempló la escena con asombro. —Nunca he estado aquí antes.

—Eso significa que no has visto los pingüinos saltarrocas. Les gusta saltar sobre las rocas en lugar de deslizarse sobre sus vientres como los otros pingüinos. Y también tienen pingüinos barbijo. —La expresión de Shawn floreció con entusiasmo.

Violeta se rió, una risa genuina que la sorprendió incluso a ella mientras él compraba sus boletos.

El recinto de pingüinos los golpeó con una ola de aire frío y el aroma agudo y salino del pescado. El vidrio amortiguaba los llamados estruendosos de las aves, pero sus movimientos crearon salpicaduras suaves que resonaron por la habitación.

Algunos pingüinos saltaron sobre las rocas. —¡Esos son los saltarrocas! —dijo Shawn. Otros se deslizaron sobre sus vientres, se bambolearon y se zambulleron con gracia cómica, sus cuerpos elegantes cortando a través del agua que brillaba bajo las luces artificiales.

Shawn señaló a un pingüino con una banda estrecha de plumas negras que se extendía de oreja a oreja. —Esos son los pingüinos barbijo porque sus plumas parecen un casco con una correa negra. ¿Ves las bandas en sus alas? Eso ayuda a identificar a los pingüinos. Los machos las tienen en sus alas derechas y las hembras en la izquierda.

Un pequeño polluelo de pingüino gris se escondió detrás de los pies de sus padres. —Las plumas de ese bebé son diferentes a las de los adultos. Dependen de sus padres para la comida en la naturaleza hasta que les crecen plumas juveniles impermeables —dijo Shawn—. Y sus padres nunca los abandonan.

Se acercó más al vidrio, observando al polluelo dar pasos tentativos. El grito encantado de un niño rebotó en las paredes curvas, y Violeta sonrió ante la alegría pura del sonido.

Se detuvieron en el estanque afuera donde pequeños gansos remaban en círculos. —Gansos pigmeos africanos —dijo Shawn, su voz elevándose con emoción—. Todos piensan que son patos, pero en realidad son las aves acuáticas más pequeñas de África. ¿Notas la mancha verde brillante en las alas del macho? Mostrará esos colores a la hembra durante el cortejo como si estuviera presumiendo su mejor traje. —

Siguió a un ganso pequeño mientras se sumergía bajo la superficie—. Son uno de los pocos gansos que pueden posarse en árboles. La mayoría de la gente pasa de largo, pero creo que son fascinantes.

—¿Por qué? —preguntó Violeta, atraída por su asombro infantil.

Shawn se sonrojó. —Me encanta que se apareen de por vida, y que el padre ayude a criar a los bebés.

Notó que Violeta lo observaba con una expresión que no podía descifrar del todo, algo suave y melancólico que la hacía parecer lejana aunque estuviera justo a su lado. Sus ojos se demoraron en su rostro de una manera que hizo que sus mejillas se pusieran más rojas. Se preguntó qué estaría pensando, pero no quiso interrumpir el momento que ella estaba teniendo. En su lugar, se volvió de nuevo hacia los gansos, esperando que pudiera ver en ellos lo que él veía: la belleza del compromiso, de permanecer juntos sin importar qué.

Siguieron caminando, contentos en la compañía del otro, hasta llegar al recinto del leopardo de las nieves. Shawn se detuvo, observando a las criaturas magníficas mientras merodeaban con movimientos fluidos. —Están completamente fuera de lugar en la Ciudad de Nueva York —dijo, presionando su mano contra el vidrio—. Sobreviviendo en un mundo que no fue hecho para ellos.

—Yo también me siento así a veces —susurró Violeta. Se acercó más a él, sus reflejos superponiéndose en el vidrio.

Por un momento, se quedaron juntos, observando a los leopardos moverse por su desierto artificial.

Su teléfono vibró contra su cadera, imposible de ignorar. Revisó la pantalla, y su rostro se endureció. —Tengo que irme.

Aunque decepcionado de verla partir, su corazón permaneció lleno mientras pensaba en reunirse con ella.

Mientras yacía en la cama esa noche, miró las figuritas de novio y novia que se balanceaban en su escritorio, la electricidad corriendo por sus venas con la promesa del mañana. Pronto, esos serían él y Violeta, y el pensamiento lo dejó sin aliento de alegría. Los colores de su habitación tararearon una canción de cuna suave, cada nota llevando sueños del futuro que construirían juntos.

CAPÍTULO 15

DÉJALA IR

Violeta llegó a la oficina del Registro Civil veinte minutos antes, la ansiedad pinchándole la piel. El aire matutino llevaba la promesa fresca del otoño mientras subía los escalones de piedra, cada uno sintiéndose como un pequeño compromiso que no podía retractar.

Shawn estaba esperando junto a la entrada, apretando una carpeta manila contra su pecho, su rostro brillante de expectativa.

—Viniste —dijo, su voz llena de asombro como si hubiera tenido miedo de que ella cambiara de opinión.

—Por supuesto que vine. —Logró una sonrisa que se sintió más real de lo que había esperado.

Entraron al edificio, pasando por un detector de metales que se sintió extrañamente poco romántico.

El interior era inesperadamente elegante: sofás verdes con acentos dorados y candelabros creando una atmósfera sorprendentemente digna. Se unieron a una fila de otras parejas, algunas tomadas de las manos y susurrando emocionadas, otras viéndose tan nerviosas como se sentía Violeta. El aire olía a papel viejo y desinfectante industrial, nada como los ambientes románticos que había visto en las películas.

Cuando llegó su turno, se acercaron a una empleada que parecía haber procesado mil historias de amor y no creer ninguna de ellas. Les pasó la solicitud.

—Ambos solicitantes necesitan llenar los formularios completamente. Sin espacios en blanco. Necesitarán una identificación con foto válida, y la tarifa es de treinta y cinco dólares.

Las manos de Violeta temblaron ligeramente mientras escribía "Olivia Negro" en letra cuidadosa. Junto a ella, Shawn llenó su sección con la precisión metódica que ella había llegado a reconocer. Revisó cada casilla dos veces y escribió con su letra pulcra y cuidadosa.

—¿Matrimonios previos? —preguntó la empleada cuando regresaron los formularios.

—Ninguno —respondieron al unísono, y la sonrisa tímida de Shawn hizo que el pecho de Violeta se apretara.

La empleada selló su solicitud, el sonido agudo y final como el martillo de un juez.

—La licencia es válida por sesenta días. El período de espera de veinticuatro horas comienza ahora. Pueden regresar para la ceremonia si quieren hacerla aquí.

—Ya la tengo programada para mañana a las tres —dijo Shawn rápidamente, luego se volteó hacia Violeta—. Digo, si eso es lo que quieres.

—Mañana a las tres —acordó Violeta, las palabras sintiéndose como una promesa pesada.

Afuera en los escalones, Shawn dobló cuidadosamente el recibo y lo guardó en su billetera.

—Entonces, realmente vamos a hacer esto.

—Realmente vamos a hacer esto —repitió Violeta, observándolo manejar el documento como si estuviera hecho de oro.

—Debería dejarte ir a tus audiciones —dijo, aunque su renuencia a irse estaba escrita en su rostro.

Ella quería decirle que no había audiciones, que tenía que ir a ganar dinero de maneras que le romperían el corazón si lo supiera. En su lugar, se puso de puntitas y besó su mejilla.

—Te veo mañana en la tarde, futuro esposo.

La sonrisa que se extendió por su rostro era tan pura que la hizo querer llorar.

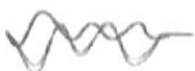

Al día siguiente, Violeta trabajó rápidamente, sus movimientos torpes por el miedo mientras sacaba efectivo de Theo el oso y lo transfirió a su bolso. Estos billetes le comprarían tiempo cuando se los diera a Anton como pagos del día, haciéndole pensar que había estado con clientes cuando en realidad se estaba convirtiendo en esposa.

A tres cuadras de su apartamento, empujó la puerta de una tienda de segunda mano, su campanilla sonando una bienvenida melancólica. Escudriñó los estantes de ropa, las perchas raspando contra el metal, hasta que lo encontró: un vestido de novia de encaje, amarillento por la edad pero aún hermoso a su manera. Shawn le había pedido que se viera como las mujeres en los sitios web de novias, pero esto era lo más cerca que podía llegar. Pensó que la decoloración parecía apropiada. *No merezco usar blanco.*

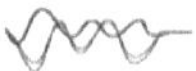

Shawn flotó por el día en el trabajo en un aturdimiento feliz, probando sus algoritmos y ejecutando su sistema de calificación en los empleados restantes. El tiempo se movía tanto muy rápido como muy lento mientras esperaba su cita. Cada minuto que pasaba encendía energía nerviosa dentro de él, cada momento acercándolo más al futuro que siempre había imaginado.

Violeta subió los escalones hacia la oficina del Registro Civil, sintiéndose más como una actriz dirigiéndose a su noche de estreno que como una novia acercándose a su boda. El vestido susurraba contra sus piernas con cada paso, un recordatorio constante del papel que estaba a punto de interpretar. Cuando los ojos de Shawn la encontraron, se llenaron de emoción que envió una ola de vergüenza rodando por su abdomen. Él esperaba en un traje canela, fajín negro, y corbata de moño ligeramente torcida pero llena de esfuerzo.

—Te ves deslumbrante —dijo, su voz llena de asombro—. Tu vestido suena como... colibríes.

Ella se sonrojó.

—Tú tampoco estás nada mal. —Buscó alrededor a Aleesha, quien había prometido ser su testigo. Parte de ella deseaba que no hubiera aceptado, así habría una persona menos para cargar el peso de sus mentiras.

—¡Por aquí! —gritó Aleesha, saludando desde la cima de los escalones. La luz de la tarde brilló a través de su vestido púrpura mientras Shawn y Violeta se le unieron.

—No he estado en una boda desde que era niña —dijo Aleesha, sus palabras entretejidas con nostalgia—. Es emocionante. Aunque esta no sea real.

—Por supuesto que es real, Aleesha. ¿De qué hablas? —El tono agudo de Violeta llevaba más defensividad de la que pretendía.

—Digo, no es una de esas bodas grandes y elegantes.

—Nos estamos casando, y eso es lo que importa —dijo Shawn con una simplicidad que hizo que el corazón de Violeta se retorciera—. Aquí está mi anillo de bodas —dijo, entregándole una banda dorada—. Estaba en oferta. Puedes ponérmelo durante la ceremonia.

Después de registrarse y mostrar sus identificaciones, recibieron un boleto numerado y encontraron asientos en los sofás verdes acolchados. La pierna de Violeta rebotaba con energía nerviosa mientras Shawn se sentaba perfectamente inmóvil, su rostro sereno de expectativa.

Cuando su número apareció en el tablero digital, firmaron papeles, pagaron la tarifa de ceremonia de $25, y esperaron de nuevo. Después de su segunda llamada, se movieron a una sala de espera circular hasta finalmente ser dirigidos a una de las capillas.

En la capilla de colores pastel, el secretario municipal, un hombre corpulento en sus cuarenta con cabello negro puntiagudo, los estudió con una mirada plana, parado detrás de un podio. El espacio se sentía tanto íntimo como institucional, con pinturas abstractas enmarcadas adornando las paredes en un intento vano de suavizar el ambiente burocrático. Shawn y Violeta se acercaron al podio mientras Aleesha se paró junto a la pared y masticó su chicle, el sonido resonando en el espacio silencioso.

Llegó el momento cuando Shawn deslizó el anillo de bodas en el dedo de Violeta, el anillo de su abuela, se dio cuenta ella, con una nueva punzada de culpa.

Ella lentamente puso el anillo en su dedo, y Shawn se preguntó por qué no lo miró cuando lo hizo.

El secretario municipal realizó la ceremonia breve, que tomó treinta segundos.

—Los declaro marido y mujer.

Shawn se inclinó hacia adelante y besó a Violeta como si estuviera hecha de porcelana. El momento en que sus labios se tocaron envió olas de electricidad inundándolo, intenso pero no completamente desagradable.

En lugar de alejarse de los sentimientos abrumadores, se obligó a inclinarse hacia ellos, cada punto de contacto con ella enviando chispas brillantes a través de su sistema nervioso.

La atrajo para otro beso, luego otro, hasta que el secretario municipal se aclaró la garganta.

—Felicitaciones.

Emergieron al sol poniente, descendiendo los escalones con sonrisas idénticas.

Aleesha revisó su teléfono.

—Tengo que irme. Felicitaciones, ustedes dos.

—Recuerda, esto es solo entre nosotros —le dijo Violeta, la ansiedad filtrándose en su voz.

—Te entiendo, chica. —Aleesha le hizo un guiño cómplice mientras se apresuraba hacia la entrada del metro.

Shawn extendió la mano hacia la de Violeta. Ella sonrió y suavemente entrelazó sus dedos. Ondas de energía corrieron a través de él, pero se aferró más tiempo de lo usual, probando sus límites.

—He estado reuniéndome con un terapeuta para aprender cómo desensibilizarme —dijo cuando soltó su mano.

—No tienes que hacer eso por mí.

—Lo estoy haciendo por nosotros.

Violeta miró el anillo en su dedo, luego sus ojos se dirigieron rápidamente a la hora en su teléfono.

—¿Me desabrochas el cierre?

Él obedeció, y ella se quitó el vestido de novia, revelando una blusa y jeans debajo. Metió el vestido en su bolso grande.

—Tenemos que hacer una parada rápida.

Shawn revisó su teléfono.

—No podemos llegar tarde a nuestra cena.

—Te prometo, estaremos bien —dijo Violeta, aunque había algo ansioso bajo su tono tranquilizador—. Será una audición rápida.

Sus dedos jugueteaban con la correa de su bolso, y su sonrisa parecía un poco demasiado brillante, pero él confiaba en ella completamente. Si decía que sería rápido, lo sería.

Tomaron el tren R hasta la Calle 8 y caminaron hacia la Sexta Avenida, llegando a un edificio beige con decoraciones ornamentadas sobre la entrada que parecían pertenecer a un pastel de bodas victoriano. Ella le dio a Shawn un beso eléctrico, se enjuagó con enjuague bucal, y desapareció adentro.

Shawn se recostó contra el edificio, observando la vida fluir en la calle ocupada mientras esperaba. Al otro lado se alzaba la Biblioteca Jefferson Market, su impresionante torre gótica elevándose hacia el cielo como una fantasía medieval trasplantada a la ciudad. Sus ventanas de vitral brillaban con intensidad de joya en el sol poniente y sonaban como agua de cascada. Una madre con cuatro niñas parlanchinas emergió de la entrada, sus mochilas brillantes rebotando al ritmo de sus pasos. Trabajadores de construcción pasaron a grandes zancadas, sus cascos duros balanceándose mientras hablaban y se reían. El aroma del café flotaba desde una bodega cercana.

Mientras Shawn observaba las vistas y sonidos, su corazón se hinchó. *Finalmente estoy casado.* Se sintió más adulto, pero no tanto como había esperado. Algo roía los bordes de su felicidad, una sombra que no podía identificar del todo.

Violeta salió rebotando treinta minutos después.

Shawn estudió su rostro.

—¿Cómo te fue?

Ella pasó sus dedos por su cabello.

—Quiere que regrese.

—Wow —Shawn irradió, el orgullo llenando su pecho—. Esa es la primera vez.

Violeta sonrió.

—Realmente le gusté.

—Por supuesto que sí.

Ella metió páginas enrolladas bajo su brazo, el papel crujiendo suavemente.

—Solo tengo que memorizar estas líneas para el jueves.

—Estoy seguro de que conseguirás el papel. —Shawn la atrajo para un beso, y ella lo envolvió en un abrazo feroz.

Colin se movía nerviosamente con su corbata mientras Ruth alisaba su elegante vestido color berenjena mientras esperaban en el salón del restaurante Le Bernardin, junto a la barra curva de ónix cubierta de azulejos de nácar. Una anfitriona elegante se deslizó hacia ellos, sus tacones haciendo clic en un ritmo constante contra el piso pulido mientras les hizo señas para que la siguieran.

Los llevó a una mesa en el comedor principal, retirando expertamente una silla para Ruth. El techo de teca se alzaba sobre ellos, con lámparas discretas posicionadas para iluminar cada mesa. Una pintura masiva de olas verdes ondulantes dominaba la pared del fondo, mientras arreglos de orquídeas blancas y lirios añadían toques elegantes por toda la habitación. El espacio se sentía tanto atemporal como completamente moderno, exactamente el tipo de lugar que Ruth apreciaba por su atención al detalle.

Ruth acomodó su servilleta en su regazo.

—¿Sabes por qué Shawn quería reunirse aquí? Este es usualmente donde vamos para ocasiones especiales.

Colin se encogió de hombros.

—Ojalá supiera. Parece un poco elegante para él. —Golpeó su cuchara contra la mesa.

—Fácilmente podríamos habernos reunido en mi casa. —Ruth se movió en su asiento—. Pero tal vez pensó que algunas personas olvidaron dónde vivo.

Colin cruzó sus brazos.

—¿Cuántas veces puedo disculparme por no ir al funeral del Abuelo?

Los ojos de Ruth se estrecharon hasta puntos de acero.

—Fuiste al Comedy Cellar.

Colin exhaló pesadamente.

—Para honrarlo. Conoces al Abuelo. Nos diría que era como un bebé recién nacido. Sin cabello, sin dientes, y que se acababa de orinar encima. Le encantaba cuando nos reíamos. Siempre preguntaba si habíamos visto esa película de Pitufos para adultos. Le preguntábamos el nombre de la película, y decía 'Avatar.'

—Yo soy quien te necesitaba en el funeral. Y no me gusta cuando la gente me evita.

—No te estoy evitando. Estoy ocupado con la vida. No tienes que tratarme como si fuera Papá.

Ruth apretó su servilleta. Colin sí le recordaba a su hijo.

Compartían el mismo cabello dorado como trigo, ojos verde bosque, y forma angular de la cara. Trataba de no dejar que esa similitud coloreara su juicio, pero a veces el pasado se filtraba al presente como acuarelas corriendo juntas.

—Tu papá no es... —El tono de Ruth se endureció—. Está huyendo de sus responsabilidades. Con ambos.

Colin presionó sus dedos a sus labios, reflejando a su padre de una manera que hizo que Ruth se encogiera hacia atrás.

—No lo habríamos logrado sin ti. —Su voz se redujo—. Sabes eso, ¿verdad?

Ruth miró hacia abajo.

—Lo sé.

—Siempre estaremos agradecidos.

Un mesero apareció silenciosamente y vertió agua en sus copas de cristal.

Ruth tomó un sorbo cuidadoso, reuniendo sus pensamientos.

—Alguien necesitaba cuidar tu futuro. ¿Estás listo para cuidar el de Shawn? Estuvo tan cerca de enamorarse de un desastre.

—Lo sé —dijo Colin, trazando el borde de su copa con su dedo.

—Necesito que estés más cerca de él. No solo cuando sea conveniente.

La mandíbula de Colin se tensó.

—¿Estamos hablando de Shawn? ¿O del funeral del Abuelo otra vez?

Ruth negó con la cabeza, sintiendo la tensión familiar entre ellos subir como una marea entrante, constantemente lavando esta misma orilla, sin importar dónde comenzaran sus conversaciones.

Colin se inclinó hacia adelante.

—Esa era mi manera de mantener vivo su recuerdo. Creo que le habría gustado que fuera a ese club de comedia. Sabes cómo le encantaba reír. Yo también necesitaba algunas risas. —Su tono se volvió tierno—. Cuando tú mueras, te honraré en tu museo favorito. El Whitney, ¿verdad?

—Depende de lo que estén mostrando. Si no, MOMA. —Una pequeña sonrisa tocó sus labios—. Solo promete que irás después de mi funeral.

Colin presionó su palma a su pecho, sus ojos sosteniendo arrepentimiento genuino.

—Prometo. Y, veo ahora, eso es lo que debería haber hecho con el funeral del Abuelo.

Ruth asintió y extendió la mano a través de la mesa para apretar la mano de Colin.

Del otro lado del salón, Shawn entró, tomando la mano de Violeta. Su traje canela ahora se veía arrugado, sin el fajín y la corbata de moño.

Colin les hizo señas, y Ruth se volteó a mirar. Su boca se abrió de sorpresa.

Un aleteo nervioso golpeó el pecho de Shawn mientras divisó su mesa al otro lado del elegante salón. Su abuela se veía sorprendida de ver a Violeta o emocionada de verlo a él; no estaba seguro de cuál. Mientras guiaba a Violeta entre las mesas, trató de descifrar las emociones que destellaban por los rostros de su familia.

Cuando llegaron a la mesa, el rostro de Shawn brilló de orgullo.

—Abuela, Colin, me gustaría que conocieran al miembro más nuevo de nuestra familia.

Ruth y Colin se levantaron de sus asientos, sus rostros confundidos pareciendo como si estuvieran tratando de decodificar un mensaje en un idioma extranjero.

Violeta ofreció su mano con una sonrisa tentativa. Ninguno de los dos la tomó, así que la retiró con gracia y se hundió en una silla vacía. Los otros la siguieron, el silencio entre ellos pesado como plomo.

Colin se rascó la barbilla, sus ojos cambiando entre Shawn y Violeta.

—Eh... ¿qué quieres decir con 'el miembro más nuevo de nuestra familia'?

El rostro de Shawn se partió en una sonrisa radiante.

—Nos casamos.

Violeta levantó su mano para mostrar sus anillos brillantes.

Ruth miró los anillos como si se hubieran transformado en serpientes enrolladas alrededor del dedo de Violeta.

—Dime que estás bromeando.

—Ahora estoy ahorrando para una buena luna de miel —dijo Shawn con entusiasmo.

Violeta negó con la cabeza.

—Le dije que no necesito eso.

Colin negó con la cabeza frustrado.

—Shawn, ¿esto es una broma?

—Sabes que no soy bueno fingiendo. —Shawn se volteó hacia Ruth, sus ojos brillantes—. Pensé que Violeta podría quedarse en nuestro lugar por ahora hasta que consigamos algo propio.

—No es nuestro lugar. Es mío. Y absolutamente no.

La luz en los ojos de Shawn se atenuó.

—Pero ahora es familia.

Ruth fijó sus ojos en Violeta.

—Ella es una criminal.

Shawn negó con la cabeza.

—¿Por qué dirías eso?

—Le hice una verificación de antecedentes, y déjame decirte, Olivia Negro tiene una historia rica. Pregúntale cuántas veces ha sido arrestada.

Shawn se volteó hacia Violeta, la confusión batallando en su rostro.

—¿Has sido arrestada?

Violeta miró al piso.

—Te dije que tengo un pasado.

Shawn parpadeó, procesando esta información. *Arrestada no necesariamente significa algo terrible. La gente es arrestada por todo tipo de cosas.* El calor subió a las mejillas de Shawn mientras se volteaba hacia Ruth y Colin.

—No puedo creer que así es como la están tratando. Finalmente encontré a la indicada.

Colin miró a Violeta con una mirada acerada.

—También lo hicieron muchos clientes pagadores antes que tú.

Shawn levantó las cejas.

—¿Clientes pagadores? —La frase se sintió extraña, desconectada de cualquier cosa que entendiera sobre la vida de Violeta—. ¿Qué tipo de clientes pagadores?

La voz de Violeta tembló.

—Dejen de hablarle como si fuera un niño.

—En algunos aspectos, es un niño. —La voz de Ruth se redujo a un susurro feroz mientras se inclinaba por la mesa—. Después de que me devuelvas mis anillos, puedes tratar de explicarle qué se siente ser arrestada por prostitución.

—¿Prostitución? —Shawn lo repitió lentamente, su mente luchando por conectarlo con algo que tuviera sentido. La palabra sabía mal en su boca, extranjera y aguda. Su pecho comenzó a apretarse mientras fragmentos de significado empezaron a hacer clic juntos: clientes pagadores, prostitución, arrestos. Su respiración se volvió superficial mientras la atmósfera elegante del restaurante de repente se sintió demasiado delgada, demasiado sofocante. El tintineo de los cubiertos contra los platos se volvió agujas afiladas en sus oídos.

Shawn observó el rostro de Violeta transformarse mientras miraba entre Colin y Ruth. Su mandíbula se puso de una manera que él nunca había visto antes, sus ojos ardiendo con algo feroz y desesperado. Cuando habló, su tono llevaba una fuerza que lo sorprendió.

—Él es un hombre con deseos y pasiones y necesidades como todos los demás.

Había algo protector, casi enojado, en su tono que hizo que su corazón se acelerara. Ella lo estaba defendiendo, ¿pero de qué? Las palabras "deseos y pasiones" se sintieron extrañas saliendo de sus labios, cargadas de significado que no podía comprender del todo. Se encontró estudiando su rostro, buscando pistas en su expresión, pero la mujer que miraba de vuelta a su familia parecía alguien que nunca había conocido antes.

Un mesero se acercó a su mesa, su rostro una máscara de distanciamiento profesional.

Colin se volteó hacia Violeta.

—¿Eres o no eres una prostituta?

El mesero se retiró rápidamente.

Violeta pareció plegarse sobre sí misma, sus hombros atrayéndose hacia adentro mientras presionaba su mano contra su estómago. La desafianza feroz de momentos antes se había desmoronado, dejando atrás a alguien que se veía pequeña y vulnerable. Cuando sus ojos se encontraron con los suyos, él vio una búsqueda desesperada, como si estuviera tratando de encontrar las palabras correctas pero no pudiera expresarlas.

Con un estallido repentino, Violeta empujó hacia atrás su silla y se puso de pie, su barbilla temblando. Sin otra palabra, huyó entre las mesas, serpenteando entre comensales desconcertados y meseros preocupados, hasta que desapareció por la puerta del restaurante hacia el atardecer.

Shawn se lanzó a seguirla, pero Colin lo detuvo. Luchó contra el agarre de su hermano, sus movimientos desesperados y agitados.

—Déjala ir —siseó Colin.

—¡Violeta! —Su nombre se desgarró de la garganta de Shawn, cortando a través del murmullo refinado del restaurante. Los comensales se voltearon, la desaprobación grabada en sus rostros.

A través de la ventana, observaron a Violeta huir, páginas de su guión esparciéndose detrás de ella como promesas abandonadas.

—Ella es mi... —La voz de Shawn se quebró mientras se cubría la cara—. Mi esposa.

Los labios de Ruth se adelgazaron.

—Es un fraude. Corriendo directo a la casa de empeño más cercana con mis anillos.

La mano de Shawn golpeó contra sus labios mientras buscaba palabras.

—Ella me dijo, ella me dijo... —El shock le robó el aire de los pulmones.

—Sabemos lo que te dijo —dijo Colin—. Te dije que tuvieras cuidado, y no lo tuviste. Estabas tan obsesionado con casarte.

Shawn se meció hacia adelante y hacia atrás mientras su mundo giraba fuera de su eje. Un peso empujaba en el fondo de su estómago como si estuviera tratando de jalarlo a través del piso. Estrelló su puño contra la mesa, haciendo que los cubiertos saltaran. Los comensales cercanos susurraron detrás de sus manos.

—Lamentamos que esto haya pasado, Shawn. Pensamos que la habías dejado —dijo Ruth, más gentil ahora.

Shawn soltó un gemido doloroso. Un mesero preocupado empezó hacia ellos, pero Colin lo alejó con la mano.

—¿Por qué harías esto sin hablar con nosotros? —preguntó Ruth—. El matrimonio es asunto serio.

—Ella iba a cuidarme. Por el resto de mi vida —dijo Shawn, su visión borrándose mientras trataba de limpiar el dolor de sus ojos. La habitación se oscureció a su alrededor.

Colin suspiró.

—Así que por eso te casaste con ella. Para que pudiera ser tu nueva abuela.

—No sé cuánto tiempo estará la Abuela —dijo Shawn, su voz pequeña.

Las fosas nasales de Ruth se ensancharon de enojo.

—Esa no es razón para ir a casarte con una prostituta.

El rostro de Shawn se ruborizó.

—No la llames así. Sentí algo por ella. Algo real. Yo... estuve con ella en sus audiciones. Hoy la volvieron a llamar.

Colin rodó los ojos.

—La volvieron a llamar a la cama de alguien.

Shawn miró entre ellos, la incertidumbre grabada en su rostro.

—No sé qué es verdad.

Ruth levantó las manos.

—Shawn, basta. ¿En quién confías? ¿En una prostituta mentirosa o en tu familia?

Colin asintió.

—Piensa en cuántos hombres ha estado con ella, cuántas enfermedades tiene.

Las inhalaciones de Ruth se volvieron rápidas y superficiales mientras apretaba su servilleta.

—Estoy... estoy teniendo un ataque de pánico.

Shawn se subió las mangas e hizo señas a Colin.

—Sigue diciéndole que todo estará bien.

—¿Lo estará? —Los ojos de Ruth buscaron los suyos, suplicando tranquilidad.

La mirada incierta de Shawn lo dijo todo.

Mientras Colin consolaba a Ruth, Shawn se lanzó de la mesa, pasó meseros sorprendidos, y a través de la puerta del restaurante.

En la calle afuera, encontró las páginas que Violeta había dejado caer. Las desenrolló para poder mostrarle a su hermano y abuela los nombres de personajes y diálogo que probaría que era actriz, que esta parte de su vida no era mentira.

Las hojas estaban en blanco.

Un frío oscuro se deslizó sobre Shawn y lo paralizó. Sus pulmones lucharon contra cada respiración. Lenta y mecánicamente, forzó un pie delante del otro hasta que se movió hacia adelante. *Tengo que encontrar a Violeta. Tengo que obtener respuestas*. Sus dedos volaron por la pantalla de su teléfono, enviándole texto tras texto desesperado mientras se apresuraba al metro, pero solo el silencio respondió.

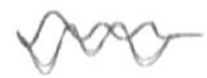

El viaje en metro al vecindario de Violeta asaltó sus

sentidos. El tren estaba repleto de cuerpos, y el aire era espeso y estancado, ya sea por el aire acondicionado roto o el número excesivo de personas apiñadas juntas. Se transfirió del F al A al autobús B83, cada minuto estirándose como horas.

Bajándose del autobús al aire nocturno de Brooklyn, Shawn se apuró por la acera hacia el apartamento de Violeta, las manos enterradas profundamente en sus bolsillos. El aire frío le quemó la garganta. Un letrero de neón verde 'Hot Coffee' chilló en sus oídos mientras una lámpara amarilla de la calle gimió como un taladro dental. Inútilmente se cubrió las orejas contra el asalto.

En su edificio, corrió escaleras arriba, encontró su nombre en el directorio, y timbró su apartamento, esperando en la oscuridad.

Silencio.

Timbró de nuevo, luego sacó su teléfono para enviar un texto: *¿Dónde estás?*

Su mensaje sin respuesta punzó su corazón mientras pasaron los minutos.

Desplomándose en el escalón superior, se frotó los ojos, sintiéndose demasiado pesado para moverse. Su corazón latió un ritmo sordo de pérdida contra sus costillas.

Cuando levantó la vista, ¡la vio! Violeta estaba parada al otro lado de la calle ocupada, caminando de un lado al otro mientras Anton se alzaba junto a ella. Aleesha y Natasha trabajaban la esquina cerca, gritando a los autos que pasaban.

Shawn corrió escalones abajo mientras una limusina negra se detuvo junto a Violeta. Anton la acercó, inclinándose hacia la ventana trasera para negociar. Luego abrió la puerta y la empujó adentro.

—¡Violeta! —gritó Shawn mientras corría por la calle.

Sus ojos se encontraron.

Algo se registró en su rostro. ¿Arrepentimiento? ¿Reconocimiento? ¿Dolor?

Entonces, sus rasgos se endurecieron en una máscara que él no reconoció.

Anton la empujó a las profundidades de la limusina justo antes de que Shawn la alcanzara. Se volvió para perseguir el vehículo, pero Anton agarró su brazo y lo jaló hacia atrás.

—¿Qué diablos estás haciendo?

—Esa... esa es mi esposa —balbuceó Shawn, su voz quebrándose.

Anton se rió cruelmente.

—Tienes a la chica equivocada, amigo.

La limusina desapareció doblando la esquina.

Shawn empezó a correr tras ella, serpenteando alrededor de peatones en la acera. Pero las luces rojas traseras se hicieron más pequeñas hasta que se desvanecieron en el flujo del tráfico. Se detuvo lentamente, jadeando por aire, observando autos pasar en ambas direcciones.

La limusina se había ido, tragada por el desfile interminable de vehículos y el laberinto de calles de Brooklyn.

Ella se había ido, y la realidad de lo que había presenciado comenzó a hundirse.

Sus piernas se sintieron inestables mientras comenzó a caminar por la calle hacia la parada del autobús, cada paso llevándolo más lejos de la verdad que cauterizó su corazón.

Aleesha y Natasha lo vieron irse, intercambiando miradas pesadas.

En el autobús, rodeado de extraños, Shawn metió la mano en su bolsillo y sacó la foto de Amanda. El dolor aplastó el aliento de sus pulmones mientras la historia se repetía. Otra mujer, otra relación perdida, dejándolo completamente solo.

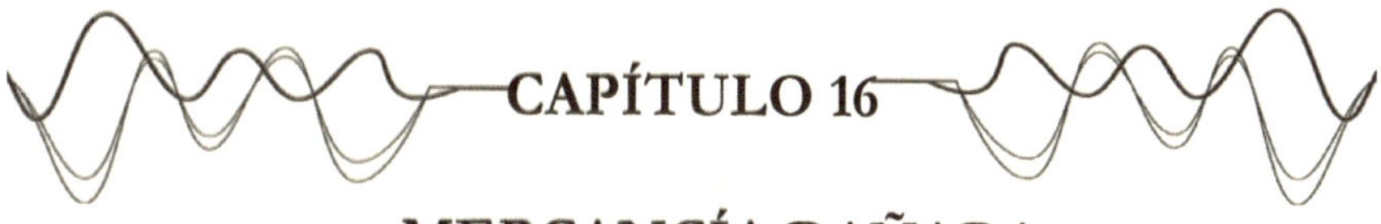

CAPÍTULO 16

MERCANCÍA DAÑADA

De vuelta en el apartamento de Ruth, Shawn se desplomó contra el sofá rígido, su mundo girando. Su abuela se posó en el borde del cojín junto a él, sus piernas cruzándose y descruzándose con energía nerviosa.

Colin le llevó un vaso de agua en la taza favorita de Shawn con código binario impreso en ceros y unos.

—Violeta es mercancía dañada, hermano. Devuélvela al remitente.

—Podemos anularlo —dijo Ruth con un gesto despectivo—. Nadie necesita saber que jamás pasó.

Un suspiro largo y desgarrador escapó de los labios de Shawn.

—Al menos ella estaba dispuesta a cuidarme.

Colin se inclinó sobre Shawn y le dio un toque ligero en la mejilla que raspó como papel de lija contra su piel hipersensible.

—Regresa a la realidad. Esa no es la razón por la que te casas.

El dolor floreció a través de las terminaciones nerviosas de Shawn, y las lágrimas se derramaron por su rostro.

Colin cruzó sus brazos.

—Apenas te toqué.

—Sabes que tiene sentidos elevados —dijo Ruth—. Recuerda en octavo grado cuando lo golpeó un bravucón. Lloró por una semana.

Colin regresó a su silla.

—Lo siento, hermano.

Ruth le entregó a Shawn un pañuelo. Se secó las mejillas, sintiendo su cuerpo empezar a desenrollarse.

—¿Alguna vez pensaste en cómo la cuidarías? —preguntó Colin.

—¿Qué quieres decir?

—Suena como que lo hiciste todo sobre ti. Eso no es amor, hermano.

Las palabras le fallaron a Shawn mientras se frotó la frente. Anhelaba la presencia del Abuelo y sus pepitas perfectas de sabiduría o chistes bien cronometrados, como el día cuando le advirtió a Shawn que el matrimonio podría convertirse en un "circo de tres pistas": anillo de compromiso, anillo de bodas, sufrimiento. El recuerdo tiró de algo profundo en él.

—¿Cómo puedes tú saber qué es el amor? —Shawn le lanzó una mirada fulminante a Colin, su voz tensa—. Ni siquiera puedes invitar a salir a esa chica de la cafetería.

—Al menos sé lo que el amor no es.

Ruth se puso de pie.

—Basta. Podemos manejar todo mañana. Es tarde.

—Sí, necesito estar en el trabajo temprano —dijo Colin, levantándose.

Ruth hizo un gesto hacia el sofá.

—Eres bienvenido a quedarte.

—Gracias, Abuela, pero debería regresar.

—Buenas noches —murmuró Shawn antes de arrastrarse a su dormitorio y cerrar la puerta detrás de él.

Se recostó contra su escritorio, luchando por respirar mientras su mente corrió a través de los eventos del día. Sus ojos encontraron las figuritas de novio y novia que se balanceaban en el estante, ahora burlándose de él. Las arrancó y las empujó al cajón de su escritorio, cerrándolo de un golpe con suficiente fuerza para hacer que su lámpara saltara.

Estirándose a lo largo de su cama, un vacío doloroso se abrió dentro de él. Las lágrimas fluyeron hasta que solo quedó dolor. Oró silenciosamente por ayuda.

Cuando llegó el sueño, soñó que flotaba en un bote hecho del sofá de terciopelo rojo de su abuela, el océano empapando lentamente los cojines. En la distancia, un hermoso crucero se acercaba. Pero mientras se acercaba, vio que estaba construido de pastel de bodas, ya desmoronándose en las olas. Se estiró desesperadamente, pero se disolvió en sus manos.

En la mañana, Shawn corrió pasando a Douglas sin su saludo usual, luego evitó el contacto visual en el metro mientras se dirigía al centro. En las oficinas de Exclusiv, marchó directo a su estación de trabajo sin los saludos forzados que usualmente marcaban sus llegadas. El resplandor duro de la pantalla de su computadora pulsaba al ritmo de su corazón acelerado, cada latido un recordatorio de la traición de Violeta.

Arrancó las fotos de bodas alrededor de su escritorio, cada pareja sonriente demasiado perfecta, demasiado contenta, demasiado falsa. Las arrugó en bolas apretadas y las lanzó a la basura.

—Necesito una actualización del sistema de calificación —rugió la voz de Jake junto a él.

Shawn le entregó un reporte sin levantar la vista.

—Está listo. Esa es tu calificación.

Jake escaneó la página y encontró unas pocas oraciones de resumen coronadas por un gran número dos.

—¿Soy un dos? ¿Eso es bueno?

Shawn negó con la cabeza.

—Diez es perfecto. Uno es terrible.

La ceja de Jake se arqueó.

—Alguien como yo no debería obtener una calificación como esta.

—Revisa registros, actividad en línea, número de amigos...

Jake lo interrumpió.

—Lo hiciste mal.

—Es una calificación objetiva de tu pasado. Dos de diez. —El tono de Shawn subió, la ira filtrándose a través de su tono plano.

Jake miró alrededor de la oficina, enviando a los trabajadores cercanos a esconderse detrás de sus pantallas. Flynn se concentró en su computadora.

Jake arrugó el papel.

—Qué completa pérdida de mi tiempo.

—No creo que lo sea —dijo Shawn, su voz elevándose con emoción—. La gente debería saber en qué se está metiendo.

—Nadie querrá una puntuación de historia.

Las manos de Shawn temblaron.

—Bueno, deberían. Podría evitar que arruinen sus vidas.

El rostro de Jake se endureció.

—A menos que se te ocurra algo mejor, no puedo mantenerte aquí. Necesito características que nos hagan destacar, no que hagan sentir mal a la gente. —Se inclinó cerca, su colonia aguda en la nariz de Shawn—. Y nunca vuelvas a pasarme por ese programa.

Jake regresó furioso a su oficina, dejando una estela de tensión detrás. Mientras Shawn miraba el papel arrugado en su basurero, Tammy se acercó a su escritorio, su camiseta "Stop Wars" estilizada como el logo de Star Wars. Escaneó las paredes desnudas de su cubículo.

—¿Qué pasó con todas tus fotos de bodas?

Él negó con la cabeza.

—Todas estaban fingiendo. Todo el mundo está fingiendo.

Tammy lo estudió.

—Eso no suena como tú.

Él miró a la distancia.

—Pensé que había encontrado a alguien. Resulta que no era quien pensé que era.

Tammy puso una mano en su cadera.

—Bienvenido a las relaciones. Todos esconden quiénes son hasta que saben que serán amados y aceptados. ¿La amas?

Shawn enterró su rostro en sus manos.

—Pensé que sí.

—¿La amas por quien es o por quien quieres que sea?

La pregunta sorprendió a Shawn. Se volteó, la mente acelerada. *¿Era real? ¿La forma en que me sentí sobre ella? ¿O solo me gustaba tener a alguien que me entendiera?* Los momentos destellaron por su mente. *Amé cómo pintó esos diarios. Y cómo ayudó a ese perro.* Pero *¿amé a Violeta, o solo amé que me cuidara?* El recuerdo de abrirse con ella sobre sus padres, lo seguro que se había sentido diciéndole cosas que nunca le había dicho a nadie, se sintió real, pero también lo hicieron las páginas en blanco que había cargado, fingiendo que era un guión hasta que vio que todo eran mentiras.

—El amor es amistad que se ha prendido fuego —dijo Tammy—. Tal vez quieras averiguar si todavía estás ardiendo por ella.

—¿Ardiendo?

—Si la amas.

La frase se alojó en su garganta como una piedra. *Ardiendo. No entiendo qué significa eso. Mi pecho duele, pero no está ardiendo. Se siente vacío. Como si algo hubiera sido sacado con cuchara.*

Le dio una mirada en blanco.

Tammy negó con la cabeza.

—No me preguntes cómo averiguar eso. Mi sensor de amor se rompió hace años.

—¿Qué es un sensor de amor?

—Olvídalo. No olvides la fiesta esta noche. Tenemos pocas confirmaciones. Jake necesita a todos ahí. Asegúrate de verte gangster. —Le hizo un gesto antes de continuar sus rondas.

El resto del día se movió al ritmo de un glaciar hasta que Shawn salió temprano y se detuvo en Think Coffee. La cafetería bullía con charla de la tarde y el gorgoteo de la máquina de espresso. Colin levantó la vista sorprendido, su delantal manchado de salpicaduras de café.

—Estás aquí más temprano de lo usual. Sorprendido de que estés aquí para nada.

Shawn extendió la invitación.

—Necesito que vayas a esta fiesta conmigo esta noche.

Colin la miró antes de devolverla, sus dedos dejando ligeras manchas en el papel.

—No sé. —Sus ojos se dirigieron más allá de Shawn hacia donde Laura se sentaba unas mesas más allá, el vapor de su bebida curvándose hacia arriba mientras los miró a través de sus pestañas.

Shawn bajó su voz, inclinándose lo suficientemente cerca para oler el café y la menta en el aliento de Colin.

—Sigue mirándote. Creo que dirá que sí si le pides que salga contigo.

Los movimientos de Colin se endurecieron mientras limpiaba el mostrador, la tela chirriando contra la superficie pulida.

—Es gracioso cómo estás interesado en mi vida amorosa, pero no puedo ser parte de la tuya. Ni siquiera tuviste un padrino de bodas.

—Fue una ceremonia rápida.

—Siempre pensé que te importaba nuestra familia.

Shawn se acercó más.

—Me importa.

Colin se retiró, sus zapatos raspando contra la alfombrilla de goma detrás del mostrador.

—Entonces deberías haberme dicho lo que estaba pasando.

—Pensé que Violeta era mi alma gemela. —El dolor se entretejió a través de las palabras de Shawn. Respiró y se compuso; un dolor de cabeza comenzó a formarse detrás de sus ojos—. ¿Vendrás a la fiesta o no?

Colin suspiró.

—No puedo. Tengo una entrevista mañana. Temprano.

—¿Entrevista?

—Para un... trabajo de enseñanza.

—¿Por qué no me dijiste?

—Porque odio hacer cosas porque la gente me dice que debería. —Colin arrojó su toalla—. Probablemente saqué eso de Papá.

—Si lo odias tanto, no deberías decirme qué hacer.

—Te estoy cuidando. Para eso están los hermanos. —La voz de Colin se volvió silenciosa, apenas audible sobre el molido de la máquina de café—. Podría hacer un mejor trabajo de eso.

La honestidad en las palabras de Colin hizo que Shawn levantara la vista de sus manos, secas de frotarlas nerviosamente.

—¿Cómo sabes si alguien es la persona con la que deberías estar por el resto de tu vida?

—Bueno, no deberías amar a alguien por lo que puede hacer por ti —dijo Colin como un hecho.

—No era solo eso. Extraño estar con ella. Hablar con ella. Escuchar sobre su vida. Ver su sonrisa. La forma en que caminaba. La forma en que me sentía con ella. Cada noche, oré para que Dios la hiciera mía. Pensé que lo hizo.

—Si te amara, no habría vuelto a acostarse con otros, ¿verdad?

La pregunta de Colin aplastó la esperanza restante que quedaba en Shawn. No había considerado cómo Violeta se había prometido a él de por vida, luego inmediatamente se acostó con otro hombre. Luego otro. En lo que debería haber sido su noche de bodas. Un sentimiento enfermo se extendió por su centro al pensamiento.

—Te ayudaré a encontrar a alguien que nunca te engañaría. Alguien a quien ames tanto que no puedas soportar la idea de que esté con alguien más. Está ahí afuera.

Shawn logró una sonrisa débil.

—Gracias.

Colin salió de detrás del mostrador, las tablas del piso crujiendo bajo su peso, y dirigió a Shawn hacia la mesa de Laura.

—O tal vez está justo aquí.

Laura levantó la vista de su café, el aroma de su perfume terroso flotando mientras se acercaron. El pulso de Shawn se aceleró contra su cuello. No estaba listo para esto.

Colin hizo un gesto hacia su hermano.

—Café gratis por una semana si vas a una fiesta con mi hermano esta noche.

Shawn agitó sus manos.

—No tienes que hacer eso.

—Vamos, hermano, necesitas una cita. —Colin se volteó hacia Laura—. Es para su trabajo. Dan fiestas increíbles. Te encantará. ¿Verdad, Shawn?

Acorralado, todo lo que Shawn pudo hacer fue asentir e intentar una sonrisa.

Laura jugó con su collar, el pequeño colgante atrapando la luz mientras se movía entre sus dedos.

—Podría estar libre esta noche. Cancelaron una sesión de fotos a último minuto, así que mi noche se abrió. Es mejor que quedarme en casa con comida para llevar y Netflix.

Colin sonrió mientras Shawn estudió el piso, trazando las manchas de café y marcas de raspones con sus ojos.

—Entonces es una cita. Incluso pagaré por ambos disfraces.

Laura asintió.

—Suena divertido.

Antes de que llegara Violeta, Shawn habría saltado ante la oportunidad de salir con alguien como Laura. Era todo lo que su mente racional le decía que debería querer: hermosa, amable, comprensiva. Pero ahora el pensamiento de fingir estar interesado, de forzar sonrisas y hacer conversación, se sintió como usar ropa que no le quedaba.

Su piel se sintió fría a pesar del calor de la cafetería, y la idea de empezar de nuevo, de explicar sus rarezas a alguien nuevo, lo agotó antes de haber comenzado siquiera. Sin embargo, ¿cuál era la alternativa? ¿Sentarse solo en su habitación, mirando el espacio vacío donde solían colgar sus fotos de bodas? Tal vez Colin tenía razón. Tal vez seguir adelante era la única manera de dejar de ahogarse en lo que Violeta le había hecho.

—Está bien —se escuchó decir.

Colin hizo señas a Shawn hacia Laura.

—Tal vez quieras obtener su información.

—Oh, cierto. —Shawn abrió sus contactos y le entregó su teléfono a Laura—. Te enviaré los detalles por mensaje.

Ella ingresó su información, sus uñas haciendo clic contra la pantalla, mientras Shawn intercambió miradas con Colin. Los labios de Laura se curvaron en una sonrisa mientras le devolvió su teléfono, sus dedos rozando los suyos, suaves y fríos.

—Entonces debería irme —dijo Shawn—. Podemos encontrarnos allá.

—Perfecto.

Colin caminó a Shawn hasta la puerta.

—Esto podría ser bueno para ti.

—Pero tú eres quien está interesado en ella.

Colin abrió la puerta, una ráfaga de aire fresco de la noche entrando, llevando el aroma de pretzels de vendedores callejeros y escape de autos.

—Puedes decirme si vale la pena salir con ella.

Shawn rodó los ojos mientras salía, dirigiéndose a encontrar una tienda de fiestas, sus zapatos golpeando contra la acera de concreto mientras navegaba a través del flujo de peatones apurados.

Vestido en un traje de gangster a rayas negras y blancas con un sombrero fedora negro, Shawn ajustó su fedora y se limpió las palmas en sus pantalones mientras esperaba afuera de la entrada del almacén bajo el brillante Puente de Manhattan.

Veinteañeros vestidos como flappers y gangsters formaron una fila detrás de la cuerda de terciopelo en la entrada mientras la música del interior pulsaba a través de las paredes.

Laura se deslizó por la acera, cuentas y lentejuelas atrapando la luz, tintineando pequeñas campanas en su mente. Una diadema con joyas y collares de perlas completaron su look de flapper.

Shawn le hizo señas. La llegada de Laura se sintió inesperadamente calmante. Sin agendas ocultas, sin pretensiones, solo alguien amable que había aceptado pasar una noche con él. La simplicidad de eso le dio suficiente energía para gritar:

—¡Hola, preciosa!

—¿Disculpa?

—Eso es lo que la gente decía en los años 1920.

—Oh. —Laura irradió y alisó el frente de su vestido—. ¿No eres la rodilla de la abeja?

Shawn asintió.

—Exactamente.

Evitaron la fila y entraron al almacén. La música de jazz llenó el espacio mientras el calor de la multitud y perfumes competidores (algunos agradablemente fríos, como menta, otros invasivamente dulces, como fruta demasiado madura) asaltaron los sentidos de Shawn mientras empujó a través de los cuerpos. Mientras navegaba la multitud, Laura luchó por seguir el ritmo, sus tacones haciendo clic-clac contra el piso de concreto.

—Meten mucha gente aquí —dijo, su voz elevándose sobre la música.

—Demasiada, en mi opinión —dijo Shawn, asegurándose de que sus tapones para oídos estuvieran seguros. Las luces de la fiesta crearon una sinfonía en su mente: azules suaves como un saxofón, rojos pulsando como latidos, amarillos zumbando en sus sienes.

Laura tocó su collar y miró alrededor del almacén, absorbiendo las luces estroboscópicas y la presión de cuerpos.

—Tu hermano dijo que las fiestas pueden ser abrumadoras para ti. Lo entiendo totalmente. Paso la mitad de mi vida en eventos como este, e incluso a veces me escabullo al baño solo para respirar. —Se posicionó para bloquear algunas de las luces destellantes mientras hablaba—. Mi sobrino también está en el espectro, así que he aprendido una cosa o dos sobre la sobrecarga sensorial.

El corazón de Shawn se hundió un poco ante sus palabras.

—Entonces, esta es una cita de lástima.

—Para nada. Quería el café gratis. —Su expresión en blanco se convirtió en una sonrisa—. Estoy bromeando. Los hombres no me invitan a salir muy seguido. Lo cual algunas personas podrían encontrar sorprendente.

—Es porque eres hermosa; los intimida.

—Oh. Gracias —dijo, alisándose el cabello—. Voy a encontrar el baño y tal vez hacer contactos un poco. Veo a un fotógrafo con el que he trabajado. ¿Quieres algo de beber?

—¿Del baño?

Ella se rió.

—No quise decir...

—Lo sé —dijo, sonriendo—. En tu camino de vuelta, siéntete libre de agarrar algo de agua de risa.

—No tengo idea de qué es eso, pero supongo que ¿alcohol?

Él asintió.

—¡Y cómo!

Ella sonrió y desapareció en la multitud.

Shawn escaneó por rostros familiares pero no encontró ninguno mientras las luces deslumbrantes y sonidos de trompeta presionaron sobre él. Entonces divisó a Jake en la barra en un traje de gangster dorado llamativo, una ametralladora de plástico colgando alrededor de su cuello.

Shawn se congeló a medio paso. Dos mujeres colgaban de las palabras de Jake: Aleesha y Natasha, en faldas cortas de flapper y collares largos de cuentas. *¿Por qué están aquí?* Retorció sus manos juntas mientras los recuerdos de Violeta inundaron de vuelta. Verla meterse en esa limusina se reprodujo en repetición, cada vez trayendo dolor fresco. Buscó en la multitud por Violeta, aunque no estaría ahí. *¿O sí?* La sorpresa de ver a Aleesha y Natasha hizo que cualquier cosa pareciera posible.

Jake dirigió a las mujeres hacia dos hombres al otro lado de la barra que se sentaban solos. El primero era alto con cabello rojo y perilla, usando un traje mal ajustado que lo hacía ver como un colegial crecido jugando a disfrazarse. El segundo era delgado con cabello rizado oscuro en un traje a rayas mejor ajustado que sugería dinero real.

Shawn observó, curioso al principio. *Tal vez Jake las está presentando.*

Aleesha y Natasha se acercaron a los hombres con encanto calculado, sus movimientos fluidos y deliberados de una manera que hizo que el estómago de Shawn se apretara con reconocimiento. Se posicionaron más cerca de lo que los extraños se pararían. Aleesha pasó sus dedos por el cuello del pelirrojo mientras Natasha se presionó contra el brazo del otro hombre, ambas riéndose con deleite exagerado ante lo que sea que los hombres dijeron.

Algo frío comenzó a desplegarse en el pecho de Shawn. Esto se sintió familiar. Demasiado familiar. Observó a Aleesha inclinarse para susurrar algo en el oído del pelirrojo, su mano trazando por su pecho. Los ojos del hombre se iluminaron, y asintió ansiosamente. Natasha reflejó el gesto con su objetivo, su sonrisa brillante y vacía.

La realización lo golpeó. Este era el mismo encanto coreografiado que había visto usar a Violeta. Esto no era hacer contactos. Esto era negocio. La náusea subió mientras la imagen se cristalizó. *¿Cómo pude haber sido tan ciego?*

Aleesha y Natasha guiaron a sus hombres hacia la salida, billetes cambiando de manos con discreción, su noche apenas comenzando. Antes de seguirlos afuera, Aleesha regresó a Jake y besó su mejilla, sus labios permaneciendo un momento demasiado largo. Las alarmas sonaron en la mente de Shawn. Se acercó más, usando una pareja bailando como cobertura, esforzándose por escuchar sobre la música.

—¿Dónde está Violeta? —preguntó Jake, su tono llevando una nota de posesión que hizo que los puños de Shawn se apretaran.

—Ocupada —dijo ella.

—Dile que pregunté por ella. —Jake guiñó, luego le dio una palmada en el trasero.

El suelo se movió bajo los pies de Shawn mientras las piezas hicieron clic en su lugar. Los bordes de su visión se oscurecieron, tunelizándose hasta que solo Jake permaneció en foco. *¿Jake es más que mi jefe? ¿Era uno de los clientes de Violeta? ¿Está conectado con Anton de alguna manera?* Las preguntas quemaron a través de la mente de Shawn como ácido mientras su mundo colapsó. Su garganta se apretó con el sabor metálico y amargo de la traición mientras su piel se pinchó con ondas caliente-frías de realización. Cada latido del corazón hizo eco del nombre de Violeta, un recordatorio de lo completamente que se había tejido en su mismo ser, y lo imposible que sería para él simplemente cortarla.

Los colores a su alrededor comenzaron a chillar: luces doradas como uñas en pizarrones, vestidos rojos como sirenas. Parado ahí, viendo a Jake casualmente reclamar posesión sobre Aleesha y Natasha como si fueran su propiedad, Shawn se dio cuenta de que nada era lo que parecía. Violeta había mentido sobre lo que hacía, pero ¿había mentido sobre todo? ¿Sobre la forma en que lo había mirado en el zoológico, o la gentileza en su voz cuando le había contado sobre su pasado? Las preguntas que lo habían estado comiendo por días se fusionaron en una sola necesidad ardiente: tenía que escuchar la verdad de ella.

A través de la multitud, divisó a Laura regresando del baño, su vestido de lentejuelas atrapando la luz. Por un momento fugaz, la culpa se encendió en su pecho. Ella merecía mejor que ser abandonada en una fiesta. Pero no podía quedarse aquí jugando a fingir cuando cada fibra de su ser demandaba respuestas.

Sin una palabra, se volteó y empujó su camino hacia la salida. El bombardeo abrumador de luces estroboscópicas y sonidos chocantes alimentó su escape, cada sensación discordante empujándolo a través de la multitud hasta que irrumpió por las puertas del almacén.

El aire fresco de la noche golpeó su rostro mientras emergió a la calle, su mente acelerada con posibilidades. Tenía que encontrar a Violeta para entender lo que estaba pasando. Para saber si algo sobre su relación era real.

Su corazón latió mientras la angustia se convirtió en resolución. Encontraría a Violeta y obtendría respuestas, sin importar lo que tomara, incluso si la verdad lo rompía.

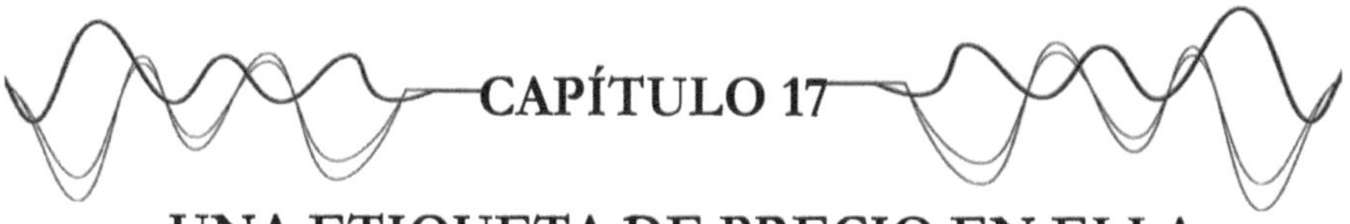

CAPÍTULO 17

UNA ETIQUETA DE PRECIO EN ELLA

El dedo de Shawn apuñaló repetidamente el botón del intercomunicador de Violeta, cada presión más desesperada que la anterior. El zumbido electrónico agudo perforó el aire de la noche hasta que su voz finalmente crujió a través, frágil de irritación.

—¿Sí?

—Soy... soy Shawn. ¿Puedo subir?

El silencio se extendió espeso con palabras no dichas entre ellos antes de que regresara.

—Puedes hacer lo que quieras.

Shawn no pudo descifrar qué quería decir con eso, pero la puerta zumbó, y se deslizó adentro, su respiración viniendo en ráfagas rápidas y superficiales. Presionó el botón del ascensor, suave y gastado; décadas de huellas dactilares habían pulido las marcas.

El ascensor gimió y chilló su camino hacia arriba, cada piso marcado por un chillido de metal. *Dios, por favor ayúdame. Por favor haz algo bueno de todo esto.*

El ascensor sonó.

Encontró su apartamento y plantó sus pies firmemente

antes de tocar. Violeta abrió la puerta una rendija, apretando una bata azul alrededor de sí misma como armadura. Sus ojos trazaron su traje de gangster a rayas, y algo parpadeó por su rostro.

—Parece que estoy vestida de menos.

—Fiesta del trabajo.

—No pensé que te vería de nuevo. —La crudeza en su declaración raspó contra su corazón ya herido.

Él cambió su peso de pie a pie, luchando contra el impulso de huir.

—Dime por qué estabas en la fiesta de proxenetas y prostitutas.

Violeta se burló.

—Para poder romperte el corazón. Obviamente.

Sus dedos golpearon un ritmo ansioso contra su pierna.

—Conoces a mi jefe, Jake.

Recostándose contra el marco de la puerta, algo frío se asentó detrás de sus ojos.

—Claro. Todos lo conocemos.

Su rostro se oscureció.

—¿Qué significa eso?

Violeta se encogió de hombros.

—Le gusta dar ánimo a sus invitados de fiesta. —Sus labios se curvaron en una sonrisa astuta—. Las chicas y yo somos muy... alentadoras.

Shawn apretó su mandíbula mientras su corazón se comprimía. Se obligó a encontrar su mirada, acercándose a pesar de que cada instinto le gritaba que mirara hacia otro lado.

—Necesito saber qué significa eso.

Violeta tragó fuerte.

—Él lo arregló con Anton para que nos conectáramos con tipos en las fiestas. Jake sabía que encajaríamos con las chicas de tu aplicación. —Su tono se endureció—. No está tan mal. Nos da dinero para taxi. Buena propina.

Shawn apretó sus manos juntas mientras la náusea quemó

su estómago.

—¿Has estado con él, Violeta?

Su rostro se endureció en una pared.

—¿Por qué te importaría? Se acabó. No más usarnos el uno al otro.

—Yo no te usé.

—Necesitabas a alguien que te cuidara como niñera, y yo necesitaba un boleto para salir de aquí.

Todo lo que pudo hacer fue mirar su bata mientras su acusación golpeó profundo, vaciándolo. La tela azul gimió una nota baja y doliente que coincidía con el dolor en su pecho.

Violeta desapareció adentro y regresó con la planta de rosa, empujándosela.

—Aquí. Tú cuida algo para variar.

Sus manos temblaron mientras la tomó; algunos pétalos rojos se deslizaron al piso.

—Deberías haberme dicho lo que haces.

Ella puso una mano en su cadera.

—¿Para que me trataras como tu abuela? No, gracias.

—Me mentiste sobre las audiciones.

—Supongo que no puedes confiar en todo lo que escuchas.

—Dijiste que te volvieron a llamar.

Violeta cruzó sus brazos apretadamente sobre su pecho.

—Noticia de último momento. No soy quien pensaste que era. Puedes seguir adelante. Obviamente aquí es donde pertenezco.

Shawn trató desesperadamente de leer las emociones jugando por su rostro. Sus palabras rasparon contra él, pero algo en su voz lo hizo dudar de su verdad. Cerró sus ojos y oró silenciosamente por guía, luego convocó el valor para encontrar sus ojos de nuevo.

—Extraño reírme contigo, hablar del día, tener una comida...

—Te recuperarás de mí.

Ella cerró la puerta de un golpe en su cara.

Shawn se tambaleó hacia atrás. Un temor nauseabundo lo

inundó. Esta mujer, con quien se había conectado, compartido el dolor de su vida, y casado, acababa de cortar su futuro con el golpe duro de una puerta.

La sensación de ahogarse lo abrumó. La oscuridad presionó desde todos los lados.

Si tan solo hubiera ejecutado sus algoritmos en Violeta primero, catalogado su historia, y calculado su puntuación. Podría haber evitado todo este dolor, estos momentos de compartir risas e historias que ahora se pudrían como heridas.

Comenzó por el pasillo, los dedos entumecidos alrededor de la maceta de cerámica de la planta de rosa. Al final del corredor, vaciló, luego la colocó junto a un montón de bolsas de basura abultadas, los pétalos carmesí brillantes contra el plástico negro.

Las preguntas corrieron por su mente. *Si Dios no cuenta mi pasado contra mí, ¿cómo puedo contar el pasado de Violeta contra ella? ¿Se trata del pasado o del futuro?* Bajó sus párpados, obligándose a pensar todo paso a paso. Girando lentamente, regresó a su apartamento y tocó.

—¿Me extrañas?

—No extraño a ninguno de mis clientes —dijo a través de la puerta.

Él arrugó su rostro, el dolor atravesándolo.

—No era un cliente.

—Un cliente que no paga. El peor tipo.

El dolor se infló dentro de él hasta que estalló un grito crudo y angustiado.

La puerta se abrió de par en par.

—¿Quieres meterme en problemas?

Sus ojos se agrandaron.

—Pensé que te importaba. Pensé que teníamos un futuro.

—Eso es todo parte de lo que hago. Tal vez lo habrías visto si no fueras tan autista.

Sus palabras perforaron su corazón. Las lágrimas corrieron por sus mejillas. A través de la borrosidad, notó que su rostro cambió: una mueca rápida, luego sus ojos se agrandaron y se alejaron de su rostro. Parpadeó rápidamente, su boca abriéndose y cerrándose. *¿Qué significa eso?* La frustración familiar de no poder leer expresiones se estrelló sobre él, pero algo en su lenguaje corporal sugería que no había querido decir algo tan cruel.

—Tu rostro cambió —dijo, luchando por entender.

Su expresión se tensó.

—Por favor vete.

—Me enfurecí cuando te imaginé con Jake —dijo, su voz rasposa.

Ella agarró el marco de la puerta como si la estuviera sosteniendo.

—No deberías importarte.

—Él no te merece. Yo tampoco te merezco. —Exhaló temblorosamente y se asomó a sus ojos—. No eres un reemplazo para mi abuela. —Luchando a través de la intensidad eléctrica del contacto visual, sostuvo su mirada—. Te amo, Violeta.

Su rostro se puso en blanco.

—No eres el primer tipo en decir eso.

Shawn se limpió las lágrimas, la resignación asentándose sobre él como una manta pesada. *Esto es todo. Se acabó.*

Se volteó para irse, pero algo captó su ojo: un destello de blanco amarillento bajo el dobladillo de su bata azul. La cola de su vestido de novia.

Sin pensar, se estiró y abrió la bata. Se deslizó de sus hombros y se acumuló a sus pies.

Parada en su vestido de novia, una sonrisa dolorosa jugó por sus labios.

—¿Cuándo va a tener una chica como yo la oportunidad de usar un vestido como este otra vez?

Sus ojos encontraron los anillos aún brillando en su dedo.

—¿Usaste esos cuando estuviste con esos hombres?

Su boca se abrió, pero no salió nada. En su lugar, se volteó y desapareció en la oscuridad de su apartamento. Shawn se quedó congelado, incierto, antes de seguirla adentro.

El apartamento olía a comida para llevar rancia y ambientador de vainilla barato. Más allá de las ventanas, sirenas distantes, el rumble del metro, y la discusión amortiguada de un vecino se filtraron. Su lugar aún llevaba rastros de su organización, aunque el caos se estaba arrastrando de vuelta en los bordes. Las uñas de Barney hicieron clic contra el piso de linóleo mientras movía su cola detrás de la reja en la cocina.

Violeta caminó por la habitación.

—Nunca deberías haber corrido tras de mí la otra noche. No deberías estar aquí ahora.

—Estoy aquí porque yo... —Las palabras de Shawn fallaron—. Te amo.

Ella se volteó, una risa amarga escapando.

—¿Después de todo lo que he hecho? De ninguna manera.

—Pero sí lo hago. —Él se acercó más—. Déjame amarte.

Violeta negó con la cabeza, sus movimientos volviéndose frenéticos.

—No está bien. Eras mi plan de escape fallido. Mi herencia futura. Eso es todo.

Los ojos de Shawn barrieron la habitación. Campanas de papel de bodas colgaban en las esquinas, y un letrero de 'Recién Casados' colgaba sobre el respaldo de una silla. Se dio cuenta de que había decorado para su regreso como recién casados. Pero nunca regresaron ahí juntos. Señaló las decoraciones.

—No creo que eso sea todo.

Un aliento pesado escapó de ella.

—Me estaba preparando para que tuviéramos una primera noche especial.

—Pero mentiste sobre esa audición.

—Seguí los movimientos con ese tipo para comprarnos tiempo. No significó nada.

—Significó algo para mí.

Violeta miró hacia abajo.

—Lo sé ahora. Y desearía nunca haber hecho eso. Pero no fue hasta después del restaurante, cuando corriste tras de mí... que me di cuenta de que no podía estar con nadie más.

—Pero te vi meterte en ese auto.

—Anton me forzó adentro. Pero fingí estar enferma, y no pasó nada. He estado aquí desde entonces, averiguando qué hacer.

Shawn se sentó muy quieto, dejando que sus palabras se asentaran.

—¿No pasó nada con el tipo de la limusina?

—Nada. —Su voz se quebró—. Seguí pensando en ti persiguiendo ese auto. Incluso después de que supieras la verdad.

—No ibas a dejarme entrar esta noche.

—Porque eres demasiado bueno para ser verdad. —Se posicionó contra la puerta del baño, sus labios temblando—. Siempre pensé que sería difícil amar a alguien. Amar profundamente a alguien. Pero nunca me di cuenta de lo difícil que es dejar que alguien me ame.

Hizo una pausa, recomponiéndose.

—Seguí diciéndome que eras mi ruta de escape. Nada más. Pero he extrañado cómo somos juntos, la forma en que ves el mundo, tus chistes malos, la forma en que te importo.

Por primera vez desde que llegó, la mente de Shawn se desaceleró de un ritmo frenético a algo manejable. Sus ojos encontraron el rostro real de Violeta, no la máscara que había estado usando.

Violeta le hizo señas para que tomara asiento en la mesa de la cocina y abrió el refrigerador, sacando un pequeño pastel de bodas blanco de dos niveles coronado con novio y novia bulldogs.

—Se les acabaron las personas.

Recuperó dos tenedores y llevó el pastel a la mesa, que se tambaleó bajo el peso. La superficie de plástico se sintió fría y pegajosa bajo los dedos de Shawn.

Violeta se posó en la silla frente a él e hizo un gesto hacia una granja de hormigas en caja en el mostrador.

—En caso de que quisieras criar hormigas juntos. —Tomó un bocado de pastel—. Planeé que regresáramos aquí y luego averiguáramos cómo dejar la ciudad juntos. No estoy segura de por qué pensé que mi proxeneta me dejaría ir.

—¿Cuándo ibas a contarme sobre tu pasado?

—Tan pronto como supiera que me amabas.

—Pero no podía realmente amarte si no sabía sobre tu pasado.

Ella hizo una pausa y asintió, el peso de esa realización asentándose entre ellos, luego tomó otro bocado de pastel.

Shawn vaciló, inseguro de cómo cerrar la brecha entre ellos.

Violeta señaló el pastel.

—Es libre de gluten y lácteos.

El gesto simple y cariñoso rompió a través de su incertidumbre, y una sonrisa se extendió por su rostro mientras tomó el otro tenedor.

Cortó un pedazo y se lo extendió para alimentarla, juguetonamente errando su boca mientras ella se reía, hasta que finalmente logró meter el bocado. Ella agarró un puñado y untó algo en su nariz en represalia. El glaseado del pastel dejó una película de dulzura en su lengua, artificial pero consoladora.

Shawn sacó su teléfono y se desplazó por su biblioteca de música.

—Esta es una canción que siempre quise tocar para nuestro primer baile.

Una melodía lenta y jazzística de Louis Armstrong llenó el pequeño apartamento. Se puso de pie y ofreció su mano.

—He estado practicando técnicas de desensibilización.

Una sonrisa iluminó su rostro.

—Sabes justo qué decir.

Él miró hacia abajo, un rubor subiendo por su cuello.

—Mi terapeuta ocupacional empezó con diferentes texturas de tela, luego toques breves del terapeuta en mi brazo u hombro. También he estado usando una manta con peso en la noche y guantes de presión. —Sonrió tentativamente—. Quería asegurarme de que pudiera bailar contigo. Abrazarte sin que mi piel se sintiera como si estuviera en llamas.

Ella tomó su mano, y se balancearon juntos, abrazándose cerca. Su primer baile real. La piel de gallina se elevó en sus brazos mientras las puntas de sus dedos trazaron su muñeca, ligeras como alas de mariposa.

Shawn se enfocó en su calor contra él; su pulso se aceleró, y la habitación giró. Pero mantuvo su respiración constante, rehusándose a dejar que la sobrecarga sensorial lo arrancara del momento. El metal frío de sus anillos de boda tintineó suavemente juntos mientras sus manos se entrelazaron.

Barney observó desde detrás de su cerca, la cola moviéndose más lento hasta que se quedó dormido.

Mientras la canción se desvaneció, ambos bostezaron. Shawn revisó su reloj. Era bien pasada la medianoche. Las tuberías del radiador golpearon en las paredes, los huesos viejos del edificio asentándose para la noche.

Violeta se reclinó a lo largo de su cama, el vestido de novia extendiéndose alrededor de ella como nieve caída, y le hizo señas.

Mientras se acercaba, su corazón tartamudeó y se aceleró. Incierto, se paró al pie de la cama, paralizado por la posibilidad.

—Tendrás que quitarte los zapatos —dijo suavemente.

Él sonrió y los pateó antes de subir a la cama junto a ella. El colchón se hundió desigualmente bajo ellos; un resorte se presionó en su costado cuando se movió. Todo su cuerpo se llenó de electricidad, vivo con sensación. Se hundió en la almohada y miró a sus ojos mientras ella acarició su mejilla.

El aire entre ellos se sintió cargado, calentando las pocas pulgadas que separaban sus rostros en la almohada. Ondas de emoción corrieron a través de él. Todo por lo que había esperado ahora era posible. Esta era su esposa junto a él. Su esposa real. La cama se movió y crujió con cada movimiento ligero, forzándolos a encontrar equilibrio juntos.

Apretó sus ojos para agradecer a Dios por este momento. Pero el peso de su pasado, el control de Anton, y la imposibilidad de su situación presionó sobre él. *¿Cómo podrían construir un futuro cuando tanto permanecía sin resolver?* Su mente vagó a los algoritmos que había estado desarrollando. Podía ver ahora lo que estaba mal con ellos. *¿Por qué se había enfocado solo en el pasado? Necesitaba pensar en el futuro.*

Se dio cuenta de que la palabra "algoritmo" venía de la traducción latina de un trabajo de ese matemático persa. *¿Cómo se llamaba? Al-Khwarizmi, ese era. En los años 800.* Mientras la mente de Shawn viajó a través de la historia de las matemáticas, el agotamiento del maratón emocional del día finalmente lo alcanzó, y su respiración se profundizó.

Violeta lo observó desde su lado de la cama, preguntándose qué estaría pensando. Estudió su rostro, incierta de por qué cerró sus ojos o qué pasaría después. Su cuerpo permaneció tenso a pesar de sus mejores esfuerzos por relajarse. Aunque estaban casados, no estaba lista para lo que típicamente venía después. Se preguntó si ser íntima podría alguna vez sentirse como amor después de todo por lo que había pasado. *¿Tal vez con una boda real, algo menos apresurado? ¿Eso haría todo esto más real?*

Pasó sus dedos por su cabello.

—Tu técnica funciona genial.

Él no respondió, así que lo empujó. Cuando no se movió, se dio cuenta de que se había quedado dormido.

Una sonrisa tiró de las esquinas de su boca mientras sus párpados aletearon. Trazó sus puntas de dedos ligeramente por su línea de mandíbula, luego levantó la manta delgada para ponerla sobre ellos. El peso de la expectativa se levantó de ella mientras se acomodó junto a él, su cuerpo moldeándose a los contornos del colchón. La tensión se drenó de su cuerpo mientras se acurrucó más cerca, descansando su cabeza contra su pecho. El subir y bajar constante trajo una paz que no había experimentado en años.

Esto no era cómo había imaginado que terminaría su noche.

Usualmente, con hombres, contaba los minutos hasta que terminara, orando para que no la lastimaran. Pero aquí había alguien con quien realmente quería quedarse. Alguien que la amaba. Ese conocimiento se envolvió alrededor de ella como una manta cálida, haciéndola sentir segura y contenta.

Partículas de polvo bailaron en la luz inclinada del sol dorado de la mañana, que pintó el apartamento en tonos cálidos mientras Shawn y Violeta dormitaban juntos, él aún en su traje a rayas y ella en el vestido de novia envejecido, sus cuerpos entrelazados.

El teléfono de Violeta vibró en la mesa de noche. Sin mirar, lo silenció y envolvió sus brazos más fuerte alrededor de Shawn, deslizándose de vuelta a sueños pacíficos.

Un golpeteo duro en su puerta los despertó sobresaltados, seguido por el silbido de tres notas de Anton.

—Cariño, sé que estás ahí dentro —su voz rugió desde el pasillo.

El miedo llenó el rostro de Violeta mientras miró a Shawn, congelada en indecisión.

—No puedo permitir que estés enferma más. Tú tampoco puedes —gruñó Anton, golpeando de nuevo—. Voy a romper esta puerta en tres, dos...

Violeta se deslizó de la cama. Shawn agarró su brazo, pero ella se liberó.

—¡Ya voy! —Apresurándose a la puerta, la abrió solo lo suficiente para ver a Anton alzándose en el marco, su forma masiva bloqueando la luz del pasillo.

—Tienes un cliente estrella esperando —dijo con un guiño—. El gran propinero. —Algo cambió en su tono mientras estudió su vestido—. ¿Qué es esto del disfraz? —Abrió la puerta más hasta que fijó los ojos en Shawn. Una sonrisa depredadora cruzó su rostro, haciendo que la piel de Shawn se erizara.

Violeta se retiró adentro, y Anton la siguió.

—Estoy con... un amigo.

Shawn se levantó de la cama.

—Su esposo.

Una ligera sonrisa se formó en los labios de Violeta ante sus palabras.

El rostro de Anton se oscureció mientras su mirada rebotó entre ellos.

—Pueden jugar a la casita cuando esté fuera del horario.

Shawn envolvió su brazo alrededor de Violeta, cuyo cuerpo se tensó.

Anton gruñó y la arrancó, empujándola hacia la puerta.

Barney se lanzó a ladridos enojados que llenaron el apartamento.

—¡Cállate! —rugió Anton al perro. Apuntó un dedo a Shawn—. Y tú. No me pruebes. —El teléfono de Anton vibró, y su expresión se suavizó momentáneamente mientras miró la pantalla. Contestó, su voz tomando una calidad casi infantil—. Hola Mami. Sí, estoy cuidando bien a estas pobres chicas. No, Mami, no necesitas preocuparte por nada. Yo también te amo. —Colgó, y sus rasgos se endurecieron.

Shawn intercambió miradas con Violeta y plantó sus pies a pesar de sus rodillas inestables.

—Ella ya no trabaja para ti.

Anton soltó una risa fría y aguda.

—Ella es mía hasta que pague su deuda.

El sudor se perló a lo largo de la línea del cabello de Shawn.

—Ella no te debe nada.

Violeta miró al piso, el cabello cayendo para proteger su rostro.

Anton se burló.

—Nueva York es caro, y este lugar no es barato.

—¿Cuánto? —Las palabras se derramaron de la boca de Shawn.

Una sonrisa se extendió por el rostro de Anton.

—Demasiado.

Los pulmones de Shawn se llenaron de urgencia repentina.

—¿Cuánto? —La voz de Shawn se tambaleó—. ¿Para dejarla ir?

Anton se rió.

—Ella no está en venta.

—Tú... tú le pones una etiqueta de precio cada noche. —Shawn tomó un paso desafiante más cerca—. ¿Diez mil?

Anton lo estudió, calculando.

—Veinte.

La mente de Shawn se aceleró. *¿Dónde conseguiré esa cantidad de dinero?*

—¿Y entonces está... libre?

Anton se acercó más, aliento agrio caliente contra el oído de Shawn.

—¿Hablas en serio sobre esto?

Un asentimiento agudo.

—Entonces esto es entre tú y yo —susurró Anton—. Si alguien más se involucra, no vuelves a ver a tu 'esposa'. O a tu abuela de Central Park West. ¿Entendido?

La amenaza lo golpeó como agua helada. *Él sabe dónde vivo. Sabe sobre la Abuela.* Imágenes destellaron por la mente de Shawn: Ruth sola en su apartamento, Douglas incapaz de protegerla, este hombre que lastimó a Violeta ahora apuntando a la mujer que lo había criado. La parte matemática de su cerebro trató de calcular probabilidades, encontrar soluciones, pero se estrelló contra un hecho ineludible: Anton tenía todas las cartas. Logró otro asentimiento.

—¿Y la mantendrás de estar con alguien más?

—¿Mantenerla reservada? ¿Solo para ti? Eso te va a costar aún más. —Anton juntó sus dedos—. Por treinta mil, mantendré a esta pequeña generadora de dinero fuera de las calles y bajo mi ojo vigilante.

Treinta mil dólares era imposible, pero no podía perder a

Violeta o dejar que Ruth saliera lastimada. Shawn se tambaleó bajo el peso de esa cifra, logrando un asentimiento rígido.

—Está bien.

—Entonces te veré muy pronto —dijo Anton, su sonrisa más amenaza que despedida. Inclinó su barbilla hacia la puerta, no dejando espacio para debate.

Mientras Shawn pasó a Violeta en el pasillo, ella tiró de su manga.

—Yo también te amo —susurró, haciendo que su corazón se elevara a pesar de todo.

El calor de ese momento lo llevó a través del pasillo sucio y por el ascensor, pero cuando las puertas se abrieron, la magnitud de lo que se había comprometido se agudizó en su mente. Treinta mil dólares. El número pulsó por sus pensamientos como un latido: imposible, abrumador, aterrador.

Saliendo afuera, el aire de la mañana golpeó su rostro como una bofetada de realidad. Acababa de prometer pagar una suma que le tomaría años ahorrar, a un hombre que había amenazado a su abuela sin parpadear. La sonrisa depredadora de Anton persistía en su memoria.

Mientras el pánico comenzó a arañar su pecho, el "Te amo" susurrado de Violeta hizo eco en su mente, y algo cambió dentro de él mientras oró para que Dios lo ayudara. Caminando por la acera vacía en su traje de gangster arrugado, Shawn no tenía plan, no tenía estrategia, no tenía algoritmo que pudiera resolver esto. Pero sin importar lo que tomara, encontraría una manera de salvarla.

CAPÍTULO 18

TIENES QUE IRTE AHORA

—¿Abuela? —La voz de Shawn hizo eco por el apartamento de Ruth mientras se apresuraba por la puerta. El silencio que lo recibió le apretó el pecho.

Ruth siempre dejaba notas en el refrigerador, el mostrador de la cocina, a veces incluso pegadas a la puerta de su dormitorio. "Fui al supermercado, regreso a las 3." "Reunión con una amiga para almorzar, en casa para la cena." Había estado haciendo eso desde que él tenía doce años, lo que significaba que nunca llegaba a casa a un apartamento vacío, preguntándose si algo le había pasado.

Pero hoy, no había nota. No había mensaje en su teléfono. Solo silencio y el aroma persistente de su café matutino, ahora frío en la taza abandonada junto al fregadero.

¿Dónde está?

En su dormitorio, un lienzo en blanco permanecía intacto, rodeado de tubos de pintura en varios tonos monocromáticos. Se movió de habitación en habitación, sin encontrarla en ninguna parte.

Su teléfono registraba varias llamadas perdidas de ella, todas de temprano esa mañana. Cuando trató de devolver la llamada, su buzón de voz respondió con su tono familiar y nítido.

La sala se convirtió en su terreno de caminar, mientras sus pensamientos giraron en círculos mareantes: la presencia intimidante de Anton, la montaña de dinero que necesitaba reunir, Violeta atrapada en ese apartamento mugriento. La oscuridad lo ensombreció, pesada y sofocante. Su oración parecía pequeña en el vasto vacío. *Dios, por favor ayúdanos. Por favor arregla todo.*

Dejó de caminar, se retiró a su dormitorio, y se sentó en el borde de su cama, sacando la fotografía de Amanda de su bolsillo. La imagen se había amarillado, sus bordes gastados. *No querría que me aferrara al pasado así. Querría que averiguara mi futuro.* Besó gentilmente la foto y la guardó en el cajón de su escritorio.

El ruido de la puerta principal abriéndose lo sacó de sus pensamientos. Se apresurió fuera de su dormitorio para ver a Ruth entrando, elegante en su gabardina y vestido floreado.

—¿Dónde has estado? —preguntó Shawn.

—En el cementerio. —Sus ojos sostenían una mezcla de tristeza y algo más—. ¿Y tú? Estaba preocupada cuando no contestaste tu teléfono.

La culpa se estrelló sobre él.

—Oh no. El aniversario del Abuelo. ¿Fuiste sola?

—Visité con Colin y... —Hizo una pausa, un ligero rubor coloreando sus mejillas—. Douglas vino también. Primera vez que lo he traído. Colin fue muy comprensivo —continuó, su tono suavizándose—. Aunque un poco demasiado entusiasta para un cementerio. Prácticamente vitoreó cuando me paré junto a la tumba de tu abuelo y le conté sobre Douglas. ¿Listo para la anulación? —La voz de Ruth cortó a través de los recuerdos, aguda y práctica. Se movió hacia la cocina como si el asunto estuviera resuelto, como si pudiera deshacer su matrimonio tan fácilmente como descargar el lavavajillas.

Las manos de Shawn comenzaron su jugueteo familiar. *Tengo que hacerla entender*. Tragó fuerte.

—Vamos a permanecer juntos.

Ruth cruzó sus brazos, y su cuerpo se tensó como un arco tirado.

—¿Qué?

—Necesito comprarla de vuelta.

—¿Comprarla de vuelta?

—De su proxeneta. —Las palabras colgaron en el silencio entre ellos—. Para pagar su deuda. —El rostro de su abuela se endureció—. Treinta mil dólares.

Una risa dura escapó de los labios de Ruth.

—No necesitas comprar un matrimonio imposible por treinta mil. Puedes conseguir eso gratis.

Los dedos de Shawn se entretejieron entre sí.

—Puedo hacer diez mil. Y mucho más si me dejas sacar dinero de mis cuentas de inversión.

El tono de Ruth se volvió más duro.

—Eso es para tu futuro. Cuando yo me vaya y necesites esos fondos.

—Este es mi futuro. Es una emergencia.

—Una emergencia que creaste al casarte con una extraña.

—Abuela, tú tienes esa cantidad de dinero.

—Dinero que he ahorrado para mi futuro. —Ruth abrió el lavavajillas de un tirón, el movimiento agudo de enojo—. Tal vez su proxeneta te dé un descuento. ¿Acepta cupones?

—Abuela...

Los vasos resonaron mientras los golpeó en el gabinete.

—He pasado toda mi vida cuidándote. Y cuando más importaba, te casaste en secreto. Sin gaitas.

—¿Gaitas?

—Le dijiste a tu abuelo que tendrías gaitas en tu boda. —Su voz se calmó—. Estaba tan orgulloso cuando prometiste eso. Dijo que su padre habría llorado al escuchar a su bisnieto honrando nuestras raíces escocesas de esa manera. —Sus ojos brillaron—. Esa fue tu última conversación con él antes de que muriera. ¿Se te olvidó? —Cada plato aterrizó en el gabinete como una acusación.

Shawn arrastró sus pies contra el piso.

—Lo siento. Pensé que ella era mi futuro.

—¿Una prostituta? Dios te ayude. —Cerró el lavavajillas de un golpe, haciendo vibrar el mostrador. Agarrando un trapo de limpieza, atacó el polvo invisible con intensidad salvaje. El aroma persistente de solución de limpieza de eucalipto cortó el aire mientras limpió furiosamente los mostradores.

—Querías que me casara con alguien como una mujer de la Biblia —dijo Shawn, su tono volviéndose más fuerte.

—Porque estarías mucho mejor.

—¿Sabes qué amo de la Biblia? Toda la gente imperfecta que Dios eligió. —Su voz se quebró ligeramente—. Me enseñaste eso cuando me sentía demasiado diferente, demasiado roto. Me contaste sobre Rahab. Era una forastera. Una prostituta. Que salvó al pueblo de Dios. —Sus palabras vinieron más rápido ahora—. Dijiste que eso es lo que hace Dios. Transforma las vidas de las personas.

Ruth negó con la cabeza mientras sacudía la lámpara junto al sofá.

—¿Y qué hay de María Magdalena? Tenía muchos problemas. Pero estaba súper dedicada a Jesús porque entendía lo que significaba ser perdonada. Entonces Dios la eligió para ser la primera persona en ver a Jesús después de que resucitó. Mientras más leo esas historias, más me doy cuenta de que Dios elige a los que nadie más elegiría.

—Por favor —Ruth suspiró, la palabra pesada de agotamiento—. Te estás apresurando en esto.

—Si Dios puede dar otra oportunidad a la gente que está mal, que somos todos nosotros, ¿por qué tú no puedes? —Se enderezó más—. Creo que es porque no quieres amar más.

Su rostro se puso pálido.

—Ahora estás siendo cruel. —Regresó a la cocina y agarró una caja de semillas para pájaros del gabinete sobre el fregadero, sus manos temblando. Los periquitos del amor piaron emocionados mientras se acercaba a su jaula.

—No estoy siendo cruel, estoy siendo honesto —dijo

Shawn—. Me dijiste que quieres ser como Jane Austen. Bueno, ella es quien dijo, 'Nunca he estado enamorada. No es mi manera o mi naturaleza, y no creo que jamás lo esté.' Lo busqué.

—Estaba bromeando cuando dije que quería vivir como una de sus novelas.

—Bueno, la broma está en nuestro portero. Y mi esposa. Y tus pinturas sin color.

La mano de Ruth se sacudió mientras vertía semilla en el comedero, esparciendo algo por el piso.

—Llegas tarde al trabajo. Y más te vale que recuperes mis anillos. —Se fue furiosa por el pasillo y cerró su puerta del dormitorio de un golpe. Los periquitos del amor aletearon alarmados.

Shawn se quedó congelado por un momento, el eco del golpe aún reverberando por el apartamento. Con un suspiro resignado, agarró su mochila y cerró la puerta principal silenciosamente detrás de él.

El pasillo se sintió como una tumba después de su discusión. Cada paso hacia el ascensor lo llevaba más lejos del enojo de Ruth pero no más cerca de una solución.

Para cuando llegó a la calle, su mente ya se había cambiado a la tarea imposible de convencer a su jefe de que ayudara a salvar a su esposa.

Shawn descendió al metro, donde las luces brillantes arriba proyectaban sombras enfermizas que profundizaban las arrugas cansadas bajo los ojos de los viajeros fatigados. Mientras esperaba en la plataforma, el sabor metálico del miedo cubrió su lengua mientras calculaba la brecha creciente entre lo que tenía y lo que necesitaba.

Mientras viajaba en el metro al centro, Shawn hizo lluvia de ideas sobre posibles maneras de reunir el rescate de Violeta. Su tarjeta de crédito solo rendiría diez mil adicionales si la agotaba. Sus ingresos cubrían sus préstamos estudiantiles y gastos, pero el resto estaba invertido en el fondo de acciones que su abuela no lo dejaría tocar. No podía reunirlo en línea sin atraer demasiada atención.

El chirrido del tren contra las vías coincidió con el pánico subiendo en su mente. Cada posibilidad se disolvió tan rápido como se formó, dejándolo con la realización hundida de que su última esperanza genuina era pedir un préstamo a su jefe. El pensamiento de hacer eso envió una nueva oleada de temor corriendo a través de él.

Shawn llegó a Exclusiv y pasó su tarjeta de acceso por el lector junto a la puerta principal, pero la luz se quedó roja. La pasó una y otra vez, cada falla aumentando su desesperación, hasta que otros empleados lo empujaron para entrar al edificio. Deslizándose detrás de ellos, se apuró a su estación de trabajo.

Su escritorio había sido empacado en una caja de cartón. Miró a Flynn.

—Alguien movió mis cosas.

Flynn de mala gana se quitó sus audífonos.

—Te dejaron mensajes.

—¿Sobre qué?

Flynn se puso de pie, rechinando los dientes.

—No creo que trabajes aquí más.

La noticia sorprendió a Shawn.

El ritmo familiar de los teclados de la oficina haciendo clic, teléfonos sonando, y la máquina de café gorgoteando de repente sonaron amortiguados, como si estuviera bajo el agua.

—No... ¿qué? —Sus palabras salieron más pequeñas de lo que pretendía.

Flynn hizo una mueca.

—Seguridad vino más temprano. Empacaron tu escritorio.

Shawn miró la caja de cartón conteniendo todo lo que trajo aquí: su cargador de teléfono extra, la pelota antiestrés que le dio la Abuela, una foto de él y Colin de la Navidad pasada. Tres años de su vida reducidos a objetos que cabían en una sola caja.

Su corazón se hundió mientras la realidad se estrelló sobre él. Sin trabajo significaba sin ingresos. Sin ingresos significaba sin manera de ayudar a Violeta. Sin manera de probarle a Ruth que podía tomar buenas decisiones.

Las paredes de la oficina se acercaron más. Su respiración se aceleró, la visión nadando bajo las luces duras.

—¿Shawn? —preguntó Flynn—. ¿Estás bien?

No estaba bien. Se estaba ahogando, su último salvavidas cortado. Sin nada que perder, se apuró a la oficina de Jake. Su mano casi tocó pero se congeló en el aire. Su pulso tronó en sus oídos. *Jake sabe lo que Violeta y las mujeres estaban haciendo. Nunca querrá ayudarme a rescatarla.*

La imagen de Violeta atrapada en el control de Anton destelló por su mente, y algo se endureció dentro de él. Sus nudillos golpearon contra la puerta con más confianza de la que sentía.

—Entra —comandó Jake desde adentro.

La boca de Shawn se secó mientras empujó la puerta. La oficina parecía más grande de lo que recordaba. Una cabeza de venado montada vigilaba su dominio, paredes cubiertas con fotos de mujeres hermosas, y una botella de ginebra servía como pisapapeles.

Jake apenas miró desde su escritorio, su rostro oscureciéndose mientras reconoció a su visitante. Su reloj caro reflejó la luz mientras hizo gestos, la cara incrustada de diamantes brillando en la luz del sol.

—Espero que tengas más suerte encontrando tu próximo trabajo de la que has tenido encontrando tu próxima cita.

El estómago de Shawn se apretó, pero forzó su voz a ser constante.

—¿Y si te dijera que puedo darle a Exclusiv algo que ninguna otra aplicación de citas tiene?

Los dedos de Jake se pausaron sobre su teclado.

—Estoy escuchando. Tienes treinta segundos.

—En lugar de calificar a la gente en su pasado, los calificamos en su futuro. Dónde quieren ir, en quién quieren convertirse. Una 'puntuación de destino'. —Las palabras de Shawn vinieron más rápido—. Nadie más tiene algo como esto.

Jake se recostó, calculando.

—Algoritmos basados en el futuro. Eso en realidad no está terrible.

—Puedo mostrarte algunos ejemplos.

Jake puso sus pies en el escritorio con casualidad calculada.

—Quiero que la gente busque, no que encuentre. Encontrar es malo para el negocio.

—Esto los mantendrá buscando a alguien que coincida con su calificación.

La mirada de Jake se desvió a la distancia.

—¿Qué tipo de puntuación de destino crees que tendría?

Shawn miró al piso, sabiendo que el futuro de Violeta podría depender de lo que dijera después.

—Tendrías una muy buena.

Jake se frotó la mandíbula.

—Tendré que pensarlo. Hasta entonces, deberías enfocarte en tu propio destino.

Shawn reunió su valor.

—También necesito algo más.

Los ojos de Jake se estrecharon.

—No tengo todo el día.

—Necesito tu ayuda con Violeta —las palabras se derramaron demasiado alto—. Para sacarla de la prostitución.

Los empleados cercanos miraron y luego rápidamente reanudaron su trabajo. Las manos de Shawn se curvaron en puños a sus lados, sus uñas cavando en sus palmas.

Los labios de Jake se comprimieron en una línea delgada mientras bajó su voz.

—Contraté algunas artistas. Lo que hagan en su tiempo libre depende de ellas.

El corazón de Shawn martilló contra sus costillas mientras la oficina se volvió diez grados más caliente. Se dio cuenta de que necesitaba pisar cuidadosamente, pero la delicadeza nunca había sido su fuerte.

—Necesito que me prestes veinte mil contra mi salario futuro para poder comprar la libertad de Violeta.

Jake lo estudió, sus ojos estrechándose a rendijas, mientras Shawn se forzó a sostener su mirada.

Jake estalló en risa burlona.

—Eres gracioso. ¿Salario futuro? Shawn, ya no trabajas aquí.

Shawn se acercó más, la desesperación sangrando a través de su control.

—No voy a decirle a la policía a menos que lo hagas de nuevo.

Jake cerró sus ojos, frotándose la frente como si luchara contra un dolor de cabeza.

—Eso suena más como una amenaza. ¿Qué se supone que haga? ¿Contratar payasos para mis fiestas? Los payasos no son sexis.

Shawn se acercó más.

—Y tienes un negocio creciente. Tal vez puedas encontrar un lugar para las mujeres aquí.

—Ya me sacaste cien en la fiesta —espetó Jake, el rostro endureciéndose mientras sacó billetes de su billetera—. Aquí hay algunos más. Para la causa. Solo contraté artistas. Nada más.

Shawn se quedó congelado, los pies clavados al piso, mientras Jake lo fulminó con la mirada. Se forzó a igualar la mirada hasta que Jake levantó las manos.

—Bien. —Aparecieron más billetes—. Eso hace mil. Considéralo un pago de bono por tu idea del algoritmo. Pero esto es un negocio, no una caridad. Quiero ver algunos ejemplos. Y no más charla sobre este disparate de artistas. ¿Entendido?

Shawn consideró esto.

Jake abanicó los billetes.

—O puedes salir de aquí sin nada y ver qué tan lejos llegan tus acusaciones sin prueba.

Shawn se dio cuenta de que no tenía influencia. Sus manos temblaron mientras se estiró por el dinero.

—Elección inteligente. Ahora ponte a trabajar en esa puntuación de destino.

Reuniendo el dinero con movimientos torpes y nerviosos, Shawn se tambaleó de la oficina, metiendo los cientos en su bolsillo. No era ni cerca de suficiente, pero era un comienzo.

Los teclados hicieron clic en un ritmo staccato alrededor de Shawn mientras regresó a su escritorio, la derrota escrita en su rostro.

Tammy se detuvo usando una camiseta que decía 'Rebelde con una Causa.'

Shawn la alejó con la mano.

—No más fiestas para mí.

Ella enderezó sus hombros.

—Te escuché hablando con Jake. Estoy orgullosa de ti por enfrentarte a él. Es un trabajo en progreso, pero está avanzando.

Shawn se conectó a su computadora.

—No sabes lo que ha estado haciendo.

—No estés tan seguro. —Sonrió débilmente mientras el color calentó sus mejillas. Shawn se volteó hacia ella con ojos cuestionadores. Tammy miró alrededor antes de acercarse más, su voz bajando—. La cosa es... sé por lo que están pasando esas mujeres.

Las cejas de Shawn se elevaron.

—¿Qué quieres decir?

—Solía trabajar fiestas como ellas lo hacen. —Su mandíbula se tensó—. Jake me dio un trabajo para sacarme de esa vida, pero tomó meses antes de que confiara en él. Y todavía no confío en él completamente.

La revelación golpeó a Shawn diferente de lo esperado. No shock, sino un nuevo entendimiento de por qué siempre había sido tan expresiva.

—Por eso no puedo prometer nada —continuó—. Jake ayudó a una persona. A mí. No significa que esté listo para ayudar a alguien más. Pero tal vez... tal vez pueda recordarle que es posible. —Tammy se dirigió hacia la oficina de Jake—. Veré qué puedo hacer. Violeta siempre ha sido amable conmigo. Asegúrate de que su anillo no tenga uno de esos diamantes de sangre.

Shawn observó a Tammy desaparecer en la oficina de Jake, esperanza y temor luchando en su pecho.

El tiempo se deformó alrededor de su ansiedad, segundos expandiéndose en eternidades dolorosas mientras esperaba. Imaginó a Jake despidiendo a Tammy con una risa o despidiéndola por sugerir que ayudara más.

Sus dedos tamborilearon un ritmo ansioso en su escritorio mientras se esforzó por escuchar algo útil. El subir y bajar amortiguado de la conversación no reveló nada. Su mente se espiraló a través de posibilidades. *¿Y si Jake ofrecía más dinero? ¿Y si se rehusaba completamente? ¿Y si esta es mi última oportunidad de salvar a Violeta?* Cuando la puerta finalmente se abrió, Shawn se había masticado el labio inferior hasta dejarlo en carne viva.

Tammy se acercó a la estación de trabajo de Shawn y negó con la cabeza.

—Eso es todo lo que va a hacer por ahora. Pero aquí hay algo de mi parte —dijo, sacando algunos billetes de veinte de su bolsillo—. No es mucho, pero ayudará un poco.

—Gracias, Tammy —dijo con una sonrisa agradecida.

Ella le dio un asentimiento comprensivo y continuó por la oficina.

Shawn miró a la distancia mientras la enormidad de lo que quedaba lo golpeó. Estaba más cerca, pero miles aún se interponían entre Violeta y la libertad.

Su teléfono se volvió pesado en su mano mientras le envió un mensaje a Colin, pidiendo un préstamo. La respuesta regresó inmediatamente: '¿Por qué?'

Shawn miró la palabra sola, sabiendo que su respuesta salvaría o condenaría cualquier oportunidad de ayuda. *¿Cómo explico que mi esposa está siendo retenida cautiva por un* *proxeneta violento?*

Escribió y borró una docena de respuestas antes de decidirse por la verdad. Después de que Shawn explicó la situación de Violeta, todo lo que recibió de vuelta fue un emoji de cara triste y un mensaje diciendo que lamentaba no poder ayudar.

¿Por qué no puedes? escribió Shawn de vuelta.

Aparecieron tres puntos, desaparecieron, luego aparecieron de nuevo. Seguidos de nada. Los minutos se estiraron a una hora, y aún no había respuesta.

Para la hora del almuerzo, la montaña de dinero que aún necesitaba consumía sus pensamientos, y todo apuntaba a una última esperanza. Su hermano. Shawn tomó el autobús a Think Coffee, ensayando su súplica en el camino. Colin era familia. Seguramente eso tenía que contar para algo.

El aroma familiar de granos tostados envolvió a Shawn mientras empujó por la puerta. El rostro de Colin se oscureció al verlo, las manos moviéndose mecánicamente mientras trabajaba la máquina de espresso.

—Te di una oportunidad con Laura. Dijo que la abandonaste en la fiesta y nunca le devolviste el mensaje.

Una punzada de culpa golpeó a Shawn. Había estado tan consumido con Violeta que había olvidado completamente a Laura. Laura dulce y amable, que había tratado de conectar con él.

—Quiero estar con Violeta. Sé que necesitará consejería y ayuda para...

—Eso no estuvo bien, Shawn. —La voz de Colin llevaba una decepción que cortó más profundo que el enojo. Empujó un capuchino a un estudiante esperando—. Laura vino aquí ayer preguntando qué había hecho mal. Preguntando si había dicho algo para ofenderte.

Las manos de Shawn comenzaron a retorcerse de vergüenza.

—Tienes razón. La regué. Realmente la regué. Le diré que lo siento.

—Le estoy dando bebidas gratis para compensar. No tan barato.

Shawn arrastró sus pies.

—Pagaré por eso.

—Y me metiste en problemas esta mañana. Mi gerente me vio enviando mensajes cuando debería haber estado ayudando a un cliente. Me preguntó por qué, y le conté sobre tu plan loco.

—No es loco.

Colin se inclinó ligeramente hacia adelante, su expresión suavizándose.

—Mi gerente tampoco lo pensó. Me contó sobre Gegarang, el pueblo de donde viene tu café favorito. Cómo la sociedad mantiene a los granjeros de... de situaciones como la de Violeta. Me hizo darme cuenta de que yo también podía ayudar a rescatar a alguien. —El orgullo se mezcló con incertidumbre en sus ojos—. Te envié mensaje de que no podía ayudar porque no quería levantar tus esperanzas. Pero, fui al banco y... —Sacó un sobre de su bolsillo—. Son cinco mil. Todo lo que puedo hacer. —Su voz se quebró—. Tal vez loco es lo que se necesita.

La alegría estalló por el rostro de Shawn mientras tomó el sobre. Tiró a Colin a un abrazo apretado, el aroma de granos de café aferrándose a la camisa de su hermano. Cuando se separaron, los ojos de su hermano brillaron.

—¿Por qué tus ojos se ven así? —preguntó Shawn.

Colin se rió, el sonido espeso de emoción.

—Nunca me abrazas, hermano.

Una sonrisa tímida cruzó el rostro de Shawn, incierto de cómo responder. Colin hizo un gesto al sobre en las manos de Shawn.

—Eso valió la pena.

Esa noche, las nubes de tormenta se reunieron tanto en el cielo como en el corazón de Shawn mientras el metro se sacudía entre estaciones, cada retraso insoportable. El dinero que había recolectado aún quedaba muy corto del rescate de Violeta. Luego el autobús se arrastró por el tráfico congestionado mientras los pensamientos de Shawn se estrecharon a una pregunta: *¿Aceptará Anton un pago parcial?*

Por favor, Dios, ayúdame a salvarla, oró silenciosamente, sus dedos contando ausentemente los billetes en su bolsillo por decimotercera vez. *Por favor dame las palabras para convencer a Anton. Mantén a Violeta segura hasta que pueda rescatarla. No puedo hacer esto sin ti.* Su oración se sintió pesada de desesperación pero anclada por una resolución recién encontrada.

Los dedos nerviosos de Shawn erraron el teclado dos veces antes de timbrar corrcctamente el apartamento de Violeta. Ella lo dejó entrar sin decir nada, lo cual no era como ella. Todo el día, su teléfono había sido un hoyo negro, tragándose sus mensajes sin respuesta. Algo se sentía mal.

El chirrido metal-contra-metal del ascensor crispó sus nervios mientras se arrastraba hacia arriba.

El pasillo oscuro se extendía ante él; las luces superiores parpadeaban un ritmo escalofriante que hizo que su sombra bailara. Sus pasos hicieron eco demasiado alto contra el piso, cada uno marcando la distancia a su apartamento al final lejano. Mientras se acercaba más, su paso vaciló. Su puerta estaba abierta, el interior un vacío de negrura. Entró a su apartamento, y sus ojos lucharon por ajustarse a la penumbra.

—¿Violeta? —Su voz sonó pequeña en la oscuridad. Encendió la luz superior. Una forma se movió en la cama: Violeta acurrucada bajo una montaña de cobijas, boca abajo.

—Las luces. Demasiado brillantes —balbuceó.

Todos los rastros de su organización habían desaparecido. Los libros yacían esparcidos en el piso, ropa tirada por las sillas, platos rotos en el fregadero. Lo más sorprendente era la ausencia de ladridos.

—¿Dónde está Barney?

—Seguro en un nuevo hogar. —Sus palabras apenas se llevaron por la habitación.

—¿Por qué? ¿Cómo se volvió todo tan desordenado? — Encendió la lámpara de noche, y la vista de su rostro lo detuvo en seco. Su ojo izquierdo estaba hinchado cerrado, un moretón púrpura enojado extendiéndose por su piel pálida y húmeda. Aunque abierto, su otro ojo se veía vacante, drenado de vida.

La visión de Shawn se tuneló mientras su estómago se encogió en un nudo apretado. Tragó fuerte contra la bilis subiendo burbujeando de su estómago. Sus dedos temblaron mientras se cernían sobre ella, temerosos de que incluso el toque más gentil pudiera causar más dolor.

—¿Qué pasó?

Ella hizo un gesto débil a su rostro.

—Un regalo de bodas. De Anton.

Rojo explotó detrás de los ojos de Shawn, y sus manos se apretaron en puños. Por primera vez en su vida, entendió la palabra 'rabia' como una cosa viviente arrastrándose por su garganta, demandando justicia.

Quería encontrar a Anton. Para poder lastimarlo como Anton había lastimado a Violeta.

La intensidad del sentimiento lo aterrorizó. Nunca había querido causar dolor antes, siempre se había alejado del conflicto. Pero viendo el rostro hermoso de Violeta transformado en este paisaje de moretones e hinchazón, algo protector rugió a la vida dentro de él.

Sin pensar, agarró su teléfono.

—Voy a llamar a la policía.

—No, por favor. —El miedo astilló su voz—. La policía pone a chicas como yo detrás de las rejas, no a los tipos que nos proxenetean. Entonces Anton me haría pagar por eso. A las chicas, también.

Mirando a Violeta, su resolución se endureció. Bajó el

teléfono.

—Bueno, nunca volverá a hacer eso. Puedo prometerte eso. Tendrá que aceptar lo que traje, aunque no sea suficiente.

Su ojo bueno brilló mientras lo miró, tocada por su esfuerzo.

—Eso es dulce. —Tiró las cobijas alrededor de su cuello—. Pero incluso si trajeras todo, subiría el precio de nuevo. Preferiría matarme que dejarme ir. Lo escuché hablando con un miembro de pandilla sobre mudarnos. Me alegra poder verte antes de que lo hiciera.

—No puedes rendirte. —Sus manos se enredaron juntas frenéticamente—. Ven de vuelta al lugar de mi abuela.

—Ese es el primer lugar que me buscaría. Y ella no está exactamente poniendo la alfombra de bienvenida —dijo con una sonrisa amarga.

—El lugar de mi hermano, entonces.

—Las chicas han tratado de escapar de él antes. Él trabaja con otras pandillas. Rastrean a las mujeres. Luego desaparecen. —Su mano vacilante emergió de las cobijas, apretando su pastillero.

—Tomas muchas de esas. ¿Son buenas para ti?

Ella negó con la cabeza lentamente.

—Me ayudan a lidiar con las cosas.

Shawn extendió su mano.

—Puedo deshacerme de ellas.

Ella se volteó.

—El dolor es... demasiado.

—Podemos pasar por esto juntos. No tienes que hacerlo con esas más.

Después de un momento largo, ella entregó las pastillas. Él las llevó al fregadero y las dejó caer por el drenaje.

—Deberíamos llevarte al hospital. Tu ojo...

—El hospital significa preguntas.

—Ellos ayudan a la gente.

—Gente con seguro. —Sus dedos retorcieron la sábana—. Gente que puede explicar qué pasó para que la policía no se involucre.

—Estarás segura.

Ella bajó su voz.

—Anton tiene gente en todas partes. —Su respiración se aceleró—. Sabría que estoy ahí antes de que me metieran a un cuarto. —Su mano encontró la suya—. Deberías irte antes de que regrese.

—No sin ti.

—¿Crees que me veo mal ahora? —Un sonido entre risa y sollozo escapó de ella—. Tuve que sacar a Barney a escondidas a un nuevo hogar en medio de la noche. Lo tenía todo arreglado para evitar que Anton lo lastimara. —Sus dedos cavaron en las sábanas—. Tienes que irte ahora, para siempre.

Shawn negó con la cabeza y apretó su mano, encontrando sus ojos a pesar de la intensidad.

—Antes de ti, no podía sostener la mano de nadie por mucho tiempo. Nunca quise.

—Mientras estemos juntos, sabrá cómo encontrarme.

Mirando el rostro magullado de Violeta, la mente de Shawn corrió a través de posibilidades. Cada enfoque directo había fallado. *¿Y si...? ¿Y si tratáramos lo opuesto? ¿Y si Anton pensara que terminamos?*

—Tal vez podríamos hacer que él piense... —Shawn hizo una pausa, la idea aún formándose—. Que terminamos.

La confusión nubló sus ojos.

—¿Qué quieres decir?

—Romperíamos. —Caminó por la habitación pequeña—. Hacerlo de una manera que él creería. Hacer que piense que terminamos para que no venga a buscarme a mi lugar.

Ella se sentó lentamente, haciendo muecas de dolor.

—Pero dijiste que no puedes fingir.

—Soy el peor mentiroso. —Dejó de caminar—. Jamás.

Una sonrisa tocó sus labios, trayendo un destello de su antiguo ser de vuelta.

—¿Sabes qué? Es solo actuación. Puedo dirigirte a través de esto. Tendremos que poner un espectáculo. Hacerlo convincente. Te daré una bofetada...

—Demasiado doloroso. No puedo manejar el dolor.

—Fingiré darte una bofetada. Fingir.

La mirada dudosa de Shawn coincidió con sus manos sudorosas. Esto le pareció una idea horrible, pero en el fondo, sabía que no tenían opción. Su futuro, si aún tenían uno, dependía de ello.

CAPÍTULO 19

UN GRAN ERROR

Shawn y Violeta emergieron de su edificio, preparados para ejecutar su farsa desesperada. Al otro lado de la calle, la forma imponente de Anton se recostaba contra un poste de luz, vigilando su territorio. Aleesha y Natasha trabajaban la esquina, sus tacones altos haciendo clic contra el concreto mientras se pavoneaban y saludaban a los autos que pasaban.

Los conductores miraban hacia otro lado o aceleraban, sus bocinas mezclándose con sirenas policiales distantes, pelotas de baloncesto rebotando en canchas a una cuadra de distancia, y el zumbido persistente de aires acondicionados luchando contra el calor nocturno.

Violeta apretó la mano de Shawn, su último momento de conexión genuina antes de que comenzara la actuación.

—¿Listo? —preguntó. Él le dio un pulgar arriba con más nerviosismo que confianza.

Descendieron las escaleras hacia la acera. Shawn agarró el brazo de Violeta con lo que esperaba pareciera agresión, aunque su toque permaneció gentil.

Ella gritó:

—¡Suéltame!

—¡Cállate! —gritó Shawn de vuelta, su voz quebrándose mientras luchaba contra la risa. Nunca le había hablado a nadie de esa manera antes. Trató de forzar sus rasgos en una máscara de enojo, pero una sonrisa seguía amenazando con salir.

Violeta entrecerró los ojos.

—¿No lo entiendes? —escupió, sus palabras lo suficientemente altas para que Anton las escuchara—. Todo fue una mentira. ¿Crees que me importas? Eras solo otro cliente. —Su mano se barrió por el aire en una bofetada coreografiada que erró su mejilla por pulgadas. Shawn retrocedió como si hubiera sido golpeado y se sostuvo la cara, haciendo muecas con dolor fingido.

—Pero te amo —dijo con angustia manufacturada.

Violeta se burló.

—No sabes lo que es el amor. Y ya terminé de venderte el mío.

—No lo dices en serio.

—¡Nunca quiero ver tu cara de nuevo! —Le dio otra bofetada falsa con más convicción.

Shawn acunó su cabeza en sus manos.

—No entiendo.

Llegaron al fondo de las escaleras, y Violeta se alejó de él bruscamente.

—No me importa. ¡Ahora vete! —Fingió darle una rodillada a Shawn en el estómago, como habían ensayado. Él se encorvó y soltó un gemido falso.

—¡Lárgate de aquí! —gritó Violeta.

Shawn se enderezó lentamente y miró profundamente a sus ojos.

—Cometí un gran error contigo.

Le guiñó, complacido con su actuación.

Ninguno de los dos se dio cuenta de que Anton había cruzado corriendo durante su pelea.

Mientras Shawn se volteaba para irse, sus ojos aterrizaron en Anton, quien clavó su puño en las costillas de Shawn con fuerza aplastante.

El dolor explotó por el cuerpo de Shawn. Un segundo golpe se estrelló en su estómago, y sus piernas cedieron. Se desplomó en el concreto, las lágrimas corriendo por su rostro.

La voz de Violeta penetró a través de la neblina de agonía.

—Le dije que se fuera. Se acabó entre nosotros. Para siempre.

Anton se alzó sobre el cuerpo arrugado de Shawn. Sus nudillos crujieron como disparos.

—¿Tienes mis treinta mil, amigo?

Shawn logró un temblor débil de cabeza, su cuerpo tiritando.

El rostro de Anton se contorsionó en una sonrisa fea.

—Entonces es adiós a tu nena. —Pateó a Shawn en las entrañas, arrancando un grito crudo que hizo eco en los edificios.

—Él entiende —dijo Violeta, sus dedos trabajando nerviosamente en su collar.

Anton se inclinó, aliento caliente lavando sobre el rostro de Shawn mientras agarró su barbilla.

—¿Entiendes? ¿Entiendes el mensaje? —La pregunta colgó en el aire por un momento, luego sus puños cayeron como golpes de martillo.

Violeta empezó hacia adelante, pero los ojos de Shawn se fijaron con los suyos, y él logró un temblor sutil de cabeza para evitar que se metiera. Su rostro se llenó de agonía mientras se forzó a quedarse quieta, viendo a Anton asaltarlo.

Cada golpe se convirtió en el precio de su libertad en moretones y sangre.

—Es como golpear a un niño —gruñó Anton entre golpes—. Me estás haciendo sentir mal.

Desesperado porque el asalto terminara, Shawn buscó en sus bolsillos y sacó los billetes arrugados. Anton los arrebató.

—¿Qué es esto? ¿Un regalo de despedida? Me lo quedo.

Ahora vete.

Anton pateó la cara de Shawn en un golpe final y brutal.

La visión de Shawn se fragmentó en pedazos de caleidoscopio mientras el impacto envió rayos de dolor radiando por su cráneo. Su cuerpo convulsionó mientras luchó por inhalar a través de la agonía.

Anton agarró a Violeta, pasando sus dedos callosos por su cabello.

—Sabes que te protegeré sin importar qué, cariño. —Su ternura falsa apenas enmascaró la amenaza debajo—. Ahora sube. Tengo un tipo viniendo que no le importa cómo te ves. Necesita que esté oscuro. Sin caras. Anónimo.

Violeta tosió.

—Todavía estoy enferma. Necesito un doctor o algo.

Los ojos de Anton se estrecharon.

—Te digo lo que necesitas. Apaga tus luces, y lo traeré en cinco minutos. —Señaló su mano—. Y quítate esos anillos falsos.

Los dedos de Violeta se cerraron protectoramente alrededor de sus anillos de boda. Corrió escaleras arriba hacia su apartamento mientras Anton se volteó para hacer señas a un taxi. Pausando en la entrada, lanzó una última mirada desesperada a Shawn antes de desaparecer adentro.

Un taxi se detuvo junto a la acera. Anton levantó la forma golpeada de Shawn al asiento trasero y despegó varios billetes para el conductor.

—Lo asaltaron. Estará bien. Llévalo a Central Park West y la 72.

El pulso de Shawn latió como un tambor. Se volteó hacia Anton con sus ojos hinchados.

—Desearía nunca haberla conocido.

Anton se rió y cerró la puerta de un golpe.

Mientras el taxi condujo por la calle, el conductor miró en su espejo retrovisor con preocupación.

—¿Estás bien, amigo?

La sangre goteó en la boca de Shawn mientras negó con la

cabeza, y su cuerpo palpitó con cada latido. Había dejado a Violeta atrás en ese mundo de sombras y violencia, orando que su actuación hubiera sido lo suficientemente convincente para comprar su libertad.

Violeta se apuró por la puerta de su apartamento y la cerró de un golpe. *¿Cómo pudo Anton lastimar a Shawn así? ¿Cómo sobrevivió Shawn todo ese dolor?* Un temblor violento comenzó en sus manos y se extendió a sus hombros, sus rodillas cediendo mientras el piso bajo ella parecía cambiar. Sollozó y se limpió las lágrimas de los ojos.

Entonces los hechos fríos de su situación se agudizaron en su mente. Nunca se escaparía de Anton. Todo lo que Shawn hizo fue por nada. Dobló sus manos mientras caminaba y susurró una oración desesperada. *Necesito ayuda, Dios. Un milagro.*

El diamante en su anillo de compromiso esparció la luz, enviando pequeños arcoíris bailando por la pared. Lo giró en su dedo, recordando cómo Shawn se lo había deslizado con manos inestables. No por miedo sino por la intensidad de querer amarla, de verla como algo precioso en lugar de algo para ser usado.

Este anillo no era una cadena como los regalos de Anton. Era una promesa de amor, de libertad, de ser verdaderamente conocida. Parecía apropiado que Anton pensara que sus anillos de boda eran falsos, que no pudiera entender su valor verdadero. Por fin, en Shawn, tenía a alguien dispuesto a recibir golpes por ella en lugar de dárselos. Tal vez ese era el milagro por el que había estado orando todo el tiempo.

Había estado esperando el plan de escape perfecto, el momento correcto cuando la guardia de Anton estuviera baja. Pero ver a Shawn recibir esa golpiza le mostró que a veces tienes que hacer lo correcto, sin importar cuánto duela.

El temblor en sus manos se calmó, reemplazado por un pulso constante de certeza que no había sentido en años.

Abrió su bolso de un tirón y metió adentro solo lo que importaba: unas pocas fotos preciosas, algo de ropa, los pequeños tesoros que representaban quien era antes de Anton. Theo el oso atrajo su atención desde la cómoda, relleno con sus sueños de NYU, pero era demasiado grande para llevarse. Cavó en su relleno por cualquier efectivo que pudiera encontrar, sabiendo que no tenía tiempo para demorarse. Anton podría aparecer con su cliente en cualquier momento, pero por una vez, ese conocimiento no la paralizó, la propulsó hacia adelante.

Apresurándose por el pasillo, evitó el ascensor y huyó por las escaleras al vestíbulo, abriendo lentamente la puerta y asomándose al corredor. No había señal de Anton. Se apuró a la entrada y miró a través de las puertas de vidrio. Aún despejado.

Se deslizó por la puerta principal y miró al otro lado de la calle. Aleesha y Natasha estaban junto a Anton, quien saludaba a un hombre de mediana edad con una complexión rojiza y los ojos hinchados de alguien que bebía demasiado.

Aleesha notó a Violeta y empezó a gritar, pero Violeta negó frenéticamente con la cabeza. El entendimiento destelló por el rostro de Aleesha, y se volteó de vuelta a Anton, manteniendo su atención enfocada en la transacción.

Violeta corrió por los escalones y a lo largo de la acera, apresurándose lejos del edificio, de su vida anterior. El aire nocturno golpeó su rostro, fresco y sorprendente comparado con los pasillos rancios y llenos de humo de cigarrillo que había dejado atrás.

Una voz familiar gritó desde atrás.

—Mira quién anda a escondidas. —Las palabras de Goldie se llevaron por la acera como una campana de advertencia. Emergió de las sombras junto a las escaleras. Los dientes dorados destellaron mientras sonrió—. ¿Escapándote en medio del horario de trabajo, azúcar?

Violeta se congeló. Goldie era una de las informantes de Anton, sus ojos y oídos cuando no podía estar en todas partes a la vez.

—Ocúpate de tus propios asuntos, Goldie —gritó Violeta de vuelta, tratando de mantener su tono constante.

—Oh, pero este es mi asunto, bebé. —Goldie soltó una risa rasposa—. Siempre lo ha sido.

Violeta no esperó a escuchar más. Corrió por la calle y se metió al callejón, sabiendo que tenía minutos o tal vez segundos antes de que Goldie le dijera a Anton exactamente lo que había visto.

Dentro del callejón, el olor agudo de basura y orina la hizo dar arcadas, pero aún era más dulce que la colonia empalagosa que Anton siempre usaba. Ese aroma había permeado sus pesadillas por demasiado tiempo.

Sacando su teléfono, llamó a Shawn.

—¿Violeta?

—¿Estás bien? —preguntó, su voz temblando.

—¿Tú estás bien? —preguntó, sus palabras tensas.

—Tú eres quien recibió la golpiza.

Después de una pausa, su respuesta vino suave pero certera:

—Tú lo vales.

Un calor gentil se extendió por Violeta. No estaba acostumbrada a que la gente le hablara de esa manera.

—¿Dónde estás? —preguntó.

—En un taxi camino a urgencias en el Hospital Lenox Hill.

Violeta se limpió una lágrima de la mejilla.

—Tomaré un taxi y estaré ahí mismo.

Apagó el localizador GPS de su teléfono, exactamente como Shawn le había mostrado. Un aleteo de algo olvidado pulsó bajo sus costillas. No exactamente esperanza, sino su comienzo silencioso, frágil pero real.

En el hospital, Shawn siguió el movimiento de la linterna del doctor con sus ojos. La sala de emergencias olía a antiséptico y miedo, un cóctel que hizo que el estómago de

Violeta se revolviera mientras los veía hacer rayos X, pinchar y examinar al hombre que había recibido una golpiza por ella.

—¿Algún mareo? ¿Náusea? —preguntó la doctora, el agotamiento evidente en su voz mientras examinó el rostro hinchado de Shawn.

—Solo cuando me veo en el espejo —murmuró Shawn a través de sus labios hinchados.

Violeta logró una sonrisa débil.

—Míralo de esta manera. Tienes todos los beneficios de una inyección en los labios sin el costo.

La doctora miró entre ellos con preocupación.

—Las costillas están magulladas pero no rotas. La hinchazón facial debería bajar en unos días. —Hizo una pausa, la pluma flotando sobre su portapapeles—. Tengo que preguntar. ¿Necesitan que llame a alguien? ¿A la policía?

Shawn y Violeta intercambiaron miradas.

—Lo estamos manejando —dijo Violeta silenciosamente.

La expresión de la doctora sugería que había escuchado eso antes. Asintió y le entregó a Shawn una receta para medicamento para el dolor.

—Hielo para la hinchazón. Descanso. Y si tienen problemas de visión o dolores de cabeza severos, regresen inmediatamente.

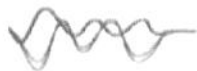

Un taxi los dejó en el edificio de Ruth, donde Douglas estaba detrás del escritorio del portero, sus ojos amables agrandándose con alarma al ver sus rostros golpeados.

—Oh no, ¿qué pasó? —preguntó, apresurándose alrededor del escritorio hacia ellos.

—Estaremos bien —dijo Shawn rápidamente, pero su voz salió cansada y poco convincente.

—Su abuela está en un estudio bíblico —dijo Douglas gentilmente, presionando el botón del ascensor por ellos—. Debería regresar dentro de una hora.

—Gracias —dijo Violeta suavemente.

Mientras las puertas del ascensor se cerraron, Douglas gritó:

—Llamen abajo si necesitan hielo, vendas, o cualquier otra cosa.

Agotados, se desplomaron en el sofá de Ruth. Shawn revisó su teléfono por décima vez.

—Debería estar en casa pronto —dijo, haciendo muecas mientras el movimiento agravó su mandíbula tierna.

Los minutos se arrastraron mientras se sentaron en silencio incómodo, ambos temiendo y anticipando la reacción de Ruth.

Una hora después, la puerta del apartamento se abrió, y Ruth entró, Biblia en mano. Jadeó al ver a Shawn y Violeta en el sofá, ambos viéndose como si estuvieran en el lado perdedor de un combate de boxeo.

Ruth corrió.

—Díganme qué pasó.

Empezaron a hablar pero se detuvieron. Shawn no sabía por dónde empezar mientras cada respiración enviaba dagas a través de sus costillas magulladas. Los analgésicos del hospital se estaban desvaneciendo, dejándolo agudamente consciente de cada herida que Anton le había infligido. Pero tener a Violeta segura junto a él, al menos por ahora, lo hacía soportable. Intentó una sonrisa a pesar de sus labios hinchados.

—Me preguntaba qué veía Violeta en su proxeneta. Entonces me golpeó. —Imitó una mano golpeando su cara y sonrió.

Ruth no lo hizo.

Violeta sonrió lentamente.

—Un chiste. Un chiste bien cronometrado. —Se volteó hacia Shawn—. Mira los colores en mi cara. ¿Qué escuchas?

—Eeeeeeeeek —dijo Shawn. Ambos se rieron a través de su dolor, incapaces de detenerse.

—Oye, Abuela, recuperé a mi esposa después de todo. ¿Cómo lo hice? ¡Me gana! —Shawn logró una sonrisa débil.

—Y por la mitad del precio —añadió Violeta. Se chocaron los cinco y hicieron muecas del dolor, riéndose hasta que sus sonrisas se desvanecieron y la realidad regresó.

Ruth cruzó sus brazos.

—Claramente han sufrido daño cerebral.

Shawn miró a Violeta, cuyos ojos brillaron mientras se los secó con sus dedos. La acercó hacia él hasta que se acurrucó contra su pecho.

Mientras el calor de su cuerpo se presionó contra él, el tormento de lo que pasó comenzó a menguar. Shawn notó que su abuela los observaba, sus ojos anchos con lo que parecía asombro. Se dio cuenta de que probablemente nunca lo había visto sostener a alguien tanto tiempo antes.

Después de un momento, Ruth se apuró a la cocina y agarró un botiquín de primeros auxilios de debajo del fregadero.

Shawn agitó su mano.

—Hemos estado en el hospital. Estaremos bien.

—No parecen estar bien. ¿Le han dicho a la policía? —preguntó Ruth.

Violeta habló rápidamente.

—Hicimos todo lo que pudimos.

Ruth estudió a Violeta con una expresión preocupada e irritada.

—Shawn, por favor ve al baño y moja una toallita.

Violeta se puso de pie.

—Puedo hacerlo.

Ruth hizo señas para que Violeta se sentara de nuevo con una mirada severa.

Shawn se puso de pie y cojeó por el pasillo. Cuando estuvo fuera del alcance del oído, Ruth se inclinó cerca de Violeta.

—Diez mil dólares si te vas esta noche. Y nunca vuelves a contactar a mi nieto.

La mandíbula de Violeta se tensó, pero permaneció silenciosa y negó con la cabeza.

La respiración de Ruth se aceleró, su pecho subiendo y bajando en ráfagas agudas, como si se estuviera construyendo un ataque de pánico. Fijó sus ojos en Violeta.

—Escuché que quieres ir a NYU —dijo entre pausas medidas—. Tu escuela de ensueño. ¿Cuál es su color escolar? Así es. Violeta. ¿Le gustaría a Violeta ser una violeta? Si es así, deja a Shawn y nunca regreses. Eso es todo lo que tienes que hacer.

Violeta habló en un tono constante.

—Sé que el matrimonio no será fácil. Pero estamos en esto juntos.

Ruth se inclinó más cerca de ella.

—Si algo me pasa, pondré a Shawn en un hogar donde lo ayudarán a prosperar. Será cuidado.

—Nos vamos a cuidar el uno al otro.

—No tienes que hacerlo.

Violeta se puso de pie.

—Bien. Porque quiero. Eso es lo que haces cuando amas a alguien.

Sunny y Cloudy piaron desde su jaula en la esquina de la habitación.

Ruth cruzó sus brazos.

—Despertaste a mis pájaros.

—No son los únicos periquitos del amor aquí.

Ruth miró a Violeta de arriba abajo como si estuviera tratando de descifrarla.

—Veinte mil.

Violeta miró a los ojos de Ruth.

—Una vez pensé que quería tu dinero. Pero entonces me di cuenta de que mi esposo no tiene precio.

Ruth estudió el rostro de Violeta, buscando cualquier pista de manipulación o engaño, pero solo encontró honestidad cruda, el mismo tipo de verdad sin filtro que reconocía en Shawn. Algo en el rechazo silencioso de Violeta removió un reconocimiento incómodo.

Se recordó a sí misma a los veintidós en un vestido gastado, trabajando en la tienda departamental, viendo a chicas más bonitas pasar hacia mejores posiciones. Había trabajado el doble de duro para probar que pertenecía, borrando cada rastro de sus humildes comienzos. Pero las circunstancias de Violeta eran mucho peores. La chica necesitaba ayuda, sí, pero eso no significaba que fuera correcta para Shawn.

Aún así, ver a Violeta rechazar el dinero con tal dignidad silenciosa hizo que el pecho de Ruth se apretara con una emoción que no quería nombrar.

Miró lejos de Violeta y se limpió una lágrima inesperada del ojo, avergonzada por su muestra de emoción pero incapaz de silenciar el susurro de duda en su mente. Años de proteger a Shawn le habían enseñado a Ruth a cuestionar cada certeza, y algo sobre el rechazo firme de esta chica estaba sacudiendo fundamentos que no estaba lista para examinar.

Violeta se deslizó los anillos del dedo.

—Sé que quieres estos de vuelta.

Ruth se veía sorprendida por el gesto pero tomó los anillos. Su respiración regresó a la normalidad.

Shawn trajo la toallita y se la entregó a Ruth, quien no parecía saber qué hacer con ella.

—¿Está bien que Violeta se quede aquí esta noche? —preguntó.

Ruth miró entre Shawn y Violeta, incierta. Su teléfono celular sonó, y contestó.

—Hola, Douglas. Es bastante tarde. —Hizo una pausa y escuchó, luego se volteó hacia Violeta y Shawn—. Alguien está aquí para verlos. —Regresó al teléfono—. ¿Cuál es el nombre otra vez? —Los miró—. Anton.

El aire dejó los pulmones de Shawn. Violeta agarró su brazo y susurró:

—Goldie le dijo.

Shawn retorció sus manos mientras se mecía hacia adelante y hacia atrás.

—Pero rompimos. Nos vio pelear.

—Ya no importa. Sabe que escapé.

Ruth habló firmemente al teléfono.

—No estamos recibiendo visitantes esta noche, Douglas.

Por favor acompáñalo a la salida. —Colgó y se volteó hacia ellos con ojos agudos—. ¿Quién es Anton?

Shawn corrió pasando a Ruth y cerró la puerta principal con llave.

—Su proxeneta. Ex-proxeneta. Violeta tiene que quedarse aquí esta noche.

Ruth negó con la cabeza.

—Por eso no quería que te involucraras con ella.

—Es demasiado tarde para eso, Abuela —dijo Shawn, su rostro ruborizándose—. Necesitamos averiguar algunas cosas.

Ruth suspiró.

—Puedes dormir aquí esta noche. Pero solo esta noche.

Shawn tomó la toallita húmeda de su abuela y la presionó contra el rostro magullado de Violeta. Sus manos temblaron de una mezcla de rabia y miedo por lo que Anton les había hecho a ambos. Aún estaba ahí afuera, probablemente caminando por la acera abajo como un animal enjaulado. La seguridad del apartamento de Ruth no duraría para siempre. Algo tenía que cambiar.

Tomó la mano de Violeta y la llevó por el pasillo oscurecido hacia su dormitorio. Cada paso disparó dolor a través de su cuerpo golpeado, pero su mente ya estaba corriendo hacia lo que necesitaban hacer después.

CAPÍTULO 20

SÉ EL FUTURO

Shawn llevó a Violeta a su dormitorio, el espacio sintiéndose diferente ahora que ella era su esposa. Encendió la luz y cerró la puerta con cuidado, cada movimiento haciéndolo hacer muecas por su cuerpo golpeado.

Cuando se volteó para enfrentarla, la preocupación grabó líneas profundas alrededor de sus ojos.

—Tenemos que ir a la policía.

Ella se hundió en el borde de su cama, los resortes crujiendo suavemente bajo su peso, sus hombros curvándose hacia adentro.

—No sé qué harían. —Sus dedos trazaron el algodón fresco de su edredón—. Cuando me mudé aquí, no tenía dinero, un lugar donde quedarme. Anton se encargó de todo. —Violeta se puso de pie y caminó a su ventana, envolviendo sus brazos alrededor de sí misma mientras miraba las luces de la ciudad. Sus moretones aparecían más oscuros en el reflejo tenue—. Dirá que le estaba pagando.

Shawn abrió su boca, luego la cerró de nuevo, como si buscara lo correcto que decir. Después de un momento, dijo:

—No le pagas a alguien con tu cuerpo.

Volteándose para enfrentarlo, no pudo esconder la angustia que cruzó sus rasgos.

—¿Crees que quería? —Empezó a hablar de nuevo pero se detuvo, apretando sus ojos contra recuerdos que amenazaban con abrumarla. Él lentamente se sentó junto a ella en la cama.

—Mi deuda empezó justo después de que Anton me acogiera —dijo, sus palabras constantes pero distantes. Tiró sus rodillas a su pecho—. Lo conocí mientras buscaba boletos baratos de Broadway en ese quiosco en Times Square. Buscando inspiración.

—¿Porque querías ser actriz? —preguntó Shawn gentilmente.

—Un sueño estúpido. Anton me compró boletos para un espectáculo y me dijo que nunca había visto a alguien tan hermosa como yo. No dejaba de decirme lo bella que era.

—Eres hermosa —dijo Shawn.

Ella le dio una sonrisa débil.

—Así no es como me veía. Al menos por dentro. No después de todo con mi tío, mis padres... —Negó con la cabeza—. Anton me llevó a más espectáculos y cenas. Me compró pequeños regalos y joyas. Me hizo creer que era especial. Me llamaba su chica, y yo lo llamaba mi chico amante.

La voz de Violeta se volvió soñadora mientras describió cómo se volvieron inseparables, cómo Anton manejaba cada aspecto de su vida. Pagó por su apartamento cuando no podía permitirse uno, llenó su refrigerador, y llenó su closet con ropa que nunca habría elegido para sí misma.

—Vestidos ajustados y stilettos que me hacían sentir incómoda —dijo, sus dedos alisando la tela de su ropa actual—. Pero los usaba para hacerlo feliz.

La mandíbula de Shawn se tensó, pero se quedó callado.

—Cada vez que decía que le debía todo, mostraba esa sonrisa encantadora y me decía que no había nada que no haría por su chica.

Los dedos de Violeta se retorcieron en su regazo.

—Por meses, así fueron las cosas. Hasta un sábado en la

mañana en el desayuno. —Su tono se volvió distante—. Anton estaba mojando su tocino en huevos líquidos cuando mencionó a su amigo Joe.

—Ha sido una gran ayuda para mí —dijo Anton, sonando casual mientras masticaba—. Un tipo decente.

Violeta asintió, untando mermelada de fresa en su tostada. Incluso ahora, el recuerdo era tan vívido que aún podía saborear su dulzura en su lengua.

Los dedos de Anton se arrastraron por la mesa, capturando su muñeca. Su pulgar trazó círculos lentos sobre su punto de pulso.

—Preguntó por ti.

—¿Por mí?

—Nada serio. Quería salir contigo. Un pequeño favor entre amigos.

Ella miró hacia arriba con una sonrisa, segura de que estaba bromeando.

—Solo una noche —dijo casualmente.

—Cariño, soy tu chica. —El cuchillo de mermelada resonó contra su plato.

—Bebé, lo sé. Estarías prestada. No es gran cosa.

—¿Prestada? No soy un libro de biblioteca.

Anton se encogió de hombros, recostándose.

—Cariño, no pediría si no necesitara esto. Estoy en deuda con este tipo, y se siente solo.

—Ese no es mi problema. —Las palabras salieron más agudas de lo que pretendía.

Su rostro se endureció por un momento antes de suavizarse en neutralidad cuidadosa.

—Tienes razón. No es tu problema. Nada es un problema para ti. Me aseguro de eso.

Ella se estiró hacia él, pero él se retiró.

—Sabes que aprecio todo lo que haces por mí.

—No, entiendo. Nunca debería haber preguntado. Lo siento, bebé. Averiguaré algo. —Tiró algunos billetes de veinte en la mesa.

—Lo miré fijamente, esperando su sonrisa usual —dijo Violeta a Shawn, su voz volviéndose más pequeña—. Pero no quería encontrar mis ojos. Recuerdo pensar, '¿Soy propiedad o una persona?' Pero empujé el pensamiento lejos.

El radiador se encendió ruidosamente en la habitación de Shawn, y ambos hicieron una pausa, escuchando su ritmo.

—En el camino de vuelta a mi apartamento, Anton se movió lo suficientemente rápido que tuve que apurarme para seguirle el paso, manteniendo su distancia incluso cuando estábamos lado a lado.

—Te estaba castigando.

—Sí. Una semana después, apareció en mi puerta con comida para llevar y su laptop como si nada hubiera pasado. —El tono de Violeta tomó un borde amargo—. 'Necesito conseguirte una TV real,' dijo, acomodándose en mi sofá.

—Has sido lo suficientemente generoso —le dijo, jugueteando con el dobladillo de su manga.

Sus labios rozaron la parte trasera de su cuello.

—Nada es demasiado bueno para mi bebé. —Pasó sus dedos por su cabello y se presionó contra ella—. Todavía me siento mal por mi amigo Joe y cómo pensé que podrías ayudarlo.

—No te preocupes por eso.

—Me prestó dinero cuando lo necesité. Era un amigo real.

Violeta se forzó a tomar un bocado de chow mein.

—Bueno, déjame saber si hay algo más que pueda hacer.

La cabeza de Anton se inclinó.

—Dijo algo sobre cenar con nosotros.

—Está bien, eso suena mucho mejor.

—Es mi culpa. Sigo y sigo sobre ti. Todo el tiempo.

Ella puso más fideos en su plato.

—Bueno, si quiere cenar con nosotros, organízalo.

La respiración de Violeta se volvió superficial mientras continuó su historia.

—El mensaje de texto del día siguiente todavía vive en mi teléfono: una dirección y número de habitación en un hotel elegante de Brooklyn, diciéndome que usara algo lindo.

Una sirena ululó en algún lugar afuera, haciéndolos congelarse a ambos.

—Esperé frente al hotel hasta que recibí otro mensaje. Anton llegaba tarde. Dijo que debería encontrar a Joe en su habitación, y él se nos uniría allí.

—Te envió a su habitación sola —dijo Shawn, su voz teñida de alarma.

Joe abrió la puerta casi antes de que terminara de tocar. Cuarentón, cara fofa, manos ásperas, cabello gris abanicándose desde sus sienes.

—Genial finalmente conocerte —dijo.

—Tú también.

La llevó adentro y le dio un vaso de vino tinto.

—Aquí. Hay queso en la mesa. Todavía me estoy alistando.

El vino se salpicó en su mano.

—Puedo esperar para la cena.

Él se abotonó su camisa blanca.

—Eso es demasiado caro para desperdiciar. Termínate eso, y podemos empezar a movernos.

—Me tomé el vino de un trago porque quería salir de ahí lo más pronto posible. —La mano de Violeta se movió a su garganta—. Algo sobre Joe no me daba buena espina. Sus ojos. Eran oscuros y hambrientos. Me daban escalofríos.

Shawn apretó sus manos pero se quedó silencioso, dejándola continuar.

—Algo estaba mal —susurró—. El vino cubrió mi lengua, y sentí este hormigueo extraño, como miles de insectos diminutos bajo mi piel.

Shawn apretó sus ojos.

—Te drogó.

Las lágrimas empezaron por sus mejillas mientras asintió.

—Y entonces Joe estaba encima de mí.

La respiración de Violeta se volvió rápida. Presionó su espalda contra la cabecera como si tratara de desaparecer en ella.

—No puedo... —Sus manos empezaron a temblar.

—Solo respira —susurró Shawn—. Estás segura aquí.

Violeta tomó una inhalación profunda.

—La lámpara empezó a fracturarse en estallidos de estrellas. La alfombra se sintió como olas bajo mis pies. —Su voz se quebró—. Sabía que estaba en problemas, pero no podía... —Mirando a la distancia, describió cómo había perdido el equilibrio y caído hacia atrás.

El peso de Joe la aplastó mientras gritaba, su palma sudorosa amortiguando sus gritos. Pateó y arañó, pero él sujetó sus brazos sobre su cabeza.

La habitación giró más y más rápido hasta que todo se volvió negro, la conciencia deslizándose lejos solo para regresar cuando Violeta se encontró en el azulejo blanco frío del piso del baño, aturdida y desnuda.

Shawn se estiró por sus manos, su toque gentil pero firme.

—No tienes que...

—Sí, tengo que hacerlo. —Su tono se volvió más fuerte mientras las lágrimas corrían por su rostro.

Usando el lavabo como apoyo, se había levantado y envuelto una toalla alrededor de sí misma.

Las palabras de Joe hicieron eco desde el dormitorio, charlando en su teléfono como si nada hubiera pasado.

—Lo sé, pepperoni. No salchicha. Pepperoni.

Cuando salió del baño, él silenció la llamada y señaló la puerta.

—Necesito la habitación.

—Estaba tan enojada —susurró Violeta—. Me lancé hacia él, pero estaba listo.

Le dio una rodillada en las entrañas y la empujó al piso. Su ropa golpeó la alfombra junto a ella.

—No voy a preguntar de nuevo.

Se vistió con manos inestables, luego agarró su bolso. Mientras abría la puerta, la empujó al pasillo y cerró la puerta detrás de ella.

—Me quedé ahí sollozando, perdida y rota, sin estar segura de qué debería hacer. Entonces saqué mi teléfono y llamé a

Anton.

El sonido suave de Ruth moviéndose en la cocina se filtró por la puerta: el tintineo gentil de platos, agua corriendo. Sonidos domésticos que les recordaron a ambos lo diferente que era este lugar de la pesadilla que Violeta estaba describiendo.

—¿Bebé? ¿Dónde estás? —había preguntado Anton.

—Estoy... estoy en el hotel. —Luchó por hablar—. Él... él me lastimó.

—¿Qué? Estoy cerca. Te encontraré afuera al frente.

—Cojeé al ascensor y lo tomé hacia abajo. Cuando salí, escuché a Anton tocar la bocina tres veces desde su Range Rover. Me metí adentro y empecé a golpearlo con mi bolso. —La voz de Violeta se volvió hueca—. '¿Dónde estabas?' seguía preguntando.

Anton agarró su brazo y la empujó lejos. Las llantas gritaron mientras se fue derrapando por la esquina y se detuvo con un chirrido en un callejón. Su rostro se oscureció de enojo.

—Haz eso de nuevo, y pierdes una mano.

—Tu amigo... Él... Él me violó. —Las palabras salieron entre sollozos.

Anton cerró las puertas con un clic agudo.

—Cálmate. Me estabas ayudando.

—¿Ayudándote? Dije que me violó.

—Escuché lo que dijiste.

—La sangre se me subió a la cabeza mientras lo miraba fijamente. No podía procesar lo que estaba pasando. —Todo el cuerpo de Violeta comenzó a temblar.

Shawn apretó su agarre en sus manos, anclándola al presente.

Anton sacó un fajo grueso de cientos y los hojeó.

—No solo me hiciste quedar a mano. Le gustaste y no dejaba de hablar de lo buena que eras.

Después de que terminó de hablar, su corazón amenazó con explotar mientras todo el horror se estrelló sobre ella.

—Me drogó, Anton. Me desmayé. —Su voz sonó lejana,

desconectada.

—Suena como que se salió de control, y estoy seguro de que Joe se siente mal por eso. Pero ya pasó. Lo que sea que hiciste, lo hiciste bien. —Agarró su mano y la frotó contra el dinero. Ella se retiró bruscamente, mirando por la ventana, deseando poder desaparecer.

Él presionó algo en su mano.

—Aquí.

—¿Qué es esto?

—Algo pequeño para quitarte el filo. —Sus dedos acariciaron su cabello mientras examinó la píldora en su palma. Todo en ella gritaba que no la tomara, pero el recuerdo de las manos de ese hombre en su cuerpo la hizo dar arcadas.

—Levanté ese pequeño círculo a mis labios y... —Presionó sus palmas contra sus ojos—. Todavía puedo saborear lo amarga que era.

Shawn esperó, sin presionar.

—Sabía que estaba mal, pero necesitaba... —Se estremeció—. Necesitaba adormecer todo. Hacer que se fuera.

Una sirena ululó pasando el edificio, volviéndose más fuerte luego desvaneciéndose en la distancia. Violeta se encogió al sonido, su cuerpo recordando otras emergencias, otras noches cuando la ayuda nunca llegó. La normalidad del tráfico abajo se sintió surrealista contra el horror de su historia.

Recordó lo que Anton dijo después de encender su auto.

—Cuando estés mejor, tengo otro amigo que puedes ver.

—No quiero ver a otro amigo.

—Así es como puedes pagarme.

—¿Pagarte? —preguntó con disgusto hasta que un calor agradable floreció en su estómago, radiando hacia afuera hasta que llegó a sus puntas de dedos.

Los bordes duros del mundo se suavizaron. El entumecimiento se extendió de sus manos a través de su cuerpo, envolviéndola en distancia. El ruido de las bocinas de la ciudad, voces, y música se fusionó en una borrosidad sin sentido. Se hundió en el asiento mientras el calor inundó su sistema.

—Las píldoras hicieron todo soportable —susurró Violeta—. Así es como sobreviví.

Anton regresó al apartamento de Violeta con ella, donde la llevó al baño. Trató de ayudarla a desvestirse, pero ella retrocedió, tropezando contra la pared de azulejo. Encendió la ducha tan caliente como podía.

Bajo el agua hirviendo, el vapor se elevó en nubes espesas que cubrieron sus pulmones con cada respiración desgarrada. Violeta se talló la piel hasta dejarla en carne viva, pero las huellas dactilares de Joe se quemaron en ella como marcas, invisibles pero abrasadoras.

El agua se mezcló con sus lágrimas, corriendo en riachuelos por su cara y cuello, martillando contra la porcelana. Pero nada silenció los recuerdos de su peso aplastando sus costillas, aliento agrio en su cuello, parálisis extendiéndose por sus extremidades como veneno.

Siguió esperando despertar de esta pesadilla, encontrarse de vuelta en ese momento antes de entrar a su habitación de hotel, cuando aún se pertenecía a sí misma.

—Me quedé bajo el agua hasta que se volvió fría, esperando que de alguna manera pudiera lavar todo. —Violeta se limpió los ojos con el dorso de su mano—. Pero a través de la cortina de ducha, escuché a Anton tocando su teléfono.

—No quiero hacer esperar a este tipo —dijo Anton—. Ganarás aún más con este.

—Necesitas parar. Ahora mismo —dijo mientras salió de la ducha, su piel con piel de gallina del agua fría. Se envolvió en su bata azul—. Voy a cambiarme. Entonces vamos a ir a la policía.

Se movió hacia su closet, pero Anton bloqueó su camino.

—Tengo algo más que les podría gustar ver. —Empujó su teléfono frente a ella. La pantalla destelló con imágenes pornográficas que hicieron que su estómago se revolviera.

—Para. —Se volteó, ácido subiendo en su garganta.

—¿Qué? —Su tono bajó a un susurro burlón—. ¿No te gusta tu portafolio de modelo?

Violeta agarró el teléfono y se forzó a mirarlo.

Ahí estaba ella, expuesta, con las manos de Joe por toda ella.

La náusea la abrumó mientras deslizó por las imágenes, cada una peor que la anterior. La chica en las fotos se veía como un accesorio, una cosa, arreglada y usada mientras flotaba en algún lugar lejano.

—Reconocí mi ropa esparcida en el fondo y mi collar. Detalles horribles que lo hicieron demasiado real. —Su voz se volvió un susurro—. Quería gritar, romper el teléfono, correr hasta que olvidara mi nombre, pero mi cuerpo se congeló en vergüenza.

Shawn estuvo callado por un momento largo, procesando la crueldad de todo.

—Entonces me amenazó con esas fotos —dijo Violeta.

Anton arrebató su teléfono de vuelta.

—No quiero que estas se filtren en ningún lado. —Sus palabras gotearon con simpatía falsa, como miel envenenada—. Odiaría que tu mamá o papá las vieran o tus amigos de New Jersey. —Sus ojos recorrieron su cuerpo como si estuviera evaluando mercancía—. ¿Quieres que la gente te vea así?

La amenaza la perforó directamente. Imágenes destellaron por su mente del rostro de su madre deformado de disgusto, su padre volteándose como hizo cuando trató de contarle sobre su hermano.

La vergüenza se estrelló sobre ella en olas, caliente y sofocante. Envolvió sus brazos alrededor de sí misma como si pudiera sostener los pedazos rotos juntos y evitar quebrarse.

—Aquí. —Presionó otra píldora en su palma como si fuera un salvavidas. Se la tragó sin vacilar, desesperada por desaparecer en ese entumecimiento—. Hay un lado brillante a todo esto. —Su voz se volvió dulce, razonable—. Llegamos a estar en negocio juntos. Llegas a pagarme; mantendré un techo sobre tu cabeza y cosas bonitas en tu cuerpo caliente.

—Me di cuenta de que no tenía nada que fuera mío. —Los dedos de Violeta trazaron la tela del edredón de Shawn—. El apartamento, la ropa que usaba, incluso la comida en mi refrigerador. Todo le pertenecía a él.

Recordó cómo esa noche, usando un vestido ajustado que Anton había escogido, conoció a su primer cliente: un hombre en sus treinta que prácticamente rebotaba en sus talones. Sus ojos bebieron cada detalle de ella con miradas hambrientas y febriles. No podía dejar de hablar, palabras derramándose entre risas nerviosas mientras sus manos jugaban con su billetera, sus llaves, su cuello, cualquier cosa a su alcance.

Se movió por el encuentro como una marioneta en cuerdas, retirándose tan profundamente dentro de sí misma que casi logró fingir que le estaba pasando a alguien más.

—Aprendí a desaparecer dentro de mi cabeza —susurró—. Las píldoras ayudaron con eso.

—Lo siento mucho —dijo Shawn silenciosamente.

Otro hombre esperó poco después, y otro después de ese. Las drogas la ayudaron a flotar en algún lugar muy arriba de todo, intocable.

—Le rogué a Anton que hiciera que todo parara —dijo Violeta, su voz quebrándose.

—¿Qué diría? —preguntó Shawn, aunque podía ver la respuesta en su rostro.

Los ojos de Anton se estrecharon, las fosas nasales ensanchándose.

—Me temo que tú parar significa que paras para siempre. ¿Entiendes lo que digo? —Agarró su brazo superior tan fuerte que sus dedos dejaron hoyuelos rojos en su piel.

Ella negó con la cabeza, encontrando un fragmento de desafío a pesar del miedo apretando su estómago.

—Para ya con las amenazas.

—Esto no es una amenaza. Es tu nueva realidad. Es un mundo peligroso allá afuera. Los padres son asesinados, los amigos son asesinados, y nadie jamás sabe qué pasó o quién lo hizo.

—Amenazó con matar a mi familia. —Todo el cuerpo de Violeta comenzó a temblar. La temperatura en la habitación pareció bajar.

Shawn se acercó más hasta que pudo sentir su calor.

—Ya estás fuera de peligro.

—Entonces, prometí seguir trabajando hasta que pagara la deuda. Realmente creí que habría un final. —Una risa amarga escapó de ella—. Las píldoras... necesitaba más y más para pasar cada noche. Y cuando traté de resistir... —Hizo un gesto a su rostro, donde moretones débiles aún eran visibles.

Shawn asintió, entendiendo.

—Entonces se disculparía. Prometería cambiar. Me compraría algo lindo. —Su voz se volvió hueca—. Pero poco después, amenazaría a mi familia o mi vida de nuevo hasta que aceptara ver al siguiente cliente.

—¿Cuánto tiempo siguió esto? —preguntó Shawn.

—Tres años. —Las palabras cayeron como piedras en el silencio entre ellos—. Cada mes, mi deuda hacia él crecería por nuevos gastos como viajes al doctor, arrestos, aumentos de renta. Sabía que nunca escaparía hasta que me pusiera saludable y encontrara otra manera.

—¿Trataste de dejar las píldoras?

—Cuando traté de deshabituarme de ellas, mis manos temblaron y mi mente se aceleró, así que las guardé para los peores momentos. —Sus manos temblaron mientras hablaba—. En noches cuando sentía que mis recuerdos me iban a jalar hacia abajo, tomaría suficientes para mantenerme a flote, odiándome por necesitarlas pero odiando los flashbacks y mi vida aún más.

Violeta se limpió los ojos mientras terminó, su voz ronca.

—Joe nunca fue solo un amigo. Descubrí después que él hacía eso como un servicio para pandillas.

—Eso es malvado. Completamente malvado. —Shawn tembló de emoción—. Lamento todo por lo que has pasado.

—Nunca le he contado mi historia completa a nadie. —Una

extraña ligereza vino sobre ella, como si hablar su verdad hubiera liberado algún peso invisible que había estado cargando por años. Sin embargo, debajo de eso había una vulnerabilidad temblorosa. Le había entregado a Shawn el poder de juzgarla, de verla diferente.

Su pecho se apretó mientras buscó en su rostro cualquier señal de disgusto o rechazo. Pero todo lo que encontró fue compasión, pura y sin guardia. Una represa de emoción que había mantenido sellada de repente se rompió. Los sollozos sacudieron su cuerpo mientras las lágrimas tallaron caminos por sus mejillas.

Shawn abrió sus brazos, y ella cayó en ellos.

Mientras su respiración se calmó, se secó la cara.

—Deberíamos pensar en nuestro futuro ahora. Finalmente soy libre.

—Pero Anton sabe dónde vivo. Y tal vez deberíamos pensar en el futuro de las otras mujeres, también.

Violeta se retiró para encontrar sus ojos.

—Sé el futuro que quiero, y está justo aquí. Contigo.

—Para mí también. —Miró su cama individual—. Pero no creo que ambos podamos caber en mi cama.

Ella se rió.

—Tienes razón. Tomaré el piso.

—Estoy bastante seguro de que todavía hay hormigas ahí abajo. Tú tomas mi cama.

—Te estás recuperando.

—Eres mi esposa. Mi esposa no duerme en el piso. —Dobló su edredón para crear un cojín junto a la cama—. Averiguaremos una manera de deshacernos de Anton. Y si mi abuela no quiere que te quedes otra noche, averiguaremos eso también.

Mientras yacía en la cama de Shawn, la sensación desconocida de seguridad genuina hizo que sus extremidades se volvieran pesadas de alivio, hundiéndose en el colchón como si su cuerpo ahora tuviera permiso de descansar.

El agotamiento los reclamó a ambos casi inmediatamente,

y respiraron al unísono mientras se quedaron dormidos.

Afuera de la puerta de Shawn, Ruth balanceó la bandeja de té contra su cadera. Contuvo la respiración, temerosa de que el sonido de su inhalación pudiera delatarla. El cambio sutil de peso hizo que la tabla del piso bajo sus pies crujiera, y se congeló, su corazón latiendo tan fuerte que estaba segura de que podían escucharlo a través de la puerta.

Ruth había levantado su mano para tocar y ofrecerles té cuando la voz de Violeta la había detenido en seco: *Me violó.* Las palabras la dejaron tambaleándose, y sus pies no se movían.

Se dio cuenta de que debían estar dormidos ya, así que finalmente se retiró con lágrimas corriendo por su rostro.

La oscuridad dio paso al amanecer, la luz filtrándose a través de las cortinas de la sala en incrementos lentos.

Ruth apenas había dormido, la historia de Violeta reproduciéndose en su mente toda la noche. A las cuatro de la mañana, se había rendido y alcanzó su teléfono, buscando "cómo ayudar a una víctima de tráfico", determinada a hacer lo que pudiera.

Para cuando los periquitos del amor estaban cantando sus canciones matutinas, estaba en la cocina, trabajando para mostrar amabilidad a través de una de las maneras que sabía: comida.

Preparó la avena diaria de Shawn con una porción extra para Violeta e incluso preparó café como una anfitriona apropiada. Ruth luego se deslizó de vuelta a su dormitorio para darles privacidad.

Shawn despertó con el aroma familiar de avena de manzana y canela flotando a través de la rendija bajo la puerta de su dormitorio. Mientras se sentó, su cuerpo protestó con un dolor profundo y pulsante de una noche en el piso implacable. Pero ver a Violeta acurrucada en su cama, su rostro pacífico en el sueño, sus pestañas proyectando sombras delicadas en sus mejillas en la luz dorada que se filtraba a través de las cortinas, hizo que el dolor valiera la pena.

Descubrió que su abuela había hecho una porción extra de avena para Violeta, y esta rama de olivo silenciosa calentó su corazón. La presencia inesperada de la cafetera lo sorprendió ya que nunca bebía café, pero esperó que pudiera ser otro gesto de aceptación.

Mientras esperaba que Violeta despertara, buscó en su teléfono recursos que pudieran ayudarlos a sanar y seguir adelante.

CAPÍTULO 21

UN TALENTO RARO

La vista de su viejo edificio de apartamentos envió hielo por las venas de Violeta mientras salió del taxi, bolsa de lona vacía en la mano. La fachada familiar de ladrillo se alzaba sobre ella como las paredes de una prisión de la que apenas había escapado.

Tres días habían pasado desde que había estado aquí por última vez, pero el edificio ya se veía extraño, como si estuviera visitando un museo de su propia historia oscura. El sol de la tarde la fulminó mientras escaneó la calle. No había señal del Range Rover de Anton. Probablemente estaba durmiendo los problemas que había causado la noche anterior. Enderezó sus hombros y empezó a subir las escaleras, cada paso haciendo eco con recuerdos que estaba tratando de escapar.

—Mira quién vino arrastrándose de vuelta. —La voz de Goldie la congeló en su lugar. Envuelta en un abrigo de estampado de leopardo, se posó en la cima de las escaleras como un centinela, bolsa de papel marrón apretada en sus dedos enjoyados, el cuello de una botella asomándose de la parte superior. Los dientes dorados destellaron mientras sonrió—. La gente ha estado preguntando por ti, azúcar. No puedes alejarte de la vida, ¿verdad?

—Puedes decirles que seguí adelante. —Su corazón latió mientras trató de proyectar confianza mientras subía los escalones.

—Debe ser lindo. —Los ojos de Goldie siguieron su movimiento, agudos y calculadores bajo su masa salvaje de cabello con rayas blancas—. Escuché que estás viviendo elegante ahora. Espero que dure. —Tomó un trago de su botella envuelta en papel.

En la cima de las escaleras, hizo una pausa.

—Sé que eres uno de sus ojos. Solo necesito cinco minutos. —Trató de no pensar en cuántas veces había pasado a Goldie en estos escalones, saliendo hacia habitaciones que nunca quiso entrar.

La risa de Goldie resonó como vidrio roto en su garganta.

—Es solo negocio, bebé. Siempre lo ha sido.

Rápidamente, marcó el código de la puerta, contando silenciosamente los segundos hasta que pudiera agarrar sus cosas y desvanecerse.

El gemido familiar del ascensor coincidió con su estómago revuelto mientras la llevaba hacia arriba. Cuando las puertas se abrieron, contuvo la respiración, escuchando cualquier señal de que no estaba sola.

Su llave del apartamento giró en la cerradura, y se deslizó adentro. El silencio la golpeó primero. No había golpeteo del radiador, no música distante de vecinos. Todo se sentaba exactamente como lo había dejado: las decoraciones de boda aún colgando, su cama a medio hacer, platos en el fregadero.

La puerta se cerró detrás de ella, y exhaló lentamente. *¿Qué estoy haciendo aquí? Esto es una locura.* Enderezó sus hombros, tratando de canalizar la fuerza que Shawn veía en ella.

El osito de peluche flojo, Theo, se sentaba en su cama usando su camisa púrpura de NYU, viéndose gastado de años de Violeta metiendo dinero dentro de él. Lo abrazó cerca, luego lo empacó con su diario y ropa.

Entonces escuchó el silbido de tres notas de Anton.

La puerta se abrió con suficiente fuerza para hacer que las paredes temblaran. El corazón de Violeta se apretó mientras la forma imponente de Anton llenó la entrada. Una costilla medio comida colgaba de sus dedos, grasa brillando en sus labios mientras despojó la última carne del hueso con precisión de tiburón. Con un movimiento casual de su muñeca, la lanzó por la habitación hacia su fregadero, el ruido haciendo eco como una campana de advertencia.

—Mira quién se deslizó de vuelta. Sin siquiera saludar. —Sus palabras crearon una sensación punzante y perforante en Violeta, como si estuviera presionando una aguja en su carne.

—Ya no me posees. —Su tono llevaba acero que no sentía, incluso mientras sus dedos se curvaron en puños nerviosos.

Deliberadamente, se lamió los dedos limpios, cada movimiento deliberado y amenazante.

—Oh, tengo una lista de clientes que no pueden esperar a probarte.

—¿Clientes? Nunca fui tu empleada, Anton. Era tu prisionera. —Trató de mantener el temblor fuera de su voz, de mantenerse alta contra su presencia abrumadora—. Hasta que escapé.

—Cariño, escaparás cuando estés muerta. —Con un movimiento rápido, arrebató su bolsa y la volteó boca abajo, esparciendo su ropa y recuerdos por el piso. Su diario aterrizó boca abajo, páginas dobladas.

Cayendo a sus rodillas, recogió frenéticamente sus pertenencias mientras Anton sacó una botella naranja familiar.

—Siempre te he tratado bien. Y eso nunca va a terminar. Creo que necesitas algunos de mis amigos analgésicos. —Agitó la botella; las píldoras resonaron como guijarros.

—Ya no me das suficientes para pasar las noches. —Las palabras escaparon antes de que pudiera detenerlas.

—Tengo lo que necesites, bebé. ¿Quieres más? ¿Algo más

fuerte? Hecho. —Su tono se volvió razonable, persuasivo—el tono que la había atraído cuando lo conoció por primera vez—. Algunas buenas noticias. Estamos a punto de expandirnos. La pandilla de la Calle 14 quiere asociarse. Tienen conexiones, medicamentos que te hacen sentir bien, todo lo que necesitamos. Puedes ser parte de algo especial. Y finalmente pagar lo que me debes.

Ella se puso de pie, apretando su bolsa rellenada como si fuera un escudo.

—Estoy harta de que uses eso contra mí.

—Oh, bebé. Solo hago lo que tengo que hacer. —Sus dedos rozaron por su cuello, el toque tanto familiar como repugnante—. Sabes cómo funciona esto.

—¿Y Aleesha? ¿Natasha? No está bien. —Violeta retrocedió, tratando de reunir sus cosas restantes.

Él la acechó.

—¿Mis chicas? —Una sonrisa jugó en sus labios—. Nunca lo tuvieron tan bien. Solo soy un papá cuidando a su familia. Y esta familia es para siempre. —Sus ojos se fijaron en ella, calculando.

Ella negó con la cabeza.

—No somos tu familia.

—Te trato como si lo fueras. —Se recostó contra la puerta, bloqueando su escape. Una navaja apareció en sus manos, brillando mientras se limpiaba las uñas—. Publiqué algunos anuncios frescos. Va a ser un día ocupado. Ahora, prepárate para unirte a tus hermanas.

La adrenalina electrificó su cuerpo, pero debajo del miedo corrió algo nuevo: una corriente de rabia que nunca se había permitido sentir. Los recuerdos se estrellaron sobre ella de cada chica que había roto, cada amenaza que había hecho, cada píldora que había usado para mantenerla dócil.

Puso a Theo en su cama. *Respira profundo. Puedes hacer esto.*

—¿Quieres saber por qué yo... —Su voz vaciló, luego se fortaleció—. ¿Sabes por qué regresé? —Las palabras se derramaron antes de que pudiera detenerlas. *Cállate, Violeta. Toma tus cosas y vete.*

—Dime, bebé. —El tono de Anton llevaba esa condescendencia familiar.

No hagas esto. No lo provoques. Pero algo dentro de ella se rebeló contra ser cautelosa.

—Regresé para probar que ya no te tengo miedo. Que finalmente soy libre.

Su risa fue tan aguda como su cuchilla.

—Cariño, todo lo que probaste es lo estúpida que eres.

Una sonrisa cruzó su rostro.

—Cariño, soy más inteligente de lo que piensas. —Se desabotonó la blusa, revelando un pequeño micrófono pegado a su pecho.

La expresión de Anton se congeló, luego se torció en esa furia peligrosa que conocía demasiado bien.

—¿Qué diablos?

La puerta estalló hacia adentro mientras los oficiales inundaron la habitación, armas desenfundadas, voces fusionándose en una pared de sonido.

—¡Suelta el cuchillo! ¡Contra la pared! ¡Manos detrás de la espalda!

Parado paralizado, Anton fijó sus ojos en Violeta. Ella vio el cálculo detrás de ellos, el destello de desesperación, y entonces, solo odio. Sus dedos se aflojaron, y la cuchilla resonó contra las tablas del piso.

—¿Alguna otra arma? ¿Algo afilado? —Un oficial corpulento con corte militar demandó mientras aseguró las muñecas de Anton. La búsqueda reveló la botella de píldoras y dos bolsitas de píldoras multicolores de sus bolsillos. Mientras le leían sus derechos, su mirada se quemó en ella, sin parpadear e implacable. Lo llevaron lejos, pero su mirada prometía que esto no había terminado.

Contra la pared, Violeta se desplomó de alivio, las lágrimas fluyendo libremente mientras el miedo se drenó de su cuerpo.

Un oficial se acercó, sus ojos marrones sosteniendo

compasión bajo el borde de su gorra.

—Eso —dijo, posicionándose al nivel de los ojos de Violeta—, tomó valor real. Te tenemos ahora.

Mareada, Violeta bajó su barbilla mientras la habitación giraba alrededor de ella. Las paredes familiares pulsaron con recuerdos dolorosos.

—Hace calor aquí.

—Salgamos. Estás segura ahora. —El oficial la guió hacia la puerta mientras Violeta agarró algunas pertenencias finales.

El viaje del ascensor hacia abajo pareció surrealista, la misma caja donde había cargado tantos secretos oscuros ahora llena de oficiales que representaban esperanza en lugar de miedo.

Afuera, dedos familiares rozaron su hombro. Se volteó para encontrar a Shawn, preocupación grabada en su rostro sanando, amor radiando de sus ojos.

—¿Estás bien?

Su barbilla tembló mientras se desplomó en su abrazo, y él susurró:

—Estoy orgulloso de ti.

Violeta enterró su rostro en el pecho de Shawn, inhalando su aroma limpio y familiar. Sus brazos deberían haber sido un santuario. Pero mientras se derretía contra él, sintió el tirón fantasma de esas cuerdas invisibles conectándola a Anton. Cada paso lejos de ese edificio de apartamentos tiró contra zarcillos espinosos que se apretaron alrededor de sus pulmones con cada intento de respirar libremente.

Todo giraba alrededor de ellos. Los oficiales aseguraron la escena, los detectives llegaron con pasos determinados, y Goldie observó desde el otro lado de la calle con una mirada de miedo en sus ojos. A través de la ventana de un auto patrulla, Anton miró hacia adelante, su rostro una máscara de rabia y asuntos sin terminar.

Los meses que siguieron se movieron como una danza

cuidadosamente coreografiada entre esperanza y terror. Violeta, Aleesha, y Natasha pasaron mañanas con detectives, despegando capas de su trauma compartido, tardes con defensores de víctimas, y noches aprendiendo a dormir sin píldoras.

La Detective Martínez gentilmente interrogó a Violeta, ayudándola a juntar toda la narrativa terrible, desde la primera vez que conoció a Anton hasta su escape final. Su oficina se convirtió en una especie de confesionario, su iluminación suave y asientos de cuero limpio un contraste marcado con el mundo que discutían.

La policía descubrió que Aleesha y Natasha estaban aquí ilegalmente, y Aleesha enfrentaba cargos de robo en tiendas. Sus abogados asignados por la corte lucharon para que fueran reconocidas como víctimas, en lugar de criminales. Shawn y Violeta observaron desde la galería mientras sus amigas testificaron.

La jueza, una mujer con cabello plateado y ojos agudos, vio a través de sus enredos legales hasta la historia humana debajo. Las refirió a tratamiento mientras sus casos de inmigración procedían. Su fallo puso en marcha el primer dominó en lo que se convertiría en una larga cadena de sanación.

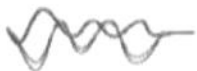

Cuando llegó la primavera, el juicio de Anton finalmente comenzó. Dentro de la corte del centro, Violeta y Shawn observaron a Aleesha acercarse al estrado de testigos. Su risa audaz y mirada inquebrantable se habían ido. Se movía como alguien disminuida, cada paso medido, hombros atraídos hacia adentro.

Mientras se acomodaba en la silla de testigo, los ojos de Aleesha se dirigieron brevemente a Anton con un destello de miedo que rápidamente enmascaró antes de fijarse en un punto sobre las cabezas del jurado.

La fiscal, una mujer con cabello negro azabache y enfoque

inquebrantable, la guió a través de su historia de cómo había dejado Jamaica cargando nada más que una maleta gastada y sueños de modelar en Nueva York. Anton había actuado como su salvación al principio, todo encanto y promesas, antes de tomar su pasaporte y usar su estatus migratorio como arma contra ella, sus amenazas de deportación colgando sobre ella como una espada. Sus cargos de robo en tiendas habían sido otra herramienta de control: robos menores orquestados por Anton que le dieron más influencia, otra cadena para atarla a su voluntad.

—¿Y qué dijo cuando le dijiste que querías irte? —preguntó la fiscal a Aleesha, su voz amable pero inquebrantable.

—Que le pertenecía ahora. Que sin mi pasaporte, sin dinero, sin él, no era nada en América.

El testimonio de Natasha vino al día siguiente, su acento ruso espesándose mientras se angustiaba más recordando el pequeño pueblo industrial que había dejado atrás, las promesas hechas a la familia que había juntado sus ahorros escasos para enviar a su niña dorada, su faro de esperanza, a América. La vergüenza que la mantuvo atrapada en la red de Anton era palpable. ¿Cómo podía regresar a casa como un fracaso, con nada más que trauma para mostrar por el sacrificio de su familia? Sus labios temblaron mientras describió cómo su amabilidad inicial se había calcificado en crueldad.

Violeta había ensayado su testimonio con la Detective Martínez docenas de veces en la seguridad de salas de conferencias. Aún así, nada la preparó para la realidad de la mirada fija de Anton mientras relató su historia: cómo una conversación casual sobre boletos de teatro había sido el primer hilo en lo que se convirtió en un tapiz de cautiverio.

Su testimonio expuso su vergüenza más profunda a ojos curiosos que la desnudaron con cada mirada.

—¿Y qué pasó después de que llamaste al acusado pidiendo ayuda después del asalto? —preguntó la fiscal.

La pregunta transportó a Violeta de vuelta a ese callejón,

los asientos de cuero del Range Rover pegajosos contra su piel, sus dedos manicurados contando billetes crujientes mientras su mundo colapsaba.

—Me mostró el dinero que Joe le pagó —dijo, su voz más fuerte de lo que esperaba, sacando fuerza de algún reservorio que no sabía que existía—. Ahí fue cuando me di cuenta de que no era su novia. Era su inversión.

El abogado contrario se acercó durante el contrainterrogatorio, un hombre cuyo traje caro no podía disfrazar el brillo calculador en sus ojos.

—¿Cuánto tiempo has sido trabajadora sexual, Srta. Negro?

Violeta enderezó su postura y encontró su mirada directamente.

—No soy una trabajadora sexual.

—¿No te pagaron para ser íntima con tus clientes? —preguntó con una fachada de razonabilidad.

Violeta respiró profundo.

—No existe tal cosa como una trabajadora sexual.

El abogado inclinó su cabeza, confusión teatral jugando por sus rasgos.

—¿Disculpa? ¿No existe tal cosa como la profesión más antigua de la historia?

—Trabajadoras sexuales... —El tono de Violeta tembló antes de estabilizarse—. Ese término... —Encontró sus ojos—. Hace que suene como... como una elección. —Se inclinó hacia adelante, las palabras viniendo de algún lugar profundo y herido—. Como algo normal. Algo que quería. —Sus manos agarraron el estrado—. Nadie sueña con ser usada así. —Se detuvo y se compuso—. Nuestros cuerpos no son mercancía.

—Anton te compró todo lo que necesitabas. Ropa, joyas, un lugar lindo donde quedarte. —Le dio una sonrisa mecánica—. No suena demasiado miserable para mí.

—¿Dirías que la adicción a las drogas de tu amigo es solo un hábito? ¿Abandonarías a tu amigo alcohólico? —Las preguntas de Violeta aterrizaron como flechas—. ¿O te darías cuenta de que están atrapados y necesitan tu ayuda?

—Fuiste bien cuidada —dijo, ignorando su punto—. Y tratando de pagarle como una trabajadora sexual.

—La gente que nos llama trabajadoras sexuales quiere sentirse mejor sobre sí mismos —la voz de Violeta ganó fuerza con cada palabra—. No quieren ayudar, no quieren hacer preguntas sobre cómo llegamos aquí o por qué nos quedamos. No pinten su dignidad falsa en mi vida para que puedan dormir mejor en la noche.

El abogado la estudió por un momento, luego negó con la cabeza.

—No más preguntas.

Las últimas palabras de Violeta a la corte golpearon con fuerza silenciosa:

—No fui la primera chica que rompió de esta manera. Pero quiero... necesito ser la última.

Durante su testimonio, Anton mantuvo su compostura bajo el interrogatorio implacable de la fiscal, respondiendo con confianza teatral, posicionándose como un empresario incomprendido. Pero cuando ella produjo una fotografía de él de adolescente, parado junto a una mujer menuda con sus mismos ojos agudos y expresión guardada, algo cambió en su comportamiento.

—Tu madre trabajó tres empleos para mantenerte después de que tu padre los abandonó a ambos, ¿correcto? —preguntó la fiscal, su tono conversacional pero cargado.

La mandíbula de Anton se tensó, un músculo contrayéndose bajo la fachada suave.

—Déjala fuera de esto.

—Ella creía que estabas asistiendo a la universidad comunitaria durante esos años mientras en realidad estabas...

—Dije que la dejaras fuera. —Su voz llevaba una crudeza que Violeta nunca había escuchado antes, algo más cercano a vergüenza, una fractura en su máscara.

Después, durante un receso, Violeta observó desde la galería mientras Anton miraba la fotografía que el alguacil había devuelto a su abogado. Por un momento, sus dedos trazaron el borde de la imagen con gentileza inesperada, tristeza cruzando sus rasgos.

Entonces, notó la mirada de Violeta. Su rostro se cerró, y la máscara calculada se deslizó de vuelta en su lugar como un escudo protector. Pero ella había visto debajo, aunque solo por un segundo: el niño que había sido antes de convertirse en el hombre que había robado años de su vida y de otras.

Esa noche, sobre café amargo en un restaurante al otro lado de la corte, Violeta describió lo que había visto a la Detective Martínez.

La frente de la detective se arrugó.

—Su madre... —Golpeó su cuchara contra el borde de su taza—. Lo visita. Cada semana.

—¿En serio?

Martínez asintió.

—Para ella, él sigue siendo ese buen chico trayendo cheques de supermercado a casa y ayudando a otros. —Miró a su café— . Esa es la parte aterradora. Sabe exactamente cómo se ve la lealtad. —Miró a Violeta—. Y cómo retorcerla.

El abogado de Anton caminó ante el jurado, sus palabras suaves como miel. "Mi cliente proporcionó refugio, comida, y protección a mujeres jóvenes que no tenían otro lugar adonde ir." Hizo gestos hacia Anton, quien se sentó con humildad practicada. "Una figura paterna, ofreciendo guía en un mundo duro." La mandíbula de la fiscal se tensó mientras garabateó notas, preparándose para desmantelar cada mentira cuidadosamente elaborada.

Cuando la fiscal se levantó para el contrainterrogatorio, sus preguntas cortaron a través de la fachada de Anton como un escalpelo.

—¿Cuánto dinero ganaron estas mujeres jóvenes para ti semanalmente?

Su sonrisa manufacturada vaciló.

—¿Y cuando trataron de irse, qué les dijiste que pasaría a sus familias?

Sus manos se apretaron bajo la mesa mientras su imagen

cuidadosamente construida se desmoronó, pregunta por pregunta.

Después de tres días, el jurado encontró a Anton culpable de tráfico sexual. Semanas después, la jueza lo sentenció a quince años y registro de por vida. Las esposas hicieron clic alrededor de sus muñecas, terminando un capítulo terrible.

Mientras el alguacil se lo llevaba, los ojos de Anton encontraron los de Violeta a través de la corte. Esperaba ver odio o amenazas, pero en su lugar captó algo que podría haber sido arrepentimiento, rápidamente enterrado bajo la mirada calculadora que conocía tan bien.

Mientras pasaba, Violeta se puso alta y soltó su silbido de tres notas—el sonido que la había controlado por años. Anton se congeló a medio paso, sus hombros tensándose.

El silbido cambió entre ellos, transformado de una convocatoria a una despedida. El rostro de Violeta permaneció sin expresión, pero sus ojos lo siguieron constantemente mientras era removido de su vida.

Shawn apretó su mano mientras Anton desapareció por la puerta lateral.

—Esa sentencia. No es suficiente —dijo—. No por todo lo que hizo.

Violeta asintió.

—Al menos no puede salirse de esto. No con sus amenazas o encanto. Finalmente se fue.

Mientras la corte se vació alrededor de ellos, Violeta permaneció sentada, mirando el lugar donde Anton había estado.

—¿Cómo se siente? —preguntó Shawn suavemente.

Ella consideró la pregunta. No alivio, exactamente. No alegría. Algo más silencioso, más profundo.

—Como si finalmente pudiera respirar.

Afuera de la corte, la luz del sol cayó sobre el rostro de Violeta mientras descendió los escalones, ya no mirando sobre su hombro, ya no suya.

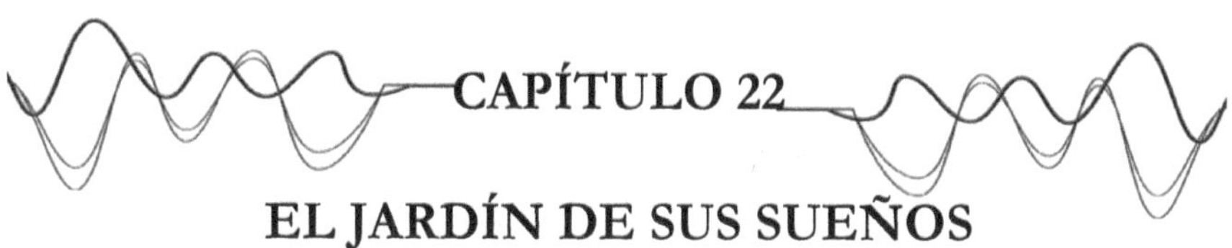

CAPÍTULO 22

EL JARDÍN DE SUS SUEÑOS

La noche que terminó el juicio, el sueño eludió a Violeta. Cuando cerró sus ojos, la voz de Anton se enterró en su mente como raíces parasitarias. *Eres mía y siempre lo serás. Volverás. Siempre regresas a mí.* Sus palabras reverberaron con tal claridad que presionó sus palmas contra sus oídos como si eso pudiera silenciarlo.

En la oscuridad de su dormitorio, se preguntó si debería visitarlo en prisión, confrontarlo con todo lo que nunca se había atrevido a decir. Una pequeña parte de ella aún lo anhelaba de una manera que no podía entender.

Mientras Natasha y Aleesha comenzaron su jornada de sanación en una instalación de rehabilitación en New Jersey, Violeta eligió quedarse con Shawn. Durante los próximos meses, subió los escalones a la oficina de la Dr. Schaffer las tardes de martes y jueves. Alfombras en tonos profundos de joyas cubrían los pisos de madera de su oficina de consejería, y plantas exuberantes prosperaban en las ventanas. El aroma débil de aceite de eucalipto flotaba desde un difusor en la esquina. Aquí podía hablar sobre sus momentos más oscuros sin juicio, podía nombrar los demonios que atormentaban sus noches.

—Sigo teniendo estos sueños —dijo Violeta, ojos fijos en un punto más allá de la Dr. Schaffer—. Estoy corriendo, pero... —Hizo un movimiento de tirar con sus manos—. Algo sigue arrastrándome de vuelta.

—¿En qué tipo de lugar estás? —preguntó la Dr. Schaffer suavemente.

—Un jardín, usualmente. —Los dedos de Violeta se deslizaron a sus muñecas, rodeándolas—. Pero está todo... enredaderas. Espinas. Me atrapan cuando trato de irme. —Su voz bajó—. A veces no las combato. Yo... dejo que me arrastren.

La Dr. Schaffer asintió lentamente.

—Estas conexiones... —Eligió sus palabras cuidadosamente—. No desaparecen solo porque estás físicamente separada de él. —Hizo gestos con sus manos—. Piénsalo como cortar gradualmente las enredaderas. Tu cuerpo, tu mente—han aprendido patrones. Incluso los dañinos se sienten... —Encontró los ojos de Violeta—. Familiares.

Los comentarios de su terapeuta hicieron eco en la mente de Violeta mientras estaba junto a la ventana esa mañana de domingo, viendo a Shawn abotonarse la camisa para la iglesia mientras la luz del sol resaltaba el polvo bailando en su dormitorio, que ahora compartían, con Ruth regalándoles una cama queen.

Los toques de Violeta habían suavizado el espacio con cortinas modernas en azules calmantes que le recordaban cielos abiertos y libertad, y cojines decorativos que añadían toques de color, como esperanza rompiendo a través de la oscuridad. El arte de las páginas de su diario, ahora enmarcado, colgaba como ventanas a su alma, cada pieza contando historias que una vez mantuvo encerradas.

Theo mantenía un lugar de honor junto a las figuritas que se balanceaban, que ahora presentaban el rostro sonriente de Violeta como la novia. El oso de peluche gastado, en su camisa descolorida de NYU, se alzaba como un recordatorio de sueños diferidos pero no abandonados. Cerca, una nueva granja de hormigas presentaba las criaturas diminutas construyendo túneles intrincados a través de la arena mientras los sonidos del tráfico de Manhattan formaban un rumble de fondo.

—¿Estás segura de que no quieres venir con nosotros? —preguntó Shawn.

—Aún no.

—Tal vez te gustaría leer mientras no estamos. —Agarró su Biblia de la mesa de noche y la abrió en el escritorio—. Este es un buen lugar para empezar. En el libro de Juan. Aquí dice, 'Si el Hijo te liberta, serás verdaderamente libre.'

Ella asintió.

—Me gusta cómo suena eso.

Violeta cerró la puerta con llave después de que se fueron. Su teléfono vibró, y revisó la pantalla.

Un número desconocido. El tercero esa mañana.

Sabía que era alguien conectado a Anton. Tal vez Goldie, quizás uno de sus asociados que no había sido arrestado.

Su dedo flotó sobre el botón de devolver llamada. *¿Cómo puedo seguir sintiendo este tirón?* La conexión había crecido tan profunda que cortarla se sentía como cortar parte de sí misma. El dolor se había vuelto un consuelo familiar comparado con lo desconocido aterrador de la sanación.

Había un consuelo enfermo en la idea de escuchar una voz de su vida anterior: alguien que la conocía sin la fachada de recuperación que ahora usaba como un vestido mal ajustado. Alguien que no esperaría que estuviera mejor, que no la miraría con ojos esperanzados, esperando transformación.

El agotamiento de constantemente tratar de mejorar, de sanar, de convertirse en alguien digna de Shawn y esta nueva vida... A veces la aplastaba. Puso el teléfono y presionó sus palmas contra el mostrador fresco de la cocina.

Las palabras de la Dr. Schaffer de una de sus sesiones persistían: "La sanación sucede en comunidad."

El tirón hacia su vida anterior siempre estaría ahí, pero no tenía que enfrentarlo sola.

Tal vez la iglesia no es tan mala idea. Abrió la Biblia de Shawn tentativamente, atraída al versículo que le había mostrado: "Si el Hijo te liberta, serás verdaderamente libre."

En la Iglesia Redentor, un cuarteto de jazz tocó 'Great Is Thy Faithfulness,' su arreglo contemporáneo respirando vida fresca al himno familiar. Shawn se sentó junto a Ruth mientras cantaba, "Mañana tras mañana, nuevas misericordias veo; Todo lo que he necesitado tu mano ha provisto. Grande es tu fidelidad, Señor para mí."

Por el rabillo del ojo, divisó la forma familiar de Violeta deslizándose por las puertas traseras.

Cuando regresaron a casa, Shawn se dirigió a su dormitorio, donde Violeta se sentaba en el borde de su cama, doblando ropa de una canasta dc mimbre para ropa sucia, cada movimiento un acto pequeño de crear orden del caos. Shawn la besó en la mejilla.

—Te vi en la iglesia. Eres bienvenida a sentarte con nosotros.

—Solo puedo tomar partes de ello por ahora. Entre eso y la consejería, soy una herida caminante.

—Una herida que sana.

Violeta pasó su mano por su cabello.

—Yo... me siento terrible, pero también bien al mismo tiempo. Es como si fuera invisible, pero la gente ve cada pulgada de mí.

Shawn golpeó su dedo contra su labio inferior, buscando lo correcto que decir.

—¿Te sentarás junto a mí la próxima vez?

Anton se abrió camino en su conciencia, diciéndole que no pertenecía en un lugar como ese, pero lo empujó a un lado.

—Veremos.

Shawn vaciló, como si pesara sus palabras, luego metió la mano en su bolsillo y sacó un anillo de diamante y una banda dorada. Su mano tembló ligeramente mientras sostenía los anillos. Algo vulnerable en su expresión, un destello de miedo, pasó tan rápido que casi lo perdió. La manera cuidadosa en que observó su rostro, la tensión en sus hombros, le dijeron que estos anillos representaban más que joyas para él.

—Esos se ven caros —dijo Violeta, examinando los anillos.

Él señaló el diamante.

—Ese se llama Ziamond. Es falso, pero quería que usaras algo mientras ahorro para los anillos reales.

El metal se sintió fresco contra su piel mientras se deslizó los anillos en sus dedos. Por un momento, no pudo hablar. Su garganta se apretó mientras miró de los anillos al rostro esperanzado de Shawn.

—Nunca pensé que usaría estos por mucho tiempo —susurró—. Nunca pensé que alguien... —Se detuvo, incapaz de terminar. Shawn tomó sus manos en las suyas, los anillos atrapando la luz de la tarde entre ellos.

—Esta es tu vida ahora, Violeta —dijo con confianza—. Una vida de ser amada y apreciada.

Una sola lágrima se deslizó por su mejilla mientras asintió.

—Gracias. No solo por los anillos, sino por... —Hizo gestos a la habitación, a la vida que estaban construyendo—. Por creer que podía ser más.

Un golpe los interrumpió. Shawn abrió la puerta a Ruth, quien usaba una expresión guardada, cambiando su peso inquietamente de un pie al otro.

—Tus amigas están aquí.

Violeta se volteó hacia Shawn con curiosidad.

—¿Qué amigas? ¿Invitaste a alguien?

Shawn se congeló, ojos moviéndose hacia los lados antes de componer su rostro en una expresión neutral. Se encogió de hombros con indiferencia exagerada, pero las puntas de sus dedos tamborilearon nerviosamente contra su muslo.

Violeta entró a la sala y se iluminó al ver a Natasha y Aleesha paradas incómodamente, vestidas cómodamente pero viéndose ligeramente fuera de lugar en el espacio curado de Ruth. Las abrazó.

—Qué sorpresa.

Ruth se recostó contra la pared y cruzó sus brazos sobre su pecho. Sus labios se presionaron en una línea delgada mientras observó la reunión, su mirada moviéndose entre las mujeres como si estuviera catalogando amenazas potenciales.

Aleesha sonrió.

—Estamos fuera en un pase del día.

Las cejas de Ruth se levantaron.

—¿De la cárcel?

Shawn negó con la cabeza.

—No, Abuela, de rehabilitación. Van a un programa en New Jersey, ¿recuerdas?

Los hombros de Ruth se relajaron.

—Es difícil mantener el rastro de todos los detalles.

Shawn las llevó al comedor y retiró sillas de la mesa.

—Por favor siéntense.

—¿Qué estás tramando? —preguntó Violeta a Shawn con una mirada escéptica mientras tomó asiento junto a Aleesha y Natasha.

—Ya verás —dijo con un guiño. Se volteó hacia Aleesha y Natasha—. ¿Su tratamiento está funcionando?

Aleesha se rió, fuerte y sin guardia, y los hombros de Ruth se endurecieron.

—Espero que sí. Cuando empezó, lloré por tres semanas seguidas. Pensé que iba a inundar el lugar. —Apretó la mano de Violeta—. Pero entonces desperté una mañana y me di cuenta de que no había pensado en una dosis en doce horas. Doce horas completas de... ser.

Natasha asintió.

—Los consejeros, nos hicieron escribir cartas. A nosotras mismas, nuestras familias. —Su acento se había suavizado, las palabras viniendo más fácil—. Le escribí a la chica que era antes de conocer a Anton, le recordé quién era antes de que alguien tratara de robárselo todo. Le dije que se diera espacio para sanar.

El timbre sonó.

Shawn señaló a la entrada.

—¿Puedes atender eso, Abuela?

Ruth abrió la puerta para encontrar a Douglas sosteniendo varias bolsas de supermercado.

—No ordené nada.

Shawn hizo señas para que Douglas entrara.

—Yo lo hice. —Douglas llevó las bolsas a la cocina y sacó varias cajas grandes de pastelería.

—¿Qué está pasando? —preguntó Ruth, mirando las cajas con curiosidad.

Shawn sacó la tetera antigua del gabinete, su superficie plateada atrapando la luz del sol.

—Té de la tarde escocés.

Douglas produjo un ramo de flores frescas de una bolsa, sus colores audaces contra los tonos silenciados del apartamento.

—Y estas son para ti.

Ruth le dio un beso rápido en su mejilla.

—Gracias.

Mientras Ruth arregló sándwiches de pepino y scones en sus bandejas plateadas, sus manos temblaron ligeramente, un temblor que Violeta nunca había notado antes. Douglas se movió junto a ella, estabilizando la bandeja con una mano mientras arreglaba flores con la otra.

Las mejillas de Ruth se ruborizaron.

—No tienes que hacerlo.

—Quiero hacerlo. —Sus manos gastadas trabajaron junto a las suyas, sus movimientos sincronizados como compañeros de baile que habían estado practicando por años.

Aleesha se inclinó hacia Violeta.

—Ese hombre tiene ojos de amor por ella.

Viéndolos, Violeta vio a un hombre haciendo que una mujer se sintiera preciada en lugar de disminuida. Douglas no arregló las manos temblorosas de Ruth; hizo espacio para que fueran firmes juntas.

Aleesha apretó el hombro de Violeta.

—¿Cuándo se van a casar ustedes dos de verdad?

Shawn vertió agua hirviendo en la taza de té de Violeta.

—Estamos casados de verdad.

—Esa boda fue demasiado rápida. No bonita. A mi chica le gusta que la traten especial —dijo Aleesha, puntuando cada oración con un chasquido de sus dedos.

La voz de Anton cortó por la mente de Violeta, aguda como una cuchilla. *Nada es especial sobre ti.* La taza de té tembló en su mano. Por un momento, el brillo cálido de la habitación se atenuó, y las paredes parecieron cerrarse mientras sus palabras venenosas se enrollaron alrededor de sus pensamientos.

Puso la taza, sus uñas cavando en su palma bajo la mesa. Violeta forzó una sonrisa y puso una servilleta en su regazo.

—Nuestra boda estuvo bien. —Necesitaba algo más en qué enfocarse, cualquier cosa para empujar la voz de Anton lejos. Sus ojos encontraron una de las creaciones de Ruth, la escena de Central Park capturada en trazos elegantes en blanco y negro—. Desearía saber cómo pintar así.

Ruth miró.

—¿En serio?

Violeta asintió.

Los ojos de Aleesha siguieron los movimientos de Ruth mientras le servía té.

—Mi mamá trató de enseñarme cosas aquí y allá, pero no era tan buena escuchando. Excepto cómo agacharme cuando las botellas empezaban a volar.

La habitación se quedó silenciosa. Ruth puso su taza de té y miró a Aleesha, su cabeza inclinada ligeramente como si estuviera resolviendo un rompecabezas.

Douglas habló en la tranquilidad.

—Yo también crecí en una casa así. —Sus ojos encontraron los de Aleesha—. Los puños de mi padre, las lágrimas de mi madre. Me tomó sesenta años aprender que el amor no tiene que doler. —Miró a Ruth, luego a Violeta—. A veces la familia que elegimos es la que nos enseña cómo se supone que se siente el amor.

La mano de Ruth encontró la suya sobre la mesa.

—Bueno —dijo suavemente, su voz más firme ahora—, las familias vienen en todas las formas, ¿no es así? Las en que nacemos y las que hacemos nuestras.

Los únicos sonidos fueron los tintineos de tazas de té y platillos mientras sus palabras se asentaron sobre la mesa.

Natasha se movió en su silla.

—Fui al doctor.

Aleesha se acercó más a ella.

—¿Sí?

Natasha tiró de su lóbulo de oreja.

—Me cansé de que me quemara cada vez que orinaba.

Su honestidad cruda encendió una onda de risa.

El rostro de Aleesha se volvió tierno.

—Violeta es lo más cercano a familia que tenemos ahora.

—Entonces tenemos algo en común —dijo Ruth, pasándole a Aleesha un sándwich de pepino con calidez en sus ojos.

Tomaron turnos probando pasteles delicados y compartiendo historias, las cucharas plateadas tintineando contra la porcelana fina. Los hombros de Violeta permanecieron tensos, los ojos de Aleesha se dirigieron a las salidas, y las manos de Natasha temblaron mientras levantó su taza. Todas estaban tratando tan duro de pertenecer en este mundo gentil de té de la tarde y conversación educada mientras cargaban sombras que ninguna cantidad de Earl Grey podía ahuyentar.

Antes de que todos se fueran, Ruth envolvió varios pasteles cuidadosamente y se los entregó a Violeta.

—Para tus amigas —dijo—. Para el camino.

Shawn regresó a su dormitorio a descansar después de que el último invitado se fue, mientras Violeta ayudó con los platos.

—Lo hiciste bien hoy —dijo Ruth.

—¿Lo hice? A veces me pregunto si solo estoy fingiendo estar bien.

—Algunos días siempre serán más difíciles que otros. —Se secó las manos en una toalla y envolvió los pasteles restantes en papel encerado—. Tus amigas... —comenzó, su voz pensativa mientras le entregó a Violeta una toalla de platos—. No son lo que esperaba.

—¿Qué esperabas? —preguntó Violeta, secando un platillo con atención cuidadosa.

—Problemas, supongo. —Las manos de Ruth regresaron al agua jabonosa—. Pero son solo mujeres jóvenes tratando de encontrar su camino. Como tú.

Las palabras de Ruth persistieron en la mente de Violeta mientras terminaron de limpiar. Por primera vez en meses, sintió algo que casi había olvidado. Pertenencia.

Esa noche, sin embargo, los viejos demonios regresaron. Violeta soñó con las manos de Anton alrededor de su garganta, con Goldie observando desde las sombras, con habitaciones interminables de hotel con hombres sin rostro. Despertó, jadeando por aire, el rostro preocupado de Shawn flotando sobre ella.

La tarde siguiente, Violeta regresó al apartamento de una sesión de consejería que había despegado sus capas protectoras, dejando sus nervios expuestos. Había hablado sobre Joe, sobre esa primera traición que puso todo en movimiento.

Su corazón se aceleró mientras los recuerdos se estrellaron sobre ella. Cada sonido se amplificó. El tic-tac del reloj. El zumbido del refrigerador. Una sirena distante. Sus piernas cedieron, y se deslizó por la pared hasta que se desplomó en el piso del pasillo.

La habitación de hotel de Joe destelló por su mente. El vino de sabor agrio. Su peso aplastando el aire de sus pulmones. El momento en que su mente se oscureció, dejando solo su cáscara atrás.

Las lágrimas nublaron su visión mientras la pared áspera raspó su espalda. Cada hombre que había usado su cuerpo destelló ante sus ojos: su piel, su ropa, su aliento rancio.

Una caja de pañuelos apareció frente a ella. Ruth descansó su mano en el hombro de Violeta, su toque ligero pero anclado, como una cuerda en una tormenta.

—Mejorará —dijo gentilmente.

—Eso es lo que mi consejera sigue diciendo. —Violeta se limpió inútilmente sus lágrimas interminables—. No estoy segura de que lo crea.

Ruth se bajó al piso junto a Violeta, sus rodillas crujiendo en protesta. Se sentó en el momento con ella, sus hombros tocándose.

—He estado orando por ti —dijo Ruth después de un tiempo, sus ojos suavizándose—. El tipo de oraciones de lucha que me mantienen despierta en la noche.

—Gracias. —La voz de Violeta se quebró—. Nunca he creído en la oración más de lo que creo ahora.

Ruth asintió.

—Sabes, querida, a veces la oración también se trata de sentarse en la tranquilidad, escuchar al Señor, y dejarte sostener por su amor.

La mirada de Violeta bajó a sus manos, aún temblando. Ruth se estiró por el espacio entre ellas, sus dedos gastados cubriendo los de Violeta. Le dio a la mano de Violeta un apretón gentil antes de soltarla.

—Es un día hermoso para pintar.

—Oh, sí. Disfrútalo.

—Lo disfrutaría más si tuviera compañía. ¿Sigues interesada en aprender? La pintura siempre me ha ayudado a procesar lo que está pasando en mi vida.

La burla de Anton trató de envenenar el momento. *Si te acercas a ella, sabrá que eres un fraude.* Pero Violeta levantó su barbilla, desafiante.

—Me encantaría aprender.

Un viaje corto en taxi las llevó a Central Park en la Quinta Avenida y la Calle 105. Violeta miró hacia la puerta de hierro ornamentada que les daba la bienvenida, su trabajo intrincado de pergaminos elevándose como encaje metálico contra el cielo.

—Esa puerta fue elaborada en París y una vez adornó la entrada a la mansión de Cornelius Vanderbilt —explicó Ruth mientras entraron a la tranquilidad silenciosa—. Este es el único jardín formal de Central Park.

El caos de la ciudad se desvaneció detrás de ellas mientras entraron a lo que se sintió como un mundo secreto. Ruth la llevó por senderos arreglados pasando una fuente con un solo chorro de agua disparando hacia el cielo. Flores púrpuras en cascada se colgaron por un pasadizo arqueado que se curvó graciosamente por la pendiente. Árboles pesados con flores rosadas y blancas alinearon su sendero, mientras setos precisamente recortados formaron rectángulos perfectos alrededor del césped esmeralda.

Todo aquí hablaba de diseño cuidadoso, tan diferente de la belleza salvaje y orgánica del resto del parque que Violeta había vislumbrado. Esto se sintió europeo de alguna manera, como entrar a una pintura.

Se acomodaron cerca de otra fuente donde tres mujeres de bronce bailaron en un círculo, sus rostros volteados hacia el cielo en alegría, dedos entrelazados como si hubieran sido capturadas a medio celebración. La fragancia dulce de flores perfumó el aire mientras Ruth desempacó sus suministros.

Después de poner sus caballetes, Ruth le mostró a Violeta cómo mezclar colores. Entonces le entregó un pincel, y comenzaron a pintar.

Árboles simples emergieron en ambos lienzos: el de Ruth elegante y preciso, el de Violeta áspero pero vivo con emoción.

Ruth hizo gestos a la pintura de Violeta con su pincel.

—Puedo ver la pasión que estás poniendo en ello. —Estudió el trabajo de Violeta—. Es un talento raro poder pintar con tu corazón.

Violeta frunció el ceño ante sus pinceladas disparejas.

—Se ve infantil junto al tuyo.

—No realmente. Creo que se ve... honesto. —Ruth mojó su pincel en agua, girándolo—. Cuando empecé a pintar por primera vez, se sintió como una conexión especial con Dios. Después de que mi esposo murió, hubo días que no podía hablar, no podía orar. Pero podía poner pintura en un lienzo.

Violeta asintió.

—Desearía que esto pudiera quitar el dolor.

Ruth tocó azul azur en su lienzo con trazos precisos.

—Yo también. Pero sí le da al dolor un lugar adónde ir. —Miró de lado a Violeta—. A veces eso es todo lo que necesitamos. No que el dolor desaparezca, sino que se transforme en algo que podamos mirar desde la distancia.

Un niño pequeño que se reía corrió pasándolas, enviando palomas esparcidas hacia arriba en un aleteo de alas. Ruth y Violeta trabajaron en silencio, los sonidos del parque rodeándolas: risa de niños, música distante, el susurro de hojas.

Violeta se relajó, y su respiración se desaceleró. Con cada pincelada, se encontró poniendo pedazos de su dolor en el lienzo, viéndolo transformarse de algo que la consumía a algo que podía observar.

Se retiró para evaluar su trabajo y se congeló. Sin pretenderlo, había pintado el jardín de sus sueños. Pero esta versión era diferente. Un sendero se curvó a través de las espinas, y en la distancia, apenas visible a través de las enredaderas y árboles enredados, la luz hacía señas. Respiró agudamente.

—No pretendía pintar esto.

Ruth estudió el lienzo.

—A veces nuestras manos saben cosas que nuestras mentes no han descifrado aún.

Violeta no podía apartar la vista de lo que había creado. El jardín que había atormentado sus horas de sueño por meses estaba ahí en el lienzo, pero transformado.

—En mis sueños, nunca encuentro el sendero —susurró.

—Los sueños pueden cambiar —dijo Ruth suavemente.

Trabajaron en silencio después de eso, el sol de la tarde cambiando a través de los árboles mientras Violeta añadió pequeños toques a su pintura: un pájaro posado en una rama, una mariposa cerca de la luz.

—Sabes —dijo Ruth mientras empacaron sus suministros después, la luz de la tarde volviéndose dorada—, eres bienvenida a usar mis pinturas cuando quieras. Tengo muchas. —Sus ojos se encontraron, y Violeta vio algo inesperado en la mirada de Ruth. Aceptación.

—Me gustaría eso —dijo Violeta.

Ese domingo, mientras Ruth y Shawn se alistaron para la iglesia, Violeta alcanzó su teléfono. *¿Y si mis amigas pudieran acompañarme?* Antes de que la duda pudiera paralizarla, envió un mensaje rápido a Aleesha y Natasha: *¿Quieren probar la iglesia conmigo hoy? Sin presión.* Mientras esperaba su respuesta, se despidió de Shawn y Ruth.

—Es temprano, así que vamos a parar en el lugar de desayuno favorito de mi abuela primero —dijo Shawn—. ¿Te gustaría al menos acompañarnos para esa parte?

—Estoy bien, pero gracias por la invitación —dijo Violeta.

Después de que Shawn cerró la puerta con una mirada decepcionada en su rostro, el teléfono de Violeta vibró con su respuesta. '¡Sí!'

Una hora y media después, Shawn salió de un taxi amarillo a la acera agrietada frente a Redentor, el sol de la mañana tardía calentando su rostro. Apenas podía creer cuánto había cambiado su vida. Habían sido tres meses desde que Anton había sido llevado en esposas.

Ruth emergió del taxi después de él, su vestido floreado atrapando la brisa. Douglas siguió, desplegando su marco alto del asiento trasero. Sin vacilación, Ruth alcanzó su mano, sus dedos entrelazándose. Ella y Douglas continuaron a las sombras frescas de la iglesia, dejando a Shawn solo.

Verlos desaparecer adentro trajo el dolor familiar de

extrañar a su esposa.

—¿Shawn?

Se volteó para encontrar a Violeta acercándose en un vestido fluido color granate salpicado de lunares grises, Aleesha y Natasha flanqueándola como ángeles guardianes.

—Espero que no te importe que traje algunas amigas —dijo Violeta, su sonrisa no llevando rastro de las sombras que a menudo la atormentaban.

—Solo me alegra que no las hayas llevado a tu Iglesia del Santo Grial. —Shawn guiñó y ofreció su mano. Juntos, todos se dirigieron adentro, con Shawn liderando el camino.

Encontraron asientos en la parte trasera donde Violeta podía quedarse cerca de la salida. Mientras la congregación cantó sobre cómo Dios hace un camino, la voz de Anton se deslizó por su mente, diciéndole que nunca pertenecería ahí, que nunca escaparía de su pasado. Una vergüenza familiar se arrastró por su espina.

Apretó sus ojos y oró para que su presencia venenosa desapareciera, pero las acusaciones siguieron viniendo, mezclándose con recuerdos de todos los hombres que robaron pedazos de su alma. Sus dedos se anudaron en su regazo mientras luchó contra el impulso de correr, desgarrada entre la seguridad de estar con Shawn y la vergüenza abrumadora que amenazaba con llevarla de vuelta a la oscuridad.

La congregación se puso de pie para cantar, y Violeta se levantó con ellos, sus labios moviéndose silenciosamente a letras en las que no estaba segura de creer. La música se hinchó alrededor de ella mientras las notas del piano ondularon por el aire y las voces se elevaron en armonía.

Las palabras sobre gracia y perdón se atoraron en su garganta. La redención se veía posible para todos los demás, pero sus manchas eran demasiado profundas para lavar.

Su mirada se deslizó por la habitación. Las madres acunaron bebés, parejas de edad avanzada se tomaron de las manos, estudiantes universitarios usaron expresiones pacíficas. ¿Podrían posiblemente entender las profundidades desde las que ella estaba escalando?

La mujer junto a ella con cabello rubio rizado cantó con los ojos cerrados mientras las lágrimas trazaron caminos por su rostro arrugado. Su llanto silencioso resquebrajó algo en el pecho de Violeta. *Si esta extraña puede traer su quebranto aquí sin vergüenza, tal vez yo también puedo.*

Violeta se recostó contra Shawn, la calidez sólida de su hombro contra la suya, tratando de entender cómo su fe podía ser tan fuerte comparada con sus propias creencias frágiles. Quería creer que podía ser diferente, pero la voz de Anton aún hacía eco en los espacios donde la esperanza podría estar echando raíces.

El calor de finales de verano brilló afuera de las ventanas de la oficina de la Dr. Schaffer. Violeta se acomodó en la silla familiar, su cuero crujiendo suavemente bajo ella. Seis meses habían pasado desde el juicio, pero la voz de Anton aún hacía eco en su mente, más silenciosa ahora, pero persistente.

—Tuve el sueño del jardín de nuevo —dijo, pasando su dedo por el brazo de la silla.

La Dr. Schaffer asintió.

—¿Las enredaderas?

—Sí, pero... —Violeta se inclinó hacia adelante—. Algo era diferente. Yo... tenía tijeras esta vez. —Una sonrisa tocó sus labios—. Empecé a cortarlas. Bueno, no solo yo. Se sintió como si alguien lo estuviera haciendo a través de mí. Dándome la fuerza.

La Dr. Schaffer se movió en su silla. Su pluma yacía olvidada en el bloc de notas mientras se inclinó hacia adelante, su lenguaje corporal reflejando la ligera apertura en la postura de Violeta. Las esquinas de sus ojos se arrugaron con su sonrisa. En el silencio entre ellas, el difusor de eucalipto burbujeó silenciosamente.

Los ojos de Violeta se dirigieron a la ventana, donde un pequeño pájaro azul se posó en el alféizar.

—No me liberé completamente. Pero hice un sendero... lo suficientemente ancho para respirar.

La Dr. Schaffer hizo una nota en su bloc.

—¿Cuándo fue la última vez que la presencia interna de Anton se sintió abrumadora?

Violeta consideró esto.

—¿Hace tres días? Cuando Shawn y yo estábamos en la cena. —Giró su anillo—. Pero no duró tanto. Usé esa técnica de conexión a tierra que practicamos.

—¿Y cómo se sintió eso?

—Como... —Violeta buscó qué decir—. Como encontrar mi propia voz de nuevo. Pedazo por pedazo. A veces es apenas un susurro, pero es mía.

Ese domingo, Violeta aceptó asistir a la iglesia con Shawn, donde se acomodó entre él y Ruth, quien tomó las manos con Douglas. El pastor habló sobre el hijo pródigo y cómo el padre recibió al hijo descarriado en casa con celebración en lugar de vergüenza. También habló sobre el hermano mayor en la historia, quien no podía aceptar el corazón cambiado del hermano y se rehusó a celebrar. Algo sobre la historia se alojó en su pecho.

En las semanas que siguieron, comenzó a leer la Biblia de Shawn con curiosidad. Algunos pasajes eran difíciles de entender, mientras otros hablaban claramente de perdón y redención. Pero gradualmente, ciertos versículos empezaron a sentirse como cartas escritas directamente a su corazón. Descubrió un versículo en 2 Corintios 5:17 que decía, “¡Si alguno está en Cristo, es una nueva creación; lo viejo ha pasado, lo nuevo ha venido!” Esas palabras la siguieron a través de sus días, prometiendo un tipo diferente de futuro.

Una noche mientras preparaba la cena, se encontró tarareando “Amazing Grace,” la melodía llevándola por la cocina mientras la luz de la tarde se derramó por los mostradores. Las letras “Una vez estuve perdida pero ahora soy encontrada" la hicieron parar y pensar. *Encontrada*. ¿Era eso lo que era este sentimiento? ¿Esta sensación gradual de ser conocida, ser amada, estar en casa?

La semana siguiente, Ruth sugirió que pintaran al aire libre. Pusieron sus caballetes junto al Estanque de la Tortuga, donde los arcos góticos del Castillo Belvedere se reflejaron en el agua quieta ante ellas. Violeta se perdió en el ritmo de pintar, su pincel creando un prado de flores silvestres que parecía brillar contra el fondo de crepúsculo de su lienzo. Cada flor estaba viva con posibilidad.

—Es hermoso —dijo Ruth, estudiando la pintura.

Violeta se retiró de su caballete, su voz silenciosa pero certera.

—Es esperanza.

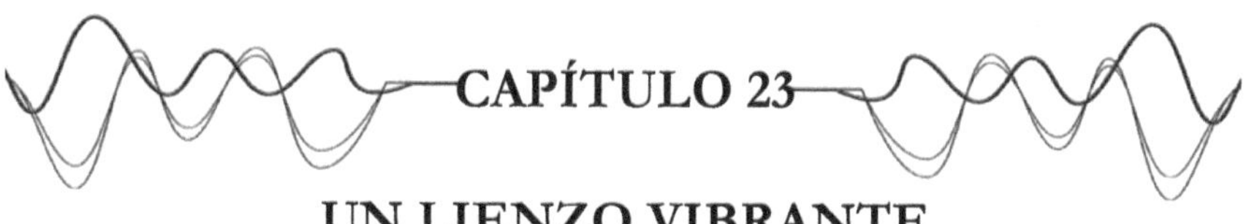

CAPÍTULO 23

UN LIENZO VIBRANTE

Shawn y Violeta pasearon por su antiguo lugar favorito de citas, The High Line, bajo ondas de nubes que surcaban el cielo. El agua goteaba a su lado desde el arroyo, su música suave mezclándose con los sonidos de la ciudad que se extendía abajo. Compartieron una copa de sorbete, turnándose con la cuchara como adolescentes en una primera cita.

Violeta se detuvo para observar una mariposa monarca que pasaba flotando, sus alas naranjas atrapando la luz del sol.

—¿Sabes qué me gusta de este lugar? La gente pensó que no tenía valor hasta que alguien se dio cuenta de que solo necesitaba un nuevo comienzo.

Shawn sonrió.

—Eso es lo que amo de él también. —Sus manos comenzaron su retorcimiento familiar mientras la ansiedad marcaba sus movimientos—. Hay algo de lo que me arrepiento.

—¿Qué es?

—Nuestra boda. No fue tan especial como siempre quise que fuera. —Shawn pateó una piedra suelta, viéndola deslizarse por las tablas de madera.

—Sí, puedo entender eso. —Violeta pensó en la niñita que una vez había sido, que creaba escenarios elaborados de bodas con sus muñecas antes de que la vida le enseñara a archivar tales sueños bajo 'imposible'.

—Y apuesto a que tú tampoco te sentiste tan especial —dijo Shawn.

—Ese día parece como si hubiera pasado hace siglos.

Shawn dejó de caminar y se volteó para enfrentarla, tomando su mano. Sus dedos encontraron sus anillos, los que le había dado como sustitutos, y con suavidad se los deslizó.

Violeta lo miró con preocupación.

—Oye, ¿qué estás haciendo?

—Ya no necesitarás estos. —Los tiró a un basurero cercano.

El rostro de Violeta se ruborizó.

—Espera. ¿Qué? Yo quería esos.

Shawn se arrodilló, sus movimientos cargados de todo el romanticismo de un hombre que había estudiado incontables videos de propuestas, sin ninguna de la torpeza que a menudo marcaba sus interacciones. Sacó un anillo de diamante de su bolsillo. El diamante vintage atrapó la luz del sol, proyectando pequeños arcoíris sobre las tablas de madera.

Los ojos de Violeta se agrandaron.

—¿No es ese el de tu abuela?

—Lo era —dijo Shawn, su voz firme y segura—. Ahora ella quiere que sea tuyo. ¿Te casarías conmigo, Violeta?

Ella tiró de su oreja, confundida.

—Pensé que ya estábamos casados.

Shawn la miró con ojos brillantes.

—¿Sí, o no?

Violeta estudió su rostro buscando pistas sobre lo que estaba pasando.

—Sí, por supuesto.

Un toque suave en su hombro la hizo voltearse para descubrir a Aleesha y Natasha. Un vestido malva fluido envolvía elegantemente las curvas de Aleesha, ondeando en la brisa mientras un maquillaje sutil resaltaba su belleza natural, realzando su rostro redondo y alegre. Sandalias delicadas que le permitían moverse con una facilidad recién encontrada habían reemplazado sus stilettos.

Natasha estaba junto a ella, su figura delgada envuelta en un vestido de verano verde salvia que suavizaba sus bordes agudos. Su cabello liso caía naturalmente alrededor de su rostro, en lugar de estar severamente peinado, y sus ojos oscuros e intensos sostenían calidez en lugar de recelo. Los rostros de ambas mujeres brillaban con alegría, sin rastro de las máscaras que solían usar.

Aleesha señaló a Violeta.

—¿Está lista?

Shawn levantó su barbilla.

—Tan lista como siempre lo estará.

Violeta miró entre sus sonrisas cómplices.

—¿Lista para qué?

Shawn rebotó en sus pies.

—Espero que todavía te gusten las sorpresas.

Violeta miró a Shawn. Los recuerdos de su primer encuentro volvieron como una oleada: lo perdida que había estado entonces, lo encontrada que se sentía ahora. Aleesha y Natasha intercambiaron miradas antes de tomar sus brazos, su toque suave pero insistente mientras la llevaban hacia las escaleras.

Los nervios revolotearon en el pecho de Violeta mientras miró hacia atrás a Shawn, quien lucía esa sonrisa tonta y encantadora que había llegado a amar. Claramente estaba disfrutando este momento de misterio.

Las tres subieron a la parte trasera de un taxi, los asientos de cuero frescos contra su piel. Violeta se sentó entre sus amigas, su presencia un escudo contra la ansiedad que aún a veces se arrastraba en lugares desconocidos.

El conductor navegó por el tráfico de la tarde hasta que llegaron a la Décima Avenida y la Calle 20, deteniéndose frente a un conjunto gastado de edificios de ladrillo rojo. Un letrero negro se extendía sobre la entrada: The High Line Hotel. La arquitectura gótica no se parecía en nada a las torres de vidrio estériles que hacían que el estómago de Violeta se apretara con temor familiar.

Ruth las esperaba en la acera, vestida con un vestido amarillo fluido. Cuando Violeta abrió la puerta, Ruth extendió ambas manos hacia ella.

—Por favor dime qué está pasando —dijo Violeta.

Ruth sonrió e hizo gestos para que la siguieran al edificio.

—Lo verás pronto.

Pasaron por el vestíbulo ecléctico con sus techos de catedral bordeados por vigas negras expuestas. Antigüedades victorianas, una cabeza de venado montada, y pinturas de paisajes decoraban las paredes. Una lámpara estilo Tiffany proyectaba colores salpicados sobre un sofá de patrón zigzag en blanco y negro.

Ruth guió a Violeta por el vestíbulo hacia un conjunto de puertas francesas en la parte trasera, con Aleesha y Natasha siguiendo detrás, intercambiando miradas emocionadas.

—Justo por aquí —dijo Ruth suavemente, su mano en el codo de Violeta.

Cuando Ruth empujó las puertas, el aire cálido de la tarde las recibió. Violeta pisó el patio del hotel, donde manteles blancos adornaban las mesas, cada una centrada con jarrones de flores silvestres. Dos docenas de mujeres se sentaban esperando con expresiones acogedoras.

Estallaron en aplausos ante su entrada.

Violeta miró alrededor, preguntándose a quién estaban aplaudiendo, antes de darse cuenta de que era para ella. *Soy la invitada de honor*. Su visión se nubló ante la oleada inesperada de pertenencia.

Tammy corrió hacia ella, usando un vestido largo verde con un pin que decía: “Sé el Cambio.” Abrazó a Violeta.

—Traje un montón de mujeres del trabajo. —Hizo gestos hacia las mujeres más jóvenes sentadas alrededor de las mesas.

—Y yo llené el resto —dijo Ruth, señalando a las señoras mayores con rostros vividos, que estaban mezcladas entre ellas.

Violeta negó con la cabeza.

—Todavía no sé qué está pasando.

Las mujeres se rieron. Ruth dirigió la atención de Violeta a una mesa decorada contra la pared de ladrillo.

Una jaula de pájaros llena de flores servía como centro de mesa, bajo un letrero que decía 'Celebrando a los Tortolitos'. Junto a ella estaban: 'Albóndigas de Semillas de Pájaros,' 'Sándwiches de Tortolitos,' y mini botellas de agua etiquetadas 'Para Pájaros Sedientos.'

Ruth irradiaba felicidad.

—Nunca tuviste una despedida de soltera.

Violeta tomó una respiración larga y satisfactoria, y su corazón se hinchó mientras contemplaba todo.

—Nunca he estado en una despedida de soltera. Tendrás que decirme qué hacer.

Las mujeres se rieron de nuevo.

No perteneces aquí, dijo la voz de Anton. Violeta se volteó, luego se dio cuenta de que estaba en su cabeza. *Esta gente no sabe quién eres realmente.*

Ruth llevó a Violeta a un asiento en la mesa central junto a Tammy.

—Disfrútalo.

Las mujeres llenaron las próximas horas dándole consejos a Violeta sobre matrimonio y relaciones o confesando que sus propias vidas eran trabajos en progreso en ese departamento.

Una mujer mayor con cabello rayado de plata se inclinó hacia adelante.

—Mi abuela me llevó aparte el día de mi boda. —Sus ojos se arrugaron ante el recuerdo—. Me dijo algo que nunca olvidaré. —Sus dedos giraron ausentemente su banda dorada bien gastada—. Dijo que enamorarse no es algo de una sola vez. Es... —Hizo una pausa, buscando las palabras—. Es elegirse el uno al otro. Todo el tiempo. Especialmente cuando todo lo que quieres hacer es salir por la puerta.

—Hablando de puertas —dijo una mujer con acento de Brooklyn—, teníamos este vecino. Casado sesenta años. Un día, le pregunté al esposo su secreto. —Hizo una pausa, tomando un sorbo de su agua con gas—. Me dijo que tenían una regla: no podían ambos dejar la casa cuando peleaban. De esa manera, uno de ellos siempre estaba en casa para contestar cuando el otro regresara a disculparse.

Las mujeres estallaron en risa.

—Reglas del teléfono —gritó una mujer con cabello negro rizado—. Siempre contesta cuando él llame, pero... —Movió su dedo—. Guárdalo cuando estén juntos. —Miradas cómplices pasaron entre las mujeres.

Una mujer con líneas de risa alrededor de sus ojos habló.

—Ambos aprendan a decir, 'Me equivoqué' muy rápido. —Sonrió—. Podría ser difícil al principio, pero... valdrá la pena. —Agitó su mano—. Y recuerden las noches de cita. Incluso cuando estén cansados. Especialmente cuando estén cansados. Tienen que invertir en su matrimonio.

La palabra *invertir* activó un recuerdo: Anton contando billetes en su mesa de noche. *Nadie invierte en una causa perdida*. El aroma fantasma de su colonia de sándalo llenó las fosas nasales de Violeta, y su muñeca izquierda palpitó con dolor recordado donde una vez se la había retorcido detrás de la espalda. La temperatura del aire se disparó, y el sudor se formó a lo largo de su cuello, mientras las palabras de las mujeres retrocedieron detrás de un zumbido en sus oídos. Su lengua se espesó con el sabor cobrizo del miedo: el mismo sabor que había llenado su boca cada vez que escuchaba su llave en la puerta después de que lo decepcionara. *Desperdicié años en ti. Ahora es el turno de Shawn.*

La voz era tan real, tan presente, que tuvo que resistir el impulso de mirar sobre su hombro. Alcanzó su vaso de agua, tratando de conectarse con el momento presente, con este espacio lleno de mujeres que la veían como algo más que mercancía dañada. Tomó un sorbo cuidadoso, y el líquido fresco ayudó a lavar la amargura de sus recuerdos.

Una mujer curtida de setenta años se puso de pie.

—Encuentren excusas para reír. —Sus ojos brillaron—. Recuerden, el matrimonio no es ustedes dando cincuenta por ciento y él dando cincuenta por ciento. Nada de eso de cincuenta-cincuenta. Eso solo lleva al divorcio. El matrimonio es cien por ciento de ustedes y cien por ciento de él. Esa es la única manera que funciona.

Violeta asintió, tratando de absorber estas perlas de sabiduría. Un recuerdo repentino la transportó de vuelta a una noche en su apartamento cuando Anton se subió el cierre de su chaqueta frente al espejo mientras ella yacía acurrucada en su cama, su mejilla aún punzando donde él la había golpeado. *Tu único talento es fingir*, dijo sin mirarla. *Sabes exactamente cómo obtener lo que quieres*. Mientras el recuerdo se desvanecía, sus palabras continuaron: *Tu matrimonio funcionará... si sigues siendo una actriz. Lástima que ese acto se desgastará pronto. Entonces te darás cuenta de que dejaste lo único en lo que eras buena: venderte*.

Violeta cruzó y descruzó sus piernas mientras más transpiración se formaba a lo largo de su escote. *El matrimonio suena como mucho trabajo*.

—Y recuerden orar juntos —añadió Ruth, su voz tierna—. Dios les dará la fuerza para amarse.

Violeta le dio una sonrisa apreciativa, conmovida por cuánto había cambiado desde esos primeros encuentros desconfiados.

La celebración continuó con una competencia de crucigrama con tema de boda que hizo reír a todas, y un concurso de degustación de pastel con los ojos vendados que Aleesha ganó con pericia sorprendente.

Cuando Tammy sugirió abrir regalos, el primer presente reveló lencería rosada delicada, provocando que Ruth declarara que debería abrir el resto en privado.

Mientras las invitadas comenzaron a partir, sus palabras amables envolvieron a Violeta como abrazos suaves. Después de que Violeta agradeció a una mujer del trabajo de Shawn por venir, se sentó en una mesa y escuchó por casualidad a Tammy hablando con Ruth.

—¿Qué pasó con los tortolitos que hice? —preguntó Tammy, señalando la jaula vacía.

—¿Qué quieres decir? —preguntó Ruth.

—Los puse en la jaula, pero ahora faltan, y la puerta está abierta.

Los ojos de Ruth brillaron, y puso su mano sobre la de Tammy.

—Los liberé. Porque los verdaderos tortolitos ahora están libres.

Algo se desplegó dentro del pecho de Violeta, como alas estirándose después de haber estado atadas. Entonces la voz de Anton cortó: *Nunca serás libre.*

Cállate, pensó Violeta agudamente. Miró alrededor como si Anton pudiera realmente estar ahí. Pero en lugar del miedo familiar, sintió una oleada de desafío. Estaba cansada de tener miedo, cansada de dejar que la influencia de Anton la controlara incluso ahora. Sin embargo, mientras la emoción feroz corrió por ella, se dio cuenta de que necesitaba algo más fuerte que su propia ira para finalmente silenciarlo para siempre. Antes de que pudiera ser liberada de su pasado, necesitaba enfrentar el peso de todo lo que había cargado. No solo lo que le habían hecho, sino lo que había hecho también.

Bajando su cabeza, oró en silencio. Para que Dios la perdonara por todo lo que había hecho. Por paz de las voces condenatorias. Por libertad.

Un recuerdo destelló por su mente de Shawn en la acera, ensangrentado y golpeado, recibiendo golpes para que ella pudiera ser libre. Esa imagen le recordó algo que el pastor había dicho sobre Jesús en la cruz: "Él tomó el castigo que merecíamos. Sus heridas sanan nuestras heridas. Ese amor es su gracia asombrosa."

Violeta cerró sus ojos, su respiración desacelerándose. *Sana mis heridas, Jesús. Muéstrame tu gracia asombrosa.*

Esperó que las palabras de Anton regresaran, pero no lo hicieron. En su lugar, la paz floreció en su pecho, extendiendo calor a través de las bandas apretadas alrededor de sus pulmones hasta que pudo respirar completamente de nuevo.

Estás perdonada.

La voz no era audible, pero sabía que este era Jesús; su presencia se hundió en sus huesos y resonó a través de su cuerpo como la nota más grave de un cello.

El amor de Cristo, sobre el que había escuchado de Shawn, Ruth, y los sermones dominicales pero nunca había comprendido completamente hasta ahora, se envolvió alrededor de su espíritu herido como vendajes sanadores.

Las lágrimas se acumularon en sus ojos, pero no eran las lágrimas calientes familiares de vergüenza a las que se había acostumbrado. Estas eran frescas, limpiantes, como si lavaran capas de suciedad que no se había dado cuenta de que cubrían su alma. Sus hombros, perpetuamente tensados contra golpes esperados, se relajaron. Los músculos de su mandíbula se desapretaron.

El cuerpo de Violeta estaba completamente inmerso en el momento presente, anclado por algo más poderoso que el miedo.

Las palabras de Anton intentaron una vez más. *Dios no sabe todo lo que hiciste.* Pero sonó débil, distante, como una estación de radio perdiendo su señal. La presencia del Señor en su pecho pulsó en respuesta, no combativa sino simplemente... presente.

Sé todo lo que has hecho, parecía susurrar, *y te amo.*

Su amor llenó las cámaras huecas que el arrepentimiento y la culpa habían tallado dentro de ella.

Se sintió más ligera, no de manera frágil, sino como si Dios hubiera levantado una carga que había estado cargando por tanto tiempo. Respirando profundamente, sus pulmones aspiraron aire perfumado con flores, pastel de vainilla, y los perfumes persistentes de invitadas que se iban. Sus dedos, usualmente curvados protectoramente hacia adentro, se extendieron abiertos en su regazo, palmas hacia arriba. Las lágrimas trazaron silenciosamente por sus mejillas, pero sus labios se curvaron en una sonrisa.

Violeta abrió sus ojos y se puso de pie, presionando sus dedos de los pies contra el piso, maravillándose ante la firmeza de su postura, como pisar roca sólida después de años de arena movediza.

El patio se veía igual: invitadas recogiendo bolsos y abrazándose para despedirse, platos esparcidos con migajas de pastel, la sonrisa cómplice de Ruth. Pero Violeta lo vio todo a través de ojos frescos, como si una película hubiera sido despegada. El carmesí del lápiz labial de una mujer brillaba desde el otro lado del patio; la textura de la pared de ladrillo revelaba patrones intrincados; incluso la luz del sol refractaba colores brillantes a través de un vaso de agua.

La jaula con su puerta abierta atrajo su atención. Casi podía ver alas fantasmas aleteando en liberación alegre. Algo dentro de su pecho también tomó vuelo, explorando espacios recién descubiertos dentro de ella.

En ese momento, las palabras que Shawn había subrayado en su Biblia hicieron eco en su corazón con nuevo significado. "Si el Hijo te liberta, serás verdaderamente libre." El peso no había desaparecido. Aún podía sentir el recuerdo de él. Pero Jesús lo había tomado sobre sí mismo, y ya no podía definirla o determinar su futuro. Una nueva paz más allá de su entendimiento se asentó sobre ella como rocío, refrescante y dadora de vida.

Todo sobre ella de repente se sintió nuevo.

Millas a través de Manhattan, Shawn estaba experimentando su propia celebración, aunque con mucha más energía nerviosa. El salón en la azotea donde su hermano había organizado su despedida de soltero ofrecía vistas extensas de la ciudad, el espacio interior encontrándose con la terraza exterior a través de paredes de vidrio elevadas.

El sol de la tarde pintó el horizonte de Manhattan en tonos que susurraban melodías suaves en su mente, con el Empire State Building a pocas cuadras de distancia. A pesar de las vistas espectaculares y la multitud vibrante reuniéndose, gravitó hacia una esquina más silenciosa de la barra interior, sus manos trabajando a través de sus patrones familiares mientras la música house del booth del DJ pulsaba en el fondo.

Colin se enderezó la corbata mientras Shawn se movía nerviosamente.

—Esta fue una mala idea, ¿no?

—Es una gran despedida de soltero —dijo Shawn, jugando con su bebida, un pie apuntado hacia la salida. Un puñado de hombres de su trabajo se mezclaron cerca, su conversación casual puntuada por el tintineo suave de botellas de cerveza y platos de aperitivos.

Flynn se acercó, cerveza en mano.

—¿Todo bien?

La mirada de Shawn se fijó en el piso, y dio un encogimiento de hombros desanimado.

Colin suspiró.

—Creo que es demasiado para él.

Flynn sonrió mientras se enfocó en Shawn.

—Escucha, hermano. Es un honor estar aquí. Todos te admiramos.

Shawn cruzó sus brazos.

—Por favor no trates de ser gracioso.

—No lo soy —dijo Flynn, y algo en su tono hizo que Shawn prestara atención—. Lo intentaste. Realmente lo hiciste. Nada te detuvo de encontrar a la mujer con la que querías pasar el resto de tu vida. —Levantó su vaso—. Por ti. —Flynn inclinó su vaso hacia Shawn y tomó un trago.

Shawn retrocedió sorprendido.

—Pero tú podrías tener a cualquiera que quisieras. Veo lo que publicas en línea. Tienes una vida increíble.

Flynn se rió.

—Esas son solo fotos. Tú estás viviendo en la realidad. —Negó con la cabeza—. Necesito más de tu tipo de realidad en mi vida.

Algo cambió en el pecho de Shawn mientras reconoció el anhelo en la voz de Flynn. Por un momento, se vio a sí mismo a través de los ojos de Flynn: no como el tipo incómodo que luchaba con señales sociales, sino como alguien que había encontrado algo real y significativo.

—¿En serio? Gracias, Flynn —dijo, apreciando el aliento. Pero entonces la ansiedad familiar se arrastró de vuelta—. Siempre estoy preocupado de que voy a arruinar todo. No ayuda que no puedo descifrar lo que la gente está pensando la mayoría del tiempo. Y ahora, se supone que sea un buen esposo... —Su rostro se llenó de preocupación.

Colin sacó su teléfono y señaló una foto de un versículo de las escrituras contra un amanecer.

—Tal vez esto te ayude a mantenerte enfocado.

Shawn se inclinó para leer la pantalla.

—'Esperé pacientemente al Señor; Él se volvió a mí y escuchó mi clamor.' —Cerró sus ojos, dejando que las palabras familiares lo tranquilizaran—. Gracias.

Colin hizo gestos a los hombres reunidos.

—¿Alguien tiene algún consejo de matrimonio o relación para mi hermano?

Un hombre del departamento de finanzas con sienes canosas habló primero.

—La mejor manera de recordar el cumpleaños de tu esposa es olvidarlo una vez. —La risa ondó por el grupo—. Eso funciona para cualquier evento especial.

—Nunca se vayan a la cama enojados —dijo otro—. Tienes que quedarte despierto y pelear toda la noche.

Más risas.

—Siempre recuerden las tres palabras mágicas —dijo un regular de Think Coffee.

Shawn se animó.

—¿'Te amo'?

—'Vamos a comer afuera' —vino la respuesta, con tintineo de vasos y risa cálida.

—Y nunca se rían de las decisiones de su esposa —dijo Flynn con una sonrisa—. Porque ustedes fueron una de ellas.

—Está bien, está bien. —Colin levantó su vaso—. Por mi hermano Shawn, quien nunca ha tomado el camino fácil, pero mayormente el correcto. La manera en que amas a Violeta, la manera en que pones todo tu corazón en todo: eso es lo que te hace quien eres. Y mientras ustedes dos escriben este nuevo capítulo de su vida, recuerden—siempre serás mi hermano pequeño, y siempre estaré aquí para ti. Sin importar qué.

Los hombres tintinearon sus vasos juntos.

—Gracias —dijo Shawn, su voz espesa de emoción.

Colin sonrió.

—Si todavía quieres café gratis, tendré que dártelo desde la sala de maestros en Harvest Collegiate High School.

Las cejas de Shawn se levantaron.

—¿Hablas en serio?

—Por supuesto. —Colin sonrió—. Y le pedí una cita a Laura.

—Wow. —Shawn sonrió con deleite.

Los hombros de Colin se hundieron.

—Desafortunadamente, dijo, 'Ahora no.' No fue un 'no,' solo un 'aún no.'

—Se lo está perdiendo. No te rindas tan fácil —dijo Shawn con un guiño cómplice.

Colin tintineó su vaso contra el de Shawn.

—No lo haré. Tú me enseñaste eso.

Al otro lado de la ciudad, mientras las últimas invitadas se alejaron de la despedida de soltera de Violeta, cada una prometió, "Te veo pronto," mientras salían del patio calentado por el sol. Sus palabras encendieron la curiosidad de Violeta.

—¿Por qué la gente sigue diciendo que me verán pronto? —preguntó Violeta a Ruth, estudiando su rostro en busca de pistas—. ¿Hay más de esto?

Los ojos de Ruth bailaron con emoción.

—Apuesto a que sí. —Se volteó hacia Aleesha y Natasha, quienes estaban cerca—. ¿Listas?

Sus asentimientos entusiastas llenaron a Violeta con una mezcla de nerviosismo y deleite. Ruth las llevó de vuelta al laberinto de corredores del hotel, sus pasos amortiguados por alfombras suaves, hasta que llegaron al ascensor, sus puertas de latón reflejando sus rostros mientras esperaban.

Las elevó hacia arriba con un zumbido mecánico suave, y cuando emergieron en el quinto piso, Ruth las llevó a una puerta que abrió con floureo.

Adentro, la habitación zumbaba con energía. Dos estilistas, una empuñando una secadora de pelo, la otra organizando pinceles de maquillaje y paletas de color a través de una mesa de vanidad, pausaron su charla cuando Ruth se aclaró la garganta.

La mujer con el kit de maquillaje se animó mientras estudió a Violeta, como si hubiera descubierto un lienzo digno de sus talentos.

—¿Estás lista?

—¿Para qué? —preguntó Violeta con incertidumbre.

Ruth sonrió.

—Tu boda.

Sus palabras dejaron a Violeta sin palabras por un momento, luego se envolvieron alrededor de ella como un abrazo acogedor.

Ruth presionó una bata blanca suave de toalla y una toalla esponjosa en sus manos.

—Una vez que termines con tu ducha, se pondrán a trabajar. —La suavidad desconocida de la tela contra sus dedos le recordó a Violeta cuánto había transformado su vida.

Después de su ducha caliente, Violeta cerró sus ojos mientras manos cálidas trabajaron por su cabello, seccionando y rizando. El tirón suave del cepillo, el corte ligero de tijeras, el toque fresco del esmalte de uñas: cada sensación la ancló en el momento presente.

—Inclina tu barbilla un poquito —murmuró la artista de maquillaje, su pincel plumando por el pómulo de Violeta.

Cuando Violeta abrió sus ojos para revisar el progreso, parpadeó sorprendida. La mujer mirándola de vuelta tenía piel que parecía brillar, ojos que se veían radiantes en lugar de guardados. Su cabello caía en ondas suaves alrededor de su rostro.

—Estamos empezando a llegar a algún lado —dijo la estilista con una sonrisa.

Mientras la tarde continuó, Violeta se hundió más profundo en la silla mientras trabajaron en ella. Las palabras de las estilistas se convirtieron en un zumbido suave alrededor de ella mientras discutían paletas de color y debatieron patrones de rizo.

Mientras jugaron con su ser exterior, algo más profundo se estaba transformando por dentro. En los espacios silenciosos entre sus conversaciones, donde los susurros duros de Anton una vez vivieron, la presencia de Dios llenó el silencio. Su voz, cálida y certera, se sintió como luz del sol rompiéndose a través de nubes de invierno.

Eres una nueva creación. Lo viejo se ha ido. Lo nuevo ha venido.

El recordatorio calentó su pecho como una mano puesta sobre su corazón. No demandante o acusadora como los susurros de Anton, solo... verdadera.

La artista de maquillaje se retiró para examinar su trabajo.

—Ahí —dijo suavemente—. Hermosa.

Violeta se miró en el espejo de nuevo. La mujer mirándola se veía... libre.

Mientras el atardecer pintó el cielo de rosa y dorado, Shawn se paró junto a Colin en una pequeña plataforma en su esmoquin negro, corbata de moño finalmente dominada, frente a un arco de madera floreciendo con violetas, puesto contra grandes paneles de vidrio que daban vista al tráfico corriendo por la Octava Avenida. Este lugar en The High Line típicamente atraía multitudes de turistas, pero esta noche solo pertenecía a su celebración. Cerca, el pastor de Shawn le dio un asentimiento alentador.

Amigos de su jornada llenaron las bancas: Tammy con flores en su cabello, Flynn viéndose conmovido, las amigas de Ruth que habían abrazado a Violeta, compañeros de trabajo que habían visto a Shawn crecer de colega incómodo a hombre enamorado. Ruth se sentó en la primera fila, sus dedos entrelazados con los de Douglas.

Jake había declinado su invitación con sensibilidad poco común, no queriendo proyectar sombras en su nuevo comienzo. En su lugar, pagó por todas las flores.

Colin estudió el rostro de su hermano y susurró:

—Gran momento.

—Valió la pena esperarla —dijo Shawn, sus manos quietas y firmes.

Un hombre corpulento apareció detrás de la última fila de invitados en una falda escocesa vibrante roja, verde y azul. Sus gaitas llenaron el aire con "Amazing Grace," la melodía inquietante envolviendo a los invitados de la boda.

Aleesha emergió en la cima de los escalones, su rostro brillando con alegría como si fuera su propio día especial. Caminó por el pasillo central y tomó su lugar al otro lado del pastor.

Natasha siguió, su recelo usual suavizado por la magia del momento, moviéndose para pararse junto a Aleesha. Sus ramos de violetas brillaron en la luz del sol que se desvanecía mientras enfrentaron a los invitados.

Entonces Violeta apareció, y los pensamientos dispersos de Shawn se agudizaron en foco.

El mundo, que siempre había sido demasiado ruidoso, demasiado brillante, demasiado, de repente tuvo perfecto sentido. Su caleidoscopio usual de estímulos sensoriales, los colores, los sonidos, los patrones abrumadores, todo se sincronizó alrededor de su presencia.

Recordó su primer encuentro y lo desesperadamente que

había querido conocerla. Ahora aquí estaba, caminando hacia él con fuerza en sus pasos, su vestido blanco elegante flotando alrededor de ella como si estuviera caminando en aire. *Esto es lo que Dios quiso para nosotros todo el tiempo.*

Sus ojos encontraron los suyos, y él no miró hacia otro lado. Era más que hermosa. Era radiante, deslizándose por el pasillo como si caminara sobre aire.

El corazón de Shawn se hinchó hasta que pensó que podría explotar. Luchó por mantener las lágrimas adentro, pero una se deslizó.

Violeta llegó a la plataforma y tomó las manos de Shawn en las suyas, y el resto del mundo se desvaneció. Se voltearon para enfrentarse mientras el pastor comenzó a hablar.

—Estamos reunidos aquí hoy ante los ojos de Dios y estos testigos para unir a Violeta y Shawn.

—Olivia. Es Olivia —dijo, su voz firme y segura.

Shawn observó su rostro relajarse mientras pronunció su nombre real, como si hubiera puesto abajo un peso que había estado cargando por años. Su rostro se iluminó, entendiendo el regalo profundo que le estaba dando: no solo su nombre verdadero, sino su ser completo, sin reserva o disfraz.

—Olivia y Shawn —corrigió el pastor suavemente—, para celebrar la unión de sus corazones y vidas.

Shawn observó el vestido blanco de Olivia pulsar con color, armonizando con las flores para crear una melodía intrincada que solo él podía escuchar. Sus "Sí, acepto" sonaron claros y certeros. Olivia sonrió a través de lágrimas de alegría.

—¿Qué símbolo traen como promesa de la sinceridad de sus votos? —preguntó el pastor.

—Un anillo —dijo Shawn.

Shawn miró a Colin por los anillos, pero su hermano sonrió y se quedó quieto. Ruth se levantó de su asiento, con gracia subió los escalones, y puso las bandas de boda suyas y del Abuelo en la palma de Shawn, guiñándole a Olivia.

—Gracias —susurró Olivia a su nueva suegra. Ruth le dio un abrazo largo y luego regresó a su asiento junto a Douglas.

Finalmente, llegó el momento.

—Damas y caballeros —dijo el pastor—, les presento al Sr. y la Sra. Shawn y Olivia Lambent.

La multitud estalló en aplausos que sacudieron los asientos. Shawn se inclinó hacia adelante y besó a Olivia sin vacilar.

Fue un beso tierno y romántico que llenó su boca con suavidad dulce, electrizante en todas las maneras correctas. Probó libertad en sus labios. No solo la de ella, sino la suya propia.

Mientras sus amigos aplaudían y silbaban, el horizonte de Manhattan se convirtió en un lienzo vibrante, cada color añadiendo a la sinfonía de alegría alrededor de ellos.

DE LA HISTORIA A LA ACCIÓN

Gracias por acompañarme a través de las páginas de *El Sonido de Violeta*. El tiempo que has dedicado a estos personajes significa el mundo para mí. Si su historia resonó contigo, te estaría muy agradecido si compartieras tus pensamientos en una reseña o se la recomendaras a alguien que pudiera encontrar significado en esta historia. Espero que también tengas la oportunidad de experimentar la adaptación cinematográfica.

Una porción de las ganancias de esta novela apoya la lucha contra la trata de personas. Si tú o alguien que conoces se encuentra atrapado en situación de trata, o si sospechas actividad relacionada con la trata, por favor contacta la Línea Nacional contra la Trata de Personas al 1-888-373-7888 o envía un mensaje de texto con la palabra "help" a BeFree (233733). Esta línea de ayuda opera las 24 horas del día, los 7 días de la semana en todo Estados Unidos, con apoyo disponible en más de 200 idiomas.

Si te gustaría aprender más sobre la lucha contra la trata de personas, explorar recursos sobre el autismo, o conocer más acerca del libro o la película, por favor visita TheSoundOfViolet.com. Tu experiencia no tiene que terminar aquí. Puede convertirse en acciones que cambien vidas.

Juntos, verdaderamente podemos marcar la diferencia.

Con gratitud,

Allen

Allen Wolf

SOBRE ALLEN WOLF

Allen Wolf es un narrador galardonado que crea novelas, películas y juegos. Su novela debut, *El Sonido de Violeta*, lo inspiró a escribir, dirigir y producir su adaptación cinematográfica, dando continuidad a una carrera cinematográfica que comenzó con su ópera prima *In My Sleep*, la cual obtuvo múltiples premios en festivales de cine.

Como anfitrión del popular podcast Navigating Hollywood, Allen ofrece la perspectiva de un conocedor de la industria del entretenimiento, entrevistando a profesionales sobre sus trayectorias y estrategias para alcanzar el éxito en Hollywood.

Su experiencia en diseño de juegos le ha valido cuarenta premios por títulos que incluyen *You're Pulling My Leg!*, *You're Pulling My Leg! Junior*, *Slap Wacky*, *JabberJot*, y *Pet Detectives*. Estos juegos han sido disfrutados por cientos de miles de jugadores en todo el mundo, y *You're Pulling My Leg!* hace apariciones especiales tanto en *El Sonido de Violeta* como en *In My Sleep*.

Allen estudió en la escuela de cine de la Universidad de Nueva York, donde su tesis de grado, *Harlem Grace*, ganó múltiples premios en festivales y obtuvo el reconocimiento de finalista en los Premios de la Academia Estudiantil.

Vive en Los Ángeles con su esposa y sus dos hijos, quienes son fuente de inspiración para su creatividad.

Conéctate con Allen:
AllenWolf.com
TheSoundOfViolet.com

  X @theAllenWolf

FOTOGRAMAS DE LA PELÍCULA

—Necesitamos conseguirte una segunda cita.
De izquierda a derecha: Jan D'Arcy como Ruth, Jason Treviño como Shawn

—Encuentra una manera de recompensar esta belleza.
De izquierda a derecha: Tyler Roy Roberts como Jake, Jason Treviño como Shawn

—¿Qué haces para ganar tanto?

De izquierda a derecha: Cora Cleary como Violeta, Jason Treviño como Shawn

FOTOGRAMAS DE LA PELÍCULA

—Oh, ¿quieres la experiencia de novia?

—¿Entonces esto es una audición?

—Voy a crear un cereal llamado 'Enemigos' para que la gente pueda comérselos en el desayuno.

FOTOGRAMAS DE LA PELÍCULA

—¿Noche productiva, cariño?
Michael E. Bell como Anton

—Quiero verte de nuevo.
Kaelon Christopher como Colin

—Sabes, a veces necesitamos un poco de aliento, para no rendirnos en el amor.

FOTOGRAMAS DE LA PELÍCULA

—Eso es lo mejor que puedo hacer.

—Ojalá tuviera a alguien con quien caminar cuando salga a las cinco.
Malcolm J. West como Douglas

—Tienes una frecuencia diferente.

DETRÁS DE CÁMARAS DE LA PELÍCULA

De izquierda a derecha: Cora Cleary como Violeta, Jason Treviño como Shawn

Escritor, Director, Productor Allen Wolf

Filmando las escenas de apertura en Gas Works Park en Seattle.

DETRÁS DE CÁMARAS DE LA PELÍCULA

El Escritor, Director, Productor Allen Wolf comparte la silla del director con su hija.

De izquierda a derecha: Cora Cleary como Violeta, Jason Treviño como Shawn

El equipo se prepara para filmar una escena con el actor Jason Treviño.

DETRÁS DE CÁMARAS DE LA PELÍCULA

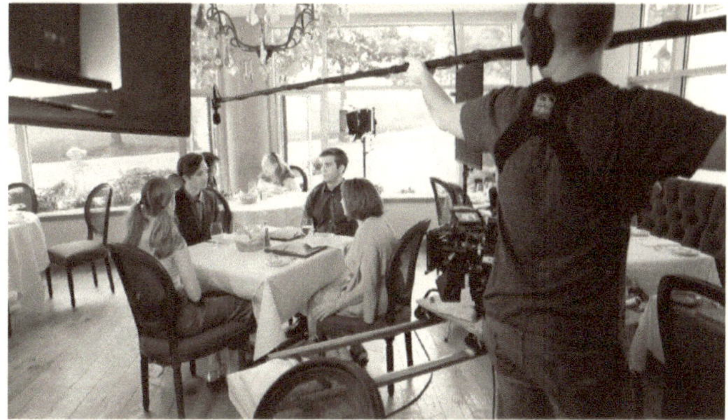

Filmando la escena del restaurante.

El reparto y el equipo observan la reproducción de una de las escenas.

El Director de Fotografía Chris Taylor (izquierda) filma a Cora Cleary y Jason Treviño mientras Allen Wolf dirige.

DETRÁS DE CÁMARAS DE LA PELÍCULA

Extras entusiastas se preparan para filmar una escena importante.

De izquierda a derecha: Michael E. Bell como Anton con el Escritor, Director, Productor Allen Wolf.

El Compositor Conrad Pope dirige la orquesta mientras graba la banda sonora para *El Sonido de Violeta.*

PREGUNTAS DE DISCUSIÓN PARA CLUB DE LECTURA

1. ¿Qué escena te marcó más y por qué?
2. ¿Cómo te hizo sentir el libro?
3. ¿Cómo cambió tu perspectiva sobre Shawn y Violeta a lo largo del libro?
4. ¿De qué manera desafía la novela tu forma de ver tanto el autismo como la trata de personas?
5. ¿Qué personajes te gustaron más y cuáles menos?
6. ¿Qué te sorprendió más de la historia?
7. ¿Cómo te identificaste con el camino recorrido por alguno de los personajes?
8. ¿Cómo describirías las travesías espirituales de los personajes? ¿Cómo describirías la tuya?
9. ¿Qué pensaste del final?
10. ¿Cuáles fueron tus principales reflexiones sobre el libro?
11. ¿Qué acciones en el mundo real te inspira a tomar este libro?

DESPUÉS DE VER LA PELÍCULA:

1. ¿Qué actuaciones, escenas o imágenes te impactaron más?
2. ¿Qué medio (libro o película) crees que maneja los temas complejos de manera más efectiva? ¿Por qué?
3. ¿Cómo se comparó la película con lo que imaginaste mientras leías el libro?
4. ¿En qué medida coincidieron o difirieron las interpretaciones de los actores con cómo imaginaste a los personajes?
5. ¿Qué te gustó de la película que no formaba parte del libro?
6. ¿Qué escenas fueron más poderosas en el libro comparadas con la película, y viceversa?
7. ¿Cómo describirías las travesías espirituales de los personajes? ¿Cómo describirías la tuya?
8. ¿Cómo te hizo sentir la película?
9. ¿Cómo impactó la película tu perspectiva sobre la trata de personas y el autismo?
10. ¿De qué manera añadió nuevas dimensiones a los personajes el ver a los actores interpretarlos?
11. Si fueras a crear la secuela de la película, ¿cómo continuarías la historia?

AGRADECIMIENTOS

Escribir esta novela y llevarla a la pantalla ha sido un camino hecho posible por una comunidad extraordinaria de seguidores, y estoy profundamente agradecido con cada persona que creyó en esta historia.

Mi más sincero agradecimiento a Sheryl Madden por su experiencia editorial y a Johnny Tergo por su excelente trabajo en mi foto de autor.

Estoy profundamente agradecido con el reparto y equipo dedicados que dieron vida a *El Sonido de Violeta* en la pantalla, y con los generosos patrocinadores que hicieron posible la filmación:

Sherry Boroumand • Chris, Carrie, y Daniel Cavigioli • Stephanie y William Christopher • Eileen y Brown Councill • David y Lira Clark Tom y Katie Eggemeier • Neil y Dana Gamblin • Len y Denise Hoffmann • Debbie Knight • Sam y Carol Konswa • Eric y Leigh Anne Lynch • Doug y Christy Metzler • Sam y Cindy Moser • Dave y Jeanette Stevens • Peter y Amanda Trautmann • Jim y Carol VanArtsdalen • Louis y Faith Vision • Al y Malinda Wolf • Ramesh Wolf

A todos los que apoyaron este proyecto, ya sea a través del aliento, la experiencia o los recursos, gracias por ayudar a llevar la historia de Shawn y Violeta a lectores y espectadores alrededor del mundo. Su apoyo ha marcado toda la diferencia.

Más importante aún, estoy agradecido con aquellos que valientemente comparten sus historias de superación del trauma y búsqueda de esperanza. Ustedes inspiran a otros a creer que la sanación y los nuevos comienzos son posibles.

PELÍCULAS DE ALLEN WOLF

Sé testigo de cómo la poderosa historia de amor que cautivó a los lectores cobra vida en la pantalla.

Vive la experiencia de *El Sonido de Violeta* como película, escrita, dirigida y producida por el autor Allen Wolf y protagonizada por Cora Cleary y Jason Treviño.

Disponible en Blu-ray, DVD, o streaming. Mira el tráiler y más contenido en MorningStarPictures.com.

"Una película audaz y atractiva. Una versión más seria de Pretty Woman." – *Film Threat*

"Profundamente conmovedora. Muy emotiva. Necesita ser contada." – *Film Book*

"Llena de corazón. Encantadoramente peculiar." – *Film Inquiry*

"Entretenida, introspectiva y reflexiva." – *Dove Reviews*

"Una narrativa emotiva que mezcla romance, comedia y drama sin problemas." – *GH Movie Freak*

PELÍCULAS DE ALLEN WOLF

Marcus sufre de un trastorno raro del sueño que lo hace temer haber asesinado a un amigo mientras caminaba sonámbulo. Desesperado por descubrir la verdad, investiga su propio comportamiento nocturno, y su búsqueda culmina en una revelación impactante.

Este thriller psicológico del escritor, director y productor Allen Wolf mantiene a las audiencias en suspenso hasta el final. Ahora disponible en Blu-ray, DVD, o streaming. Mira el tráiler y más contenido en: MorningStarPictures.com.

"Entretenimiento inteligente. El cineasta Allen Wolf lleva esta premisa de alto concepto hacia su dimensión más oscura. Narrativamente, In My Sleep nunca descansa, un mérito del ritmo dinámico y psicológicamente astuto del cineasta Wolf." – *The Hollywood Reporter*

"Momentos genuinamente llenos de suspenso." – *New York Magazine*

"In My Sleep es un thriller brillantemente escrito que genuinamente mantiene al espectador en vilo durante toda la película. El ritmo es excelente y las actuaciones de primera categoría. Allen Wolf ha creado un thriller muy bien logrado." – *Movie Guide*

PELÍCULAS DE ALLEN WOLF

Harlem Grace, el cortometraje dramático galardonado escrito, dirigido y producido por Allen Wolf, cuenta la extraordinaria historia verdadera de Joe Holland, un graduado de la Escuela de Derecho de Harvard que se muda a Harlem para crear un refugio para personas sin hogar, transformando profundamente las vidas de los hombres a quienes sirve.

Esta película cautivadora se convirtió en finalista tanto en los Premios de la Academia Estudiantil como en el Premio del Gremio de Productores de América, mientras obtenía múltiples reconocimientos adicionales. Más información en MorningStarPictures.com.

"Brillantemente actuada y dirigida, Harlem Grace es una película edificante y redentora. Harlem Grace inspirará y edificará a toda la familia." – *Movie Guide*

"El verdadero logro de Wolf no es diferente al del héroe de su película: su filme se atreve a proponer que la fe y el trabajo duro pueden resolver problemas y salvar vidas." – *Dayton Daily News*

"Wolf ha logrado una hazaña artística excepcional. Consigue poner un rostro humano a un problema deshumanizante." – *Amsterdam News*

PODCAST DE ALLEN WOLF

En el podcast Navigating Hollywood, el autor y cineasta Allen Wolf presenta conversaciones perspicaces con muchos profesionales diversos del entretenimiento sobre sus carreras notables y lo que se necesita para prosperar relacional y espiritualmente en el mundo acelerado del entretenimiento.

Ya sea que aspires a trabajar en entretenimiento o simplemente estés fascinado por la industria, el podcast Navigating Hollywood ofrece sabiduría invaluable y una perspectiva única detrás de cámaras.

No te pierdas este viaje extraordinario. Suscríbete hoy y únete a la comunidad apasionada de oyentes mientras navegamos juntos las complejidades de Hollywood. Disponible donde sea que escuches podcasts. Más información en NavigatingHollywood.org.

Reseñas de Oyentes de Apple Podcast:

"Absolutamente amo este podcast. Es muy informativo pero también divertido, atractivo, y da grandes perspectivas del interior de Hollywood. ¡Quiero más episodios!"

"¡Las entrevistas de Allen han sido entretenidas y fáciles de escuchar! Espero con ansias cada entrevista, incluso si no sé mucho sobre el invitado... Preguntas sólidas que provocan reflexión."

"El anfitrión es capaz de hacer preguntas penetrantes de manera no amenazante, permitiendo que los entrevistados se abran de forma honesta y vulnerable."

www.ingramcontent.com/pod-product-compliance
Lightning Source LLC
Chambersburg PA
CBHW030547310726
48979CB00010B/2061/J
* 9 7 8 1 9 5 2 8 4 4 1 8 8 *